VERLAG ANTJE
KUNSTMANN

TEL AVIV,
NACH DEM NÄCHSTEN KRIEG

1

IM LETZTEN MOMENT ENTSCHIED ER, die Stücke, die er spielen wollte, zu ändern. Dieses Recital, das erste nach dem Krieg, sollte auf dem lächerlichen Anspruch eines »Wir-müssen-weiter-Musik-machen« basieren, und als er es eingeübt hatte, war er überzeugt gewesen, Chopins Polonaisen mit ihrem heroischen Ton würden gut hineinpassen. Aber jetzt, schon im Saal, änderte er seine Meinung.

Bei einer kurzen Probe, für die gerade noch Zeit war, bevor das Publikum eingelassen wurde, hatte er festgestellt, dass der eiligst in den Saal geschaffte Flügel von sehr mittelmäßiger Qualität war. Die Polonaisen drohten, darauf seicht, bemüht, ja sogar lächerlich zu klingen. Lieber etwas Minimalistisches. Etwas, das dem Instrument nicht zu viel abverlangte. Und dem Publikum, genau genommen, auch nicht. Am besten Satie.

In all den Jahren als Solopianist hatte er noch nie gewagt, eine solche Entscheidung unmittelbar vor einem Auftritt zu treffen, aber diesmal, auch weil der ganze Abend ohnehin auf die Schnelle improvisiert worden war – erst vor einer Woche hatte man sich an ihn gewandt, ein Programmheft gab es nicht und niemand im Publikum wusste, was man zu hören bekommen würde –, fühlte er sich berechtigt, seine Auswahl zu ändern. Satie konnte er auch unvorbereitet fehlerlos spielen. Vor einigen Jahren, als er noch als junger, vielversprechender Pianist gegolten hatte, hatte er sich, gegen den Rat seines Lehrers am Konservatorium, der das Werk des französischen Komponisten für ein Kuriosum ohne jegliche Tiefe hielt, intensiv mit Satie befasst. Jetzt konnte er seine Werke jederzeit hervorziehen – es war alles dort, für immer, in seinen Fingerspitzen.

Der Augenblick war gekommen. Joav Kirsch betrat unter verhaltenem Beifall die Bühne und nahm auf seinem Stuhl Platz.

Während er spielte, musste er an eine Szene denken, die er auf seinem Weg hierher gesehen hatte. Am unteren Ende des Chen-Boulevards stand ein Gebäude, dessen Vorderfront eine Rakete, die in der Nähe eingeschlagen war, komplett abrasiert hatte, ein Bild, das wie aus dem Album eines Kriegsfotografen entnommen schien und fast zu steril wirkte, um echt zu sein. Nur die Fassade war eingestürzt und verschwunden, als hätte jemand mit einem riesigen Brotmesser von dem Haus eine Scheibe abgeschnitten, und das Innenleben der Wohnungen bot sich dem Auge dar wie in dem Ameisenbau, den er in einem Terrarium in seinem Kinderzimmer gehabt hatte. Er hatte die freigelegten Eingeweide des Hauses betrachtet. Die leeren Wohnungen erzählten mit ihrer Einrichtung von der Geschichte ihrer Bewohner: ein riesiger Flachbildfernseher, der an einer Leichtbauwand in einer weißen, frisch renovierten Wohnung hing, altes, schweres Holzmobiliar in einer anderen Wohnung, eine große, vollgestopfte Bibliothek in einer dritten. Er war stehen geblieben und hatte das Gebäude betrachtet wie ein unverständliches Kunstwerk – mit einer Art dümmlichem Staunen, vermischt mit Neugier, als wartete man auf eine Eingebung. Am Ende hatte er, ehe er weitergegangen war, sein Mobiltelefon aus der Tasche gezogen und das Gebäude fotografiert. Möglich, dass er sich das Foto nie wieder ansehen würde, möglich aber auch, dass er es am Abend seiner Frau zeigen und ein erstauntes Murmeln ernten würde. So oder so, das rasierte Haus würde in den Tiefen seines Fotoordners bleiben, bis es eines Tages gelöscht würde, um Platz für andere Dateien zu schaffen.

Er war bereits in Begriff, seinen Weg zum Konzertsaal fortzusetzen, als er eine ältere Frau im Wohnzimmer einer der Wohnungen im ersten Stock bemerkte. Sie fegte den Boden in ihrer fassadenlosen Behausung. Ihre Anwesenheit in dem leeren Gebäude, dessen Bewohner, wahrscheinlich wegen der Einsturzgefahr, evakuiert worden waren, hatte etwas Paradoxes. Die alltägliche Verrichtung, die sie ausführte, weckte Unbehagen bei ihm. Jetzt fühlte er sich wie ein Voyeur, wie jemand, der sich unerlaubt Zutritt verschafft hatte. Schnell ließ er das Telefon in die Tasche gleiten und ging weiter.

Der Krieg hatte keine tiefen Narben bei ihm hinterlassen. Noch ehe die Kampfhandlungen wirklich begonnen hatten, war er mit Chagit zu ihren Eltern gefahren, die in einem kleinen Moschaw zwischen Tel Aviv und Jerusalem wohnten, und war die ganze Zeit über dort geblieben. Die eigentlichen Nöte, mit denen er hatte fertig werden müssen während des einen Monats, in dem Tel Aviv jede Nacht nach Raketentreffern gebrannt hatte, waren ein altes, verstimmtes englisches Klavier, auf dem er üben musste, und die ständige Gegenwart von Chagits Eltern. Normalerweise, wenn man sich bei Familienfesten traf, kam er bestens mit ihnen aus und genoss sogar ihre unverhohlene Bewunderung, aber mit ihnen unter einem Dach zu leben – das war eine ganz andere Geschichte. Nun gut, immerhin waren sie nicht gezwungen gewesen, alle zusammen in einem Luftschutzraum zu hocken.

Der Krieg hatte in großem Maße seinem Übungspensum gutgetan. In den letzten drei Jahren, seit er die dreißig überschritten hatte und damit aus dem Zyklus von Wettbewerben mit Altersbegrenzung herausgefallen war, hatte seine Disziplin gelitten. Die großen Anlässe, für die er intensiv übte, waren seltener geworden und die Übungsroutine geriet damit zu einem tagtäglichen Kampf. Es gab peinigende Phasen, in denen ihn innere Leere und Tatenlosigkeit befielen. Die Wohnsituation bei seinen Schwiegereltern aber, wo die Alternative zum Üben eine deprimierende Unterhaltung in der Küche gewesen wäre, über den Krieg und die Lage des Landes, ließ ihn stundenlang am Klavier sitzen und entfachte allmählich die alte Disziplin neu. Eine E-Mail, die er von Paolo, seinem italienischen Agenten, erhalten hatte und in der von der Möglichkeit einer kurzen Tournee im Frühjahr durch Italien und die Schweiz die Rede war, ließ die neu entzündete Flamme noch größer werden. Chagit gegenüber gestand er sogar mit einem Lächeln, die Raketen, die auf Tel Aviv niedergingen, würden ihn sehr viel mehr anspornen als sein schlechtes Gewissen oder die tadelnde Stimme seiner Mutter in seinem Kopf.

Die E-Mail, die er von Paolo bekommen hatte, trug entscheidend dazu bei, dass er sich heute Abend unentgeltlich für dieses Recital zur Verfügung gestellt hatte. Zwischen den Zeilen war ihm angedeutet worden, diese »Rekrutierung« würde von den zuständigen Stellen mit Wohlwollen betrachtet, und so hoffte er, das Ganze würde ihm bei einer Aufgabe helfen, die seit Kriegsende einigermaßen schwierig geworden war – eine Ausreisegenehmigung zu bekommen. In der Vergangenheit eine banale Routineprozedur, erforderte dies jetzt komplizierte Manöver. Nach wie vor herrschte Ausnahmezustand, und das Übergangsoberkommando, das ÜOK, wie es in den Medien genannt wurde, hatte es nicht eben eilig, Ausreisegenehmigungen zu erteilen, schon gar nicht an Tel Aviver Künstler. Noch belastender war, dass niemand wusste, ob sich die Lage wieder normalisieren würde, und wenn ja, wann.

Nach dem Waffenstillstand und ihrer Rückkehr nach Tel Aviv fühlten sie sich ein bisschen wie Touristen. Wie viele andere Tel Aviver, die geflüchtet waren, gehörten auch sie zu den Schaulustigen, die durch die Straßen der Stadt streiften und einen Schauplatz der Verwüstung nach dem nächsten besuchten – den relativ neuen Vorplatz des Nationaltheaters Habima, der zu einer Trümmerwüste geworden war, die Akirov-Towers, von denen einer einen

Volltreffer bekommen hatte und eingestürzt war, und den Krater vis-à-vis zum städtischen Museum, vor dem Verteidigungsministerium. So wie er heute vor jenem Haus am Chen-Boulevard gestanden hatte, standen sie vor der Zerstörung und warteten darauf, dass die Schutthügel ihnen etwas erzählten, das sie nicht wussten. Doch die blieben stumm. Sie waren während des Infernos nicht hier gewesen, und das war gut so.

Niemand von seinen Verwandten oder engen Freunden war durch den Krieg ernsthaft zu Schaden gekommen. Zwar war dieser verheerender als alle seine Vorgänger ausgefallen – allein im Großraum Tel Aviv waren Tausende von Toten zu beklagen –, dennoch hatte der Tod, aus irgendeinem Grund, den Kreis der ihm wirklich nahestehenden Menschen nicht berührt. Er kannte flüchtig zwei Orchestermitglieder, die bei den Raketenangriffen ums Leben gekommen waren; und von dem Tod eines anderen Bekannten aus seinem Stammcafé, in dem er jeden Morgen zu sitzen pflegte, hatte er durch Dritte erfahren. Der Tod einer Klavierlehrerin, bei der er für kurze Zeit Unterricht hatte, hinterließ einen stärkeren Eindruck bei ihm, und doch war noch immer etwas Unfassbares an all diesen Toden, wie beim Anblick der Gebäude, an denen er vorüberkam, wenn er durch die Stadt ging. All das berührte ihn nicht wirklich, nicht in seinem tiefsten Inneren, sondern bestärkte ihn nur in seinem Entschluss, so bald als möglich von hier zu verschwinden. Über Menschen, die auf dem Schlachtfeld gefallen waren, gab es ohnehin nichts zu reden. Es waren viele Soldaten in diesem Krieg gestorben, aber er kannte keine Soldaten.

Er hätte dies nicht offen eingestanden, aber der Verlust, den er in diesem Krieg am meisten bedauerte, war der Tod eines Baumes. Eines Baumes und einer Bank, um genau zu sein. Das war *ihr* Ort gewesen, und es schmerzte sie wirklich, ihn so zu sehen – ein zerklüfteter Bombenkrater. Jedes Mal, wenn er im Mann-Auditorium gespielt hatte, hatten sie sich im nahe gelegenen Yaakov-Park getroffen, auf einer verborgenen Bank unter einem uralten Maulbeerfeigenbaum. Es war ihre eigene romantische Tradition geworden – »Wir treffen uns am ›Halt-die-Klappe-Baum‹«. Seinen Namen hatte der Baum bei einem ihrer ersten Treffen bekommen. Nach einem Kinobesuch hatten sie unter dem betagten Maulbeerfeigenbaum gesessen, und die Anspannung in Erwartung eines möglichen Kusses, zu dem es noch nicht gekommen war, hatte Joav zu schaffen gemacht. Vor lauter Verlegenheit fing er an, dämliches Trivial-Pursuit-Wissen über diesen Baum vor Chagit auszubreiten, Dinge, die er von einer Geigerin aus der Jungen Philharmonie erfahren hatte, beim geräuschvollen Kauen eines Sandwichs während der Mittagspause.

»Weißt du, dieser Baum ist der letzte Überlebende eines Sykomorenhains, der hier mal stand«, erzählte er ihr. »Als der Kulturpalast gebaut wurde, hat man alle gefällt. Erst vor Kurzem ist er behandelt worden, sie haben die ganze Fäulnis aus dem Stamm geschabt. Wenn du genau hinguckst, der untere Teil des Stammes ist mit Beton und Eisenschienen verstärkt, während der obere Teil mit Kunstharz ausgegossen ist …«

»Joav?«

»Ja?«

»Halt die Klappe.«

Sie lächelte ihn an. Die Vertrautheit zwischen ihnen war in jenem Moment geboren, unter dem Halt-die-Klappe-Baum.

Ein paar Tage nach ihrer Rückkehr in die Stadt waren sie dort vorbeigekommen. Hatten minutenlang Arm in Arm am Rand des gähnenden Kraters gestanden. Den knorrigen, gewundenen Stamm hatte man schon weggeschafft, und in dem Loch waren nur noch Überreste abgerissener Wurzeln zurückgeblieben, die mit faserigen Mündern nach Luft schnappten.

Jetzt, da er spielte, ging ihm dieses Bild durch den Kopf und jagte ihm einen Schauder über den Rücken. Im selben Augenblick entschied er, er habe genug gespielt. Das letzte Stück, den zweiten Teil von Saties *préludes flasques pour un chien*, würde er weglassen. Es würde ohnehin niemand merken.

Von der Bühne eilte er zum Ankleideraum, um seine Sachen zu holen, und stahl sich dann durch den Künstlereingang nach draußen. Er hatte keine Lust auf deprimierenden Small Talk, auf Leidensvergleiche und vor allem nicht darauf, vor Bekannten die Geschichte seiner Flucht aus der Stadt und des Sich-Versteckens im Moschaw zum Besten zu geben. Das war es, worüber alle sprachen – geheuchelte Beileidsbekundungen und falsche Bestürzung, die im Grunde genommen nichts anderes als ein hässliches Feiern des eigenen Überlebens waren. Die Davongekommenen genossen es, einander detailliert von den Wundern zu erzählen, die ihnen geschehen waren. Wie sie gerettet worden waren dank eines sich verspätenden Busses oder einer im Café vergessenen Sonnenbrille, die zu holen sie noch einmal umgekehrt waren, genau zu dem Zeitpunkt, als ihr Haus zu Staub wurde. Die allen gemeinsame Auffassung, die unter diesen Worten raunte, die mit Bedauern oder Ergriffenheit ausgesprochen wurden, lautete: Wir sind auserwählt. Wir sind die wenigen Gescheiten, die auf die Arche durften, um nach der Sintflut noch einmal neu anzufangen. All die teuren Toten waren, das musste man eingestehen, ein bisschen kurzsichtig und naiv, ja vielleicht sogar dumm.

Draußen wartete ein kühler Abend, und ein angenehmer Herbstwind strich ihm übers Gesicht. Die Straße war menschenleer. Er marschierte los und summte gedankenverloren das Stück vor sich hin, mit dem er geendet hatte, der erste Teil der *préludes flasques pour un chien*, ein Stück, das er beim Spielen insgeheim dem Funktionär gewidmet hatte, der ihn vor einer Woche mit dem Recital beauftragt hatte. Ein dünnes Lächeln spielte noch um seine Lippen, als er ein älteres Paar bemerkte, ein Mann und eine Frau, das aus dem Schatten des Gebäudes trat und auf ihn zukam.

»Ich hatte gehofft, Sie würden auch die zweite *prélude pour un chien* spielen. Warum haben Sie nur die erste gespielt?«, fragte der Mann.

Er blieb stehen, verlegen durch die sonderbare Eröffnung. Vor ihm stand ein beeindruckender Mann, groß, breitschultrig und durchtrainiert für sein reifes Alter. Weißes Haar, sonnengegerbtes Gesicht und ein kräftiges, kantiges Kinn. Die schmalen, hellen Augen des Mannes, mit großen Tränensäcken darunter, waren mit prüfendem, halb drohendem und halb amüsiertem Blick auf ihn gerichtet.

»Verzeihung?«

»Wie ich sagte«, wiederholte der Mann, »ich habe auf den zweiten Teil gewartet.«

Eine schnelle, innere Revision brachte Joav zu einem sofortigen Schuldeingeständnis. Er hatte keine Rechtfertigung. Das Ganze war eine leichtfertige, ja sogar anmaßende Entscheidung gewesen. Die beiden *préludes* hätten als eine Einheit gespielt werden müssen. Er rekonstruierte sein Kalkül, erinnerte sich an das Bild ihres »Halt-die-Klappe-Baums« und an den Gedanken, der ihm dabei durch den Kopf gegangen war: Er hatte sein Pensum erfüllt, niemand würde die Auslassung bemerken.

Er wollte sich schon bei dem Fremden entschuldigen – denn irgendwie spürte er, dass nichts außer der Wahrheit den Mann zufriedenstellen würde, oder, schlimmer noch, ahnte mit einiger Bestürzung, dass sein Gegenüber genau wusste, was er zu sagen in Begriff war –, doch bevor er dazu kam, eine Entschuldigung auszusprechen, unterbrach ihn die Frau. Sie legte ihre Hand auf den Arm des Mannes, eine Geste, die irgendwo zwischen Zuneigung und der schnellen Bewegung eines Menschen lag, der seine Bulldogge am Halsband packt, um sie davon abzuhalten, einem anderen Hund an die Kehle zu gehen, und sagte: »Was Usi zu sagen versucht, ist, dass wir Ihr Spiel sehr genossen haben. Es hat uns berührt. Schon lange waren wir nicht mehr so bewegt, wir beide.«

Joav musterte sie schnell. Helles, dünnes Haar, ein von Falten zerfurchtes Gesicht, überzogen von Pigmentflecken. Eine Frage drängte sich auf, die nach sofortiger Beantwortung verlangte: Hatte sie als junge Frau gut ausgesehen? In seiner Wahrnehmung vollzog sich in Sekundenbruchteilen ein Prozess aus Taxierung, Klassifizierung und elektrischen Impulsen und ergab ein eindeutiges Urteil: Sie muss zweifelsohne eine Schönheit gewesen sein.

Er besann sich und lächelte ihr verlegen zu. »Danke«, sagte er und fügte dann wie entschuldigend hinzu: »Das ist mein erster öffentlicher Auftritt seit dem Krieg. Ich freue mich sehr, dass es Ihnen gefallen hat, insbesondere, da Sie Satie so gut kennen.«

»Der Flügel hat Ihnen keinen Gefallen getan«, sagte der Mann. »Sie müssten eine Tapferkeitsmedaille dafür bekommen, dass Sie überhaupt eingewilligt haben, vor Publikum darauf zu spielen.«

Abermals fühlte er sich verwirrt. Die Worte des Mannes und vor allem seine tiefe Stimme brachten ihn durcheinander. Machte er sich lustig oder verteilte er Komplimente? In aller Regel führte er mit Leichtigkeit solche Unterhaltungen nach Konzerten. Seine Bewunderer überhäuften ihn mit Lobeshymnen, was sogar ganz angenehm war, wenn es nicht zu lange dauerte, und er setzte ein herzliches, leicht überhebliches Lächeln auf, hörte geduldig zu und murmelte ab und an ein Wort des Dankes. Wenn sie sich als intelligent oder als echte Musikfreunde herausstellten, gewährte er ihnen eine kurze Anekdote über eines der Stücke, das er gespielt hatte, was sie begierig aufnahmen, um sich dann zu entschuldigen, er müsse gehen. Immer verstanden sie und beeilten sich, ihn mit einer Entschuldigung ihrerseits freizugeben. Der Maestro durfte nicht länger aufgehalten werden.

Hier aber war etwas anders, nicht wie gewöhnlich. Von dem Augenblick an, da das Paar aus dem Dunkel aufgetaucht war, hatte er es gespürt. Das war keine Überhäufung mit Huldigungen, sondern eine Art Prüfung. Sie durchleuchteten ihn, und er empfand nicht einmal Empörung darüber.

»Eigentlich hatte ich geplant, Chopins Polonaisen zu spielen«, hörte er sich gestehen. »Und tatsächlich, wegen des Flügels habe ich meine Meinung geändert. Ich hatte das Gefühl, er würde das nicht stemmen.«

Der Mann quittierte das Eingeständnis mit einem zufriedenen Lächeln. »Eine gute Entscheidung. Das ist weder der richtige Flügel noch die richtige Zeit«, betonte er in seinem geheimnisvollen und irritierenden Ton. »Sie werden die Polonaisen sicher noch oft spielen, in besseren Zeiten und an schöneren Orten.«

Abermals diese Mehrdeutigkeit. Für einen Moment war er unschlüssig. Ein kleiner Fisch zappelte in seiner Kehle, schlug mit der Schwanzflosse und stieß nach oben, und plötzlich hörte er sich freimütig sagen: »Ich hoffe sehr. Die Wahrheit ist, es gibt einige Konzerte, die für den weiteren Verlauf des Jahres geplant sind. Nicht hier, im Ausland. Aber Sie wissen ja, die Situation ist zurzeit nicht einfach. Es ist nicht sicher, ob man mich lässt.«

Er registrierte eine unmerkliche Bewegung der Hand der Frau, die noch immer auf dem Arm des Mannes lag. Ein ganz leichtes Drücken, eine winzige Kontraktion der Finger auf dem kräftigen Arm.

Der Mann schob seine Hand in die Hosentasche und förderte sein Portemonnaie zutage. Er zog eine Visitenkarte hervor und reichte sie Joav. Auf der Karte stand »Usi Segal«. Und darunter eine Mobiltelefonnummer.

»Rufen Sie mich an«, sagte der Mann. »Vielleicht kann ich Ihnen helfen.«

2

ALS ER EINTRAT, WARTETEN auf dem Küchentisch eine mit einem Teller abgedeckte Schüssel, ein Weinglas und eine Flasche Rotwein auf ihn. Das war seine feste Belohnung, die ihm serviert wurde, wenn er von einem Auftritt nach Hause kam. Er war keine Primadonna, zumindest galt er unter seinen Kollegen nicht als verwöhnt. Er bemühte sich, sein Leben als Pianist zu führen, ohne Chagit zu stören oder übertriebene Forderungen an sie zu stellen. Man schrieb das einundzwanzigste Jahrhundert, mithin nicht die beste Zeit für klassische Konzertpianisten, königliche Capricen zu entwickeln. Auch die sehr Talentierten waren jetzt Arbeiter in einer riesigen Fabrik, an deren Tore immerzu Zehntausende mit gut ausgebildeten Fingern klopften, Arbeiter, die jeden Augenblick ausgetauscht und vergessen zu werden drohten. Und dennoch, dieses kleine Ritual behagte ihm und flößte ihm Sicherheit ein. Vladimir Horowitz hatte einen Privatkoch gehabt, der mit ihm durch die ganze Welt gereist war und ihm seine Kalbsknödel zubereitet hatte, Arthur Rubinstein hatte Unmengen wohlhabender Bewunderer, die um das Vorrecht stritten, ihn zu Kaviar und Champagner einzuladen, und Joav Kirsch hatte eine kleine Schüssel mit Pasta, die auf dem Küchentisch auf ihn wartete, und eine Flasche Rotwein, nicht der teuerste, aber auch nicht der schlechteste.

Chagit saß auf ihrem Bürosessel und bearbeitete irgendetwas am Computer. Er trat zu ihr, beugte sich über sie und küsste sie auf den Kopf. »Hi, Jojo«, sagte sie, ohne sich umzudrehen. »Ich mache das hier noch fertig und setze mich dann zu dir.« Er schaute über ihre Schulter: Auf dem Bildschirm war eine grazile Tänzerin eingefroren, die Knie gebeugt und die Arme über dem Kopf ausgestreckt aneinandergelegt, als wollte sie einen Kopfsprung ins Schwimmbecken machen.

»Was machst du?«

»Bloß was Kleines. Ein Gefallen für Inbar, für ihre neue Arbeit. Das soll auf den Bildschirmen im Foyer laufen.«

Er war fertig mit essen und blieb sitzen. Das war ihre Stunde und ihr Refugium – am roten Resopaltisch unter dem großen Fenster, von dem aus man auf den Wipfel der hohen Zypresse im Hinterhof sah. Hier fanden sie wirklich zueinander. Hier luden sie den gewesenen Tag ab und nahmen ihn gemeinsam in Augenschein. In ihren nächtlichen Gesprächen unter dem Fenster befreiten sie einander von den kleinen Sorgen und Nöten, wie ein Schimpansenpärchen im Dschungel, das sich behutsam und liebevoll gegenseitig die Läuse aus dem Fell holt. In dieser Stunde stritten sie niemals. Dinge, die geschaffen waren, sie zu anderen Zeiten des Tages aufzuregen, wurden hier geduldig erörtert, und wenn es am Morgen über irgendetwas zum Streit zwischen ihnen gekommen war, wenn er versuchte, sich aufzuraffen und mit dem Üben anzufangen, und sie gestresst war, es rechtzeitig zu ihrer Schicht im Schneideraum des Studios zu schaffen, dann versöhnten sie sich nachts wieder, hier, am Tisch, nachdem sie einen ganzen Tag gehabt hatten, die Gemüter abzukühlen und ihre Dummheit zu erkennen.

Aber das kam selten vor. Zumeist diente ihnen ihr nächtliches Eckchen dazu, blinde Flecken zu beleuchten. Er sah Dinge, die ihr Blickfeld nicht erfasst hatte, und sie Sachen, die ihm entgangen waren.

Obschon er nie in einem Büro gearbeitet hatte, war er mit einer gewissen Verschlagenheit gesegnet, einer nicht zu leugnenden Begabung für Politik im Kleinen, und er genoss es, in ihrer Gegenwart die Impulse und Motive der Menschen zu analysieren, mit denen sie zusammenarbeitete. Manchmal hatte er das Gefühl, als würde er die Leute, die in ihrer Nachrichtenredaktion arbeiteten und von denen er die meisten noch nie getroffen hatte, besser kennen als die, mit denen er selbst beruflich zu tun hatte.

Was jedoch auch in die Gegenrichtung funktionierte. Er neigte dazu, Menschen seiner Umgebung vorschnell zu beurteilen, tendierte dazu, Freunde mit Feinden zu verwechseln, während ihr ein Blick auf seine Körpersprache genügte, während er sprach, um festzustellen, ob von einem echten oder nur einem eingebildeten Ärgernis die Rede war. Mit leichter, geübter Bewegung nahm sie ihm die Schleier von den Augen, mit ihrer nächtlichen Stimme, die immer ein wenig heiser war, müde nach einem Tag aus Zigarettenqualm und Klimaanlagenluft in geschlossenen Räumen.

Ihre Stimme hatte eine beruhigende, schmerzstillende Wirkung auf ihn. Schon als Kind war er mit einem außergewöhnlich fein entwickelten Gehör gesegnet gewesen, ein Filigraninstrument, das ihm gleichermaßen intensivste Freude und heftigste Schmerzen bereitet hatte, und auch jetzt, als Erwachsener, wurde seine Stimmung entscheidend über das Gehör beeinflusst. Er brauchte ihre Stimme wie andere Menschen ein Glas Whiskey vor dem Schlafengehen.

Im Grunde genommen hatten sie sich über ihre Stimmen kennengelernt, bei einem Telefonat. Sie hatte damals für das Schulfernsehen recherchiert, und er war mit noch ein paar anderen »vielversprechenden musikalischen Hoffnungen« zu einem Panel eingeladen worden. Ihre Stimme hatte ihm auf Anhieb gefallen: ein bisschen sonor, entschieden, aber nicht aggressiv. Ihr erstes Gespräch war kurz – er hatte es beendet, weil er zurück in den Proberaum musste –, aber am nächsten Tag, als sie die Befragung bei einem weiteren Telefonat fortsetzten, hatte sie einiges Wissen zu klassischer Musik offenbart, und er wagte sie zu fragen, ob sie selbst ein Instrument spiele oder vielleicht singe, wobei er ihr gleich noch schnell ein Kompliment für ihre schöne Stimme machte. Sie lachte. Nein, sie habe keinerlei Verbindung zu diesem Bereich. Leider sei sie völlig unmusikalisch, was aber nichts daran ändere, dass Musik in ihren Augen die wunderbarste aller Künste sei. Klassische Musik kenne sie wegen ihres Vaters, der in seiner Freizeit Cello spiele. Die musikalischen Gene aber habe sie nicht geerbt.

In jenem Augenblick hatte er einen für ihn eher untypischen Geistesblitz. Er entschuldigte sich, dass er das Telefonat erneut beenden müsse, wieder wegen einer Probe. Er wisse, dass sie die Befragung bis zum nächsten Tag abgeschlossen haben müsse, sagte er und schlug vor, sich nach der Probe auf einen Kaffee zu treffen und das Ganze »wie es sich gehört« über die Bühne zu bringen.

Zu seiner Freude willigte sie ein. Das war ein hervorragendes Arrangement. Sollte das Treffen wenig erfolgreich verlaufen oder er herausfinden, dass die bezaubernde Stimme zu einer weit weniger bezaubernden Person gehörte, wäre kein Schaden entstanden. Es wäre bloß ein Arbeitstreffen, genau was es sein sollte. Aber falls die Stimme zu einer netten jungen Dame gehörte, wie er sie sich vorstellte, könnte es interessant werden.

Als er in dem Café eintraf, wartete sie bereits auf ihn. Sie stand auf und winkte ihm mit einem Lächeln zu, erkannte ihn von dem Foto, das sie mit ihren Unterlagen bekommen hatte. Sie gefiel ihm sofort. Knabenhafter Körper, braune, ein wenig schräg stehende Augen, die ihn faszinierten, und ein verbindlicher Händedruck. Vom ersten Augenblick an strahlte sie angenehme Selbstsicherheit aus.

Die Tatsache, dass sie ihre erste Stunde zusammen mit einer Unterhaltung über ihn und seine berufliche Welt verbrachten, ermutigte ihn sogar noch mehr. Sie stellte intelligente Fragen und er ließ sich von seinen Geschichten mitreißen, bis er für Augenblicke sogar vergaß, dass sie nur ihre Arbeit machte.

Als er das Gefühl hatte, ihr Gespräch neigte sich allmählich dem Ende zu, lenkte er die Unterhaltung auf sie. Der Cello spielende Vater war ein guter Vorwand. Wo hatte er spielen gelernt? Warum war er nicht Berufsmusiker geworden? Sie erzählte von ihrem Vater, der Ingenieur war, und über ihre Mutter, die als Psychologin arbeitete. Über die Ausbildung zur Cutterin, die sie bald beenden würde, und über die Wohnung im Süden der Stadt bei einer langjährigen Freundin ihrer Großmutter, einer alten Frau, die allein lebte. Im Grunde genommen, erklärte sie, kümmere sie sich als Gegenleistung für die Unterkunft ein wenig um die alte Dame. Ein paar Minuten später, als die Kellnerin die leeren Kaffeebecher abräumte, bestellte er ein Glas Rotwein und schlug Chagit auch eines vor. Sie willigte ein.

Chagit ließ sich am Küchentisch nieder und goss sich aus der Weinflasche ein.

»Und, wie war's?«

»Autopilot«, sagte er. »Das ist einfach Mist, so zu kommen und zu spielen, das verdirbt einen. Aber diesmal hatte ich wirklich keine Wahl. Ich wollte es mir mit dem Beamten vom Kulturministerium nicht verderben.«

»Nein, das ist keine gute Zeit, es sich mit den Herren vom Amt zu verscherzen. Uns haben sie auch so einen Neuen ins Haus geschickt ...«

»Am Ende habe ich beschlossen, Satie zu spielen. Ich dachte, das würde leichter zu verdauen sein. Der Flügel dort war grausam, und ich wollte Chopin darauf nicht massakrieren ...« Plötzlich hielt er inne. »Wen, hast du gesagt, haben sie euch ins Haus geschickt?«

»Wie hat Jochanan ihn bezeichnet? Ein Themenberater. Ein Themenkontrolleur, genau genommen. Ich glaube, er ist von der Militärzensur.«

»Was ist dann Neues dabei? Ihr musstet doch bis jetzt auch alle sicherheitsrelevanten Themen durch die Armeezensur bringen, oder?«

»Das ist etwas vollkommen anderes. Ihm muss alles vorgelegt werden. Wirtschaft, Auslandsnachrichten, selbst Klatschreportagen über Fotomodelle. Ja, sogar Sport. Daniel hat mir gesagt, wegen der Lage habe alles, was ausgestrahlt wird, Einfluss auf die Moral der Zuschauer. Und die Moral des israelischen Volkes ist, offenkundig, eine sicherheitsrelevante Angelegenheit.«

»Nicht zu glauben, wie weit es mit diesem Staat gekommen ist.« Er goss sich noch etwas Wein nach.

»Du klingst wie meine Mutter.«

Er grinste. »Nein, wirklich, man muss hier weg. Ich warte auf eine Mail von Paolo. Er hat mir geschrieben, er wird versuchen, bezüglich der Tournee im April ein offizielles Ersuchen über die Botschaft einzureichen. Und er will versuchen, sich an den Zuständigen für kulturelle Kontakte im Außenministerium zu wenden, vielleicht hilft das. Bei dem ganzen Chaos, das zurzeit herrscht, ist er noch dabei zu verstehen, an wen man so ein Ersuchen überhaupt richten muss. Sag mal, hast du diesen Themenkontrolleur schon getroffen?«

»Eine Sekunde nur. Hi, hallo in der Kaffeeecke. Er wirkt eigentlich ganz nett. Hat sich einen Tee gemacht wie ein echter Beamter. So ein rundlicher. Hat sogar Glatze mit Überbleibseln an den Seiten.«

»Klingt übel.«

»Warum? Glaub mir, ich kenne viele Mistkerle mit komplett rasierter Glatze.«

Sie nahmen beide einen Schluck Wein und betrachteten den Wipfel der Zypresse, der im Fenster seicht hin und her schwang.

»Hast du mir noch etwas zu erzählen?«

»Woher weißt du das?«

Sie lächelte. »Rück endlich raus damit.«

»Am Saalausgang hat mich ein sonderbares Paar abgepasst.«

Sie horchte auf. Die unmerkliche Veränderung seiner Stimmlage signalisierte ihr eine Angstschicht, die unter dem letzten Satz waberte.

»Was für ein Paar denn?«

»Ich weiß nicht. So ältere Leute. Schienen mir gut betucht zu sein. Aber solche, die was von Musik verstehen. Zumindest der Mann. Er hat gemerkt, welches Stück von Satie ich weggelassen habe. Ich hatte richtig das Gefühl, er rügt mich deshalb.«

»Haben sie etwas von dir gewollt?«

»Nein. Du weißt schon, mir erzählen, wie sehr sie es genossen haben. Aber das war sehr sonderbar. Ich hatte so ein Gefühl, als wollten sie mich prüfen. Schlimmer noch, ich habe gespürt, dass sie genau wissen, was ich sagen würde.«

Sie setzte ihre Füße auf die Stuhlkante und stützte den Kopf auf die Knie.

»Du hast ihnen irgendetwas gesagt, dass du hinterher bereut hast.« Das war keine Frage.

»Wie kannst du das wissen?«

»Ich kenne dich eben. Was war es?«

Er zögerte einen Moment. »Bevor sie gegangen sind, hat der Mann gemeint, er wünsche mir, ich würde Chopin noch an anderen, schöneren Orten spielen. Und mir ist rausgerutscht, das sei in Planung, aber dass es schwer sei, zurzeit außer Landes zu kommen. Ich weiß auch nicht, warum ich das gesagt habe.«

An ihrem Gesichtsausdruck konnte er ablesen, dass er einen Fehler gemacht hatte. Sie seufzte. »Jojo, ich weiß, es fällt dir schwer das zu verstehen, aber die Welt ist nicht nur bevölkert von deinen Bewunderern. Was, wenn er die Absicht hatte, dir eine unbedachte Äußerung zu entlocken?« Sie hielt kurz inne. »Vielleicht ist das genau wie bei mir? Vielleicht ist er so ein Themenkontrolleur für Pianisten? Vielleicht sieben sie euch jetzt durch, erstellen Listen von Schielern?«

Die Bezeichnung »Schieler« war in letzter Zeit gang und gäbe geworden. Ein namhafter Publizist hatte sie geprägt für illoyale Bürger, die bei jeder sich bietenden Gelegenheit versuchten, außer Landes zu flüchten. »Menschen, die alles unternehmen würden, um uns ausgerechnet in dieser unserer schwersten Stunde im Stich zu lassen, schielen unentwegt nach draußen.« Der Ausdruck hatte eingeschlagen. Bald waren die Internetforen voll von Anschuldigungen über »Schielen«, »schweres Schielen« und »unheilbares Schielen«.

Der blinde Fleck war erhellt. Und das machte Angst.

»Denkst du, er ist so was in der Art?« Er geriet richtig in Panik.

»Ich weiß nicht. Sicher ist gar nichts. Aber du musst in deinen Kopf rein bekommen, dass man zurzeit vorsichtig sein sollte. Nimm von Fremden keine Süßigkeiten an, Jojo.«

»Er hat mir tatsächlich etwas gegeben«, fiel Joav ein. Er wühlte in seiner Tasche und fischte die Visitenkarte heraus. »Er hat gemeint, vielleicht kann er mir helfen.«

Sie nahm ihm die Karte aus der Hand, betrachtete sie einen Augenblick, sprang dann auf und eilte zum Computer.

Joav blieb erstarrt auf seinem Stuhl sitzen. Nach einer Weile kam sie zurück.

»Okay, ich habe ihn gegoogelt. Aber so gut wie nichts über einen Usi Segal gefunden. Sag mal, kann es sein, dass er in der Reedereibranche ist? Das ist das Einzige, was es hier gibt. Andererseits, wer weiß? Es gibt ja Gerüchte, dass sie sich auch schon das Internet vorgenommen haben.«

3

OBERINSPEKTOR ITZIK LEVI saß einer alten, überspannten Lyrikerin gegenüber, die ihm lang und breit die letzten Tage der Weimarer Republik schilderte. Ungeachtet aller vehementen Dementis des Vizekommandanten spürte er es deutlich – man begrub ihn bei lebendigem Leibe.

Das war das zweite Mal in diesem Jahr, dass sie ihn beerdigten. Beim ersten Mal hatten sie ihn aus der landesweiten Ermittlungseinheit für Betrugsfälle geworfen. Hatten es mit Verstößen gegen Dienstvorschriften begründet, aber er kannte die Wahrheit. In einem der Fälle, in denen er ermittelt hatte, war er drauf und dran gewesen, die krummen Geschäfte eines langjährigen Knessetabgeordneten aufzudecken, hatte gewühlt und zu viel Dreck aufgewirbelt. Der Mann war aber, wie ihm zu spät aufging, bestens mit der Polizeispitze vernetzt. Hatte seine Leute, die dafür sorgten, dass Oberinspektor Levi aus der Einheit flog und wieder bei den Routineermittlungen auf dem Revier landete. Wobei er noch Glück gehabt hatte, dass man ihn nicht gleich ganz aus dem Polizeidienst entließ. Die Ironie war, dass jetzt, nach dem Krieg und den Veränderungen im Machtgefüge, der Mann zusammen mit dem Oberbefehlshaber der Polizeikräfte, der ihn geschützt hatte, abgesetzt worden war und seinen politischen Einfluss verloren hatte. Vielleicht würde er sogar noch den Weg hinter Gitter finden. Aber für Itzik Levi kam das alles zu spät. Man hatte ihn auf dem kleinen Revier im Zentrum von Tel Aviv vergessen. Vielleicht hatten sie ihn aber auch nicht vergessen, vielleicht gab es immer noch jemanden, der sich weiter die Mühe machte, ihn zu peinigen.

Denn jetzt hatten sie ihm sogar die eigentliche Ermittlungsarbeit genommen und ihm dafür eine kurzfristige Aufgabe aufgebürdet, die in seinen Augen überhaupt nicht in den Zuständigkeitsbereich der Polizei fiel. Man hatte ihn zu demjenigen Polizeioffizier gemacht, der innerhalb des Distrikts zuständig sein sollte für Ermittlungen »zur Verhinderung umstürzlerischer Umtriebe und der Beschädigung von Werten des Staates und seiner Symbole«. Irgendjemand von oben, sicher irgendein Politiker, hatte sich diesen Blödsinn ausgedacht, und gelandet war die Sache bei ihm. Hinter der monströsen Bezeichnung stand im Wesentlichen eine ermüdende Serie von Befragungen linker Künstler, die meisten von ihnen Greise, und die Dokumentation ihrer Antworten in einer Akte, die schon bald irgendwo vor sich hin stauben würde.

Der Vizekommandant hatte versucht, ihn zu überzeugen, es sei von einer Beförderung die Rede; dass man ihn, gerade weil man ihn schätze, mit dieser Aufgabe betraut habe; dass dies eine Gelegenheit sei, zurück ins Geschäft zu kommen; dass die Sache im Augenblick zwar noch abwegig wirke, aber den Beginn eines Pilotprojektes darstelle, das in mehreren Distrikten parallel anlaufe, wobei, naturgemäß, Tel Aviv der wichtigste sei. Das könne sich in Zukunft absolut entwickeln, hatte der Vizekommandant erklärt, vielleicht sogar zu einer landesweiten Ermittlungseinheit, wer weiß? Auf jeden Fall sei, wie er klarstellte, die Anweisung, diese Aufgabe von nationaler Tragweite ausgerechnet ihm zu übertragen, von ganz weit oben gekommen. Diese Angelegenheit, so sei ihm angedeutet worden, werde sich ausweiten, und es gäbe Leute, die seine Vorgehensweise aus nächster Nähe verfolgten.

Fürs Erste war ihm für diese »Aufgabe von nationaler Tragweite« noch nicht einmal ein neues Zimmer zugeteilt worden. Er hockte noch immer in diesem vollgestopften Eckkämmerchen, das er bei sich »das Grab« nannte. Aber schon bald, hatte man ihm gesagt, würde er zwei Polizisten unterstellt bekommen, die ihn unterstützen sollten.

»Wenn Sie in dieser Sache Erfolg haben, glauben Sie mir, dann steht Ihrem Weg zurück nach oben nichts mehr im Wege«, hatte Vizekommandant Weinstein zu ihm gesagt. »Sie begreifen überhaupt nicht, wie glücklich Sie sich schätzen sollten, dass man ausgerechnet Sie ausgeguckt hat, das Ganze einzustielen.«

Doch Oberinspektor Itzik Levi tat sich schwer, dem rosigen Bild Glauben zu schenken, das der Vizekommandant zu zeichnen versuchte. Seit seinem Rauswurf bei der Landesermittlungsgruppe Betrugsverbrechen hatte er das Vertrauen in seine Vorgesetzen verloren, und Vizekommandant Weinstein mochte ihn nicht einmal. Er war zu begabt und zu helle. Der Vizekommandant mochte Leute dieser Art in seiner näheren Umgebung nicht.

»Das sieht mir einfach nicht nach Polizeiarbeit aus«, hatte der Oberinspektor versucht, Einwände geltend zu machen. »Warum wird der Schabbak nicht damit betraut? Die haben doch schließlich als Inlandsgeheimdienst die Kenntnisse, beschäftigen sich traditionell mit so was. Sagen Sie mal, ist das überhaupt legal, diese Stelle? Hat jemand sich die Mühe gemacht, das zu überprüfen?«

»Das ist nicht nur legal«, hatte der Vizekommandant erwidert. »Die haben extra einen Paragrafen in die Notstandsverordnungen aufgenommen, um genau diese Art von polizeilicher Arbeit zu ermöglichen. Kriegen Sie das endlich in Ihren Schädel – jetzt entscheiden *die*, was legal ist und was nicht. Nicht der Oberste Gerichtshof oder sonst irgendjemand. Mag sein, das ist ein bescheidener Anfang, aber ich weiß, dass sie dem beim ÜOK Bedeutung beimessen. Man fängt an mit einem Experiment im Kleinen, aber der Planung nach soll etwas Großes daraus werden. Meiner Ansicht nach ist das sogar klug, es so zu machen. Es sorgfältig aufzubauen, von unten nach oben. Wie auch immer, die wollen nicht, dass das Ganze eine Aura von Geheimhaltung bekommt, wie wenn sich der Schabbak darum kümmern würde. Im Gegenteil, es soll möglichst behördlich und offiziell sein. Das ist eine wichtige und erzieherische Aufgabe für den Staat, auf die man stolz sein sollte. Die wollen, dass die Schieler und Verräter sich schämen. Dass sie sich verkriechen. Und keinen, der versucht, sie in Schutz zu nehmen. Daher ist das eine Aufgabe für die Polizei. Hier ist nicht von Geheimdienstarbeit oder Ähnlichem die Rede.«

Das genau war aus Oberinspektor Levis Sicht das Problem. Er verstand nicht, welche Vergehen er aufdecken sollte. Doch hatte er das Gefühl, dass auch der Vizekommandant keine wirkliche Vorstellung hatte, weshalb er auf die Frage verzichtete und nur abschließend bemerkte: »Sie wissen, dass ich nicht dafür zur Polizei gekommen bin.«

Eine Bemerkung, die der Vizekommandant ebenfalls nicht mochte. »Gut, Levi, ich habe Ihre Einstellung satt. Keinen Pieps mehr will ich von Ihnen hören. Sie machen das und Schluss.«

Und jetzt machte der Oberinspektor das. Er saß der verrückten Dichterin gegenüber und ließ einen Bleistift durch die Finger wandern. Insgeheim gab er seinen Jugendsünden die Schuld. Ein Jahr auf der Schauspielschule von Nissan Nativ und noch mal drei Jahre an der Fakultät für Geisteswissenschaften der Universität Tel Aviv hatten ihn in den Augen irgendeines hohen Tiers, das sich seine Personalakte angesehen hatte, zum Experten für Künstler und Linke gemacht. Nur dass der junge Mann, der einen Bachelor in Literaturwissenschaften gemacht und vom Theater geträumt hatte, jemand war, der sich schon vor Langem aufgelöst hatte. Zwar war die Idee, zur Polizei zu gehen, irgendwann während des Studiums, nachdem er Simenon gelesen hatte, in seinem Gehirn aufgeblitzt, aber Simenons Oberinspektor Maigret hatte niemals dasitzen und sich solchen Blödsinn anhören müssen.

Er legte die Listen der Leute, die zu Hintergrund- oder Klärungsgesprächen einbestellt wurden, nicht selbst fest. Er bekam sie vom Vizekommandanten, und der bekam sie von weiß der Teufel wem. Fürs Erste war das die Arbeit. Er war nicht gebeten worden, irgendjemanden festzunehmen, sondern nur eine Akte anzulegen, ein bisschen in diesen verängstigten Seelen zu graben. Da war nichts zu machen. Seine schöngeistige Vergangenheit verfolgte ihn. Doch siehe da, ungeachtet aller Abscheu gegenüber der Tätigkeit war er nach einiger Zeit gezwungen, sich selbst einzugestehen, dass ein Teil der Begegnungen, die ihm dieser sonderbare Job bescherte, nicht völlig uninteressant war. Es gab sogar einige bewegende Augenblicke.

Eines Tages tauchte auf der Liste der Name eines Schauspielers auf, den er in seiner Jugend verehrt hatte. Der Mann hatte allem Anschein nach aus Engagement und unentgeltlich bei zu vielen fragwürdigen Auftritten mitgewirkt. Oberinspektor Levi war ein bisschen aufgeregt, als der Mime mit seiner weißen Mähne zögernd das kleine Büro betrat, und konnte sich nur mit Mühe davon abhalten, irgendeine Floskel über die sonderbaren Umstände ihres Zusammentreffens oder wenigstens eine kleine Ehrfurchtsbekundung wie »ich bin mit Ihnen groß geworden« loszuwerden. Er hielt sich an seine Papiere und Standardfragen, bemühte sich aber trotzdem, das Ganze in sanfterem Ton als gewöhnlich über die Bühne zu bringen. »Würden Sie sich selbst als Zionisten definieren?« »Haben Sie Kontakt zu Nichtjuden?« »Haben Sie im letzten Jahr an irgendeiner Protestaktion teilgenommen?« »Und in den letzten fünf Jahren?«

Er hatte eine feste Vorgehensweise: Zunächst die offiziellen Fragen, die man ihm diktiert hatte, und wenn die abgearbeitet waren, noch ein kurzes, weniger förmliches Gespräch nach eigenem Ermessen. Und am Ende schrieb er seinen Bericht.

Obgleich er sich alle Mühe gab, behutsam vorzugehen, zitterte der ältliche Schauspieler vor Angst. Die meisten waren so, zu Tode verängstigt. Und die meisten hatten in ihrem Leben noch nie ein Verhörzimmer von innen gesehen. Er hatte bereits eine goldene Regel formuliert – je weniger eingeschüchtert der Mensch vor ihm wirkte, umso mehr Anlass bestand, ihn gründlich zu vernehmen und im Zweifelsfall sogar eine weitere Observierung anzuordnen. Aber das kam selten vor. Zumeist waren sie wie dieser Schauspieler, versuchten in seinen Augen zu lesen, was die richtige Antwort war, was er hören wollte. Bei der ersten Frage war das leicht. Noch nie hatte er so bewegte Liebeserklärungen an die zionistische Idee gehört wie zu Beginn dieser Gespräche. Sie ergingen sich in begeisterten Erklärungen, in der herzergreifenden Hoffnung, sich so einen Versicherungsschein auszustellen. Erzählten ihm Geschichten von ihren Tagen im Kibbuz, in der Armee, von pausenlosen unentgeltlichen Auftritten im Dienst für das Vaterland. Bei den folgenden Fragen fingen sie schon an durcheinanderzugeraten. Gestanden verschreckt murmelnd alle möglichen Demonstrationen und Ereignisse, an denen sie teilgenommen hatten, suchten wie Pennäler nach Entschuldigungen. Wegen der Frauen waren sie dort gewesen, es gab so schöne Frauen bei den Linken. Sie hatten sich mitschleppen lassen. Waren an jenem Abend betrunken gewesen, erinnerten sich an gar nichts mehr. Sie waren rein zufällig dorthin geraten, oder man hatte sie unter falschem Vorwand hingelockt.

Sie gestanden ihm, süchtig nach dem Publikum zu sein, sprachen von ihren verlöschenden Karrieren, von der Gelegenheit, die solche Ereignisse boten, noch einmal, für einen Moment nur auf einer Bühne zu stehen. Ja, dieses Der-Bühne-verfallen-Sein war schuld an allem, jämmerliche Junkies.

Es gab auch andere, wenige, die mit sicherem Schritt ins Zimmer kamen und ihn mit unverhohlener Verachtung ansahen. Die seine Fragen kühl und knapp beantworteten. Nicht kooperierten. Ihm erklärten, es gehe ihn nichts an, wie sie sich selbst definierten, oder ob sie sich als Zionisten betrachteten. Sie ließen ihn wissen, die Arbeit, der er nachgehe, sei schändlich und nicht im Mindesten polizeilich (er verzog keine Miene, wenn sie so etwas sagten), dass er Teil eines Apparates sei, der jegliche moralische Berechtigung verloren habe, und dass der Tag nicht fern sei, an dem er auf der anderen Seite dieses Tisches und echte Polizisten auf der seinen sitzen würden.

Er vermied die Konfrontation mit ihnen, hielt ihnen keine Moralpredigten. Ihre Äußerungen notierte er wie das Protokoll eines Verkehrsunfalls. Sicher, in gewissem Maße schätzte er sie für ihren Mut, betrachtete sie aber dennoch als Dummköpfe. Menschen, die sich aus Gewissensgründen mit Politik befassten, waren in seinen Augen Narren. Man nutzte sie im Namen hehrer Ideale aus, und sie merkten es noch nicht einmal. Seine Auffassung war, dass ein Mensch sich mit dem beschäftigen sollte, worin er gut ist, wonach seine Natur strebt, und sich dem ganz und gar widmen. Schauspieler sollten spielen, Sänger singen, und ja, das musste er insgeheim einräumen, Ermittler sollten mit Kriminalfällen befasst sein und nicht mit solchem Unsinn.

Dennoch erledigte er seine Arbeit streng nach Vorschrift. Seine Berichte waren klar und geordnet. Auch wenn sie jene betrafen, die ihn beschimpft hatten.

Einen Fall hatte es indes gegeben, bei dem er ein wenig von seiner üblichen Marschroute abgewichen war. Das war, als ein Literaturprofessor, den er an der Universität gehabt hatte, in sein Zimmer gekommen war. Er erinnerte sich noch gut an den alten Mann, ein abstoßender Mensch, der nicht nur Studenten schikaniert, sondern überdies seine Stellung schamlos ausgenutzt hatte, um den Versuch zu unternehmen, junge Studentinnen in sein Bett zu lotsen. Der Professor hingegen hatte natürlich keinerlei Erinnerung mehr an ihn.

Bei seiner Vernehmung hatte der betagte Gelehrte eine Doppelstrategie gewählt – etwas, was Oberinspektor Levi verabscheute. Zum einen hatte er versucht, Haltung zu bewahren und dem Oberinspektor den fundamentalen Fehler und die Abweichung von allen demokratischen Normen zu erläutern, die seiner Funktion innewohnten, um gleichzeitig die Bedeutung der eigenen politischen Handlungen und Aktivitäten nach Kräften herunterzuspielen. Als der Herr Professor versuchte, von der abgedroschenen Phrase der »schönen Frauen bei den Linken« Gebrauch zu machen, verlor Oberinspektor Levi zum ersten Mal etwas von seiner bekannten Selbstbeherrschung. Er kam von seinem Stuhl hoch, brachte sein Gesicht ganz nah an das des Professors und erklärte ihm, er ertrage faule Witze dieser Art nicht. Einmal in Schwung eröffnete er dem Professor, er stehe schon seit geraumer Zeit unter Beobachtung, zumal die Verdachtsmomente gegen ihn zu den gravierendsten gehörten, mit denen er es bisher zu tun bekommen habe, und dass Sexualstraftäter in den Gefängnissen nicht gern gesehen seien, insbesondere, wenn sie dort wegen schweren Schielens und umstürzlerischer Umtriebe landeten, die an Hochverrat grenzten. Er verspürte große Lust, die Befragung noch weiter fortzusetzen, da er sah, wie der Professor vor seinen Augen zu einem Häufchen verstörten Gestammels zusammenfiel, und als er ihn schließlich rauswarf, hatte er einen kleinen Urinfleck vorne an der dunklen Anzughose bemerkt.

In diesem Fall war er wirklich ein wenig von der Norm abgewichen. Aber nur ein wenig.

4

JOAV HASSTE DIE FAHRTEN AUF DIESER LINIE. Jahre hatte er im Bus nach Tel Aviv und zurück verbracht. Dabei hatte er als Kind die Strecke gemocht, hatten die Fahrten Zeit zum Ausruhen und für Tagträumereien geboten. Jetzt aber fühlte er sich falsch unter all den Soldaten, den alten Leuten, Russen und Äthiopiern, die den Bus füllten. Die Fahrten weckten bei ihm eine stärkeres Gefühl persönlicher Niederlage als jede Absage, die er von einem Orchester bekam, oder sämtliche ermüdenden Privatstunden, die er talentfreien Kindern gab. Denn hier saß er nun, ein Mann von dreiunddreißig Jahren, an den schwabbeligen Oberschenkel einer jungen Unteroffizierin von der Erziehungskompanie gedrängt, während er sich der Planung nach bereits auf einem Platz in der Businessklasse rekeln sollte, auf dem Weg zum nächsten Konzert in Berlin oder New York.

Seine Mutter hatte ihn einbestellt. In den letzten Jahren war der Kontakt zwischen ihnen loser geworden, aber alle paar Wochen pflegte seine Mutter sich einen Vorwand auszudenken, der sein sofortiges Erscheinen erforderlich machte. Widerstand war zwecklos. Wäre er der Aufforderung nicht nachgekommen, hätte sie ihm mit wachsender Frequenz und Nachdrücklichkeit am Telefon zugesetzt, bis er kapituliert und den nächsten Bus genommen hätte. Diesen Abnutzungskrieg ersparte er sich lieber.

Diesmal dienten ein paar Bücher und Notenhefte aus seiner Kinderzeit als Vorwand. Seine Mutter hatte beschlossen, das Arbeitszimmer neu zu gestalten, und der Raum, der jahrelang nur ihm geweiht gewesen war, erlebte stürmische Zeiten. Sie wollte wieder malen, wollte die Begabung entfalten, die sie die meiste Zeit ihres Lebens unterdrückt hatte, um ihrem Sohn »die besten Bedingungen für seine Entwicklung« zu ermöglichen. Auch wollte sie Michael, ihrem neuen Freund, ein untersetzter Gnom, der mit Tröpfchenbewässerungssystemen oder so etwas in der Art handelte, eine Computerecke einrichten, damit er von dort aus seine Tröpfchenbewässerungsgeschäfte verfolgen konnte. »Ich habe keinen Zentimeter Platz. Ich kann einfach nicht länger deine Abstellkammer sein. Also, ich bitte dich, komm und nimm all diese Sachen mit. Oder wirf sie weg. Mach damit, was du willst.«

Groll oder erstickende Wärme – das waren die beiden einzigen Aggregatzustände, die ihn zu Hause erwarteten, und dem Ton am Telefon nach wusste er, welcher von beiden ihm diesmal bevorstand. Als er noch dort gewohnt hatte, hatte es im Wesentlichen nur die zweite Möglichkeit gegeben. Er war »das kleine Genie« seiner Mutter, ihr ganzer Stolz und ihre Hoffnung. Alles wartete vorbildlich arrangiert auf ihn – sein Lieblingsessen in durchsichtigen Plastikboxen im Kühlschrank, die Sachen für die Recitals gebügelt im Kleiderschrank, ja selbst die Serien, die er sich im Fernsehen anschaute, warteten auf Videokassetten aufgenommen auf der Anrichte im Wohnzimmer. Auch wenn sie Überstunden machte, krank war oder einfach mal einen schlechten Tag hatte, alles, was ihr kleines Genie benötigte, wartete immer an seinem Platz.

In den letzten Jahren, bei ausbleibenden Konzerten, war es der Groll, der ihn mit wachsender Regelmäßigkeit empfing. Er war jetzt im schwierigsten Alter für einen Pianisten – mit über dreißig hatten die preisdotierten Wettbewerbe aufgehört und der Überlebenskampf begonnen. Abgesehen von den wenigen Auserwählten, die einen der sieben großen Wettbewerbe gewannen, waren dies für alle Übrigen schicksalhafte Jahre, letzte Gelegenheit für einen verspäteten Sonnenaufgang. Und ausgerechnet da war ihr Glaube geschwunden. Vielleicht, weil sie bis zum letzten Wettbewerb noch immer gehofft hatte, er würde endlich den ersehnten Pokal nach Hause bringen.

Ihr hemmungslosen Weinen an seinem dreißigsten Geburtstag, als Chagit und er ihr abwechselnd Taschentücher gereicht hatten und der traditionelle Schokoladenkuchen, den sie gebacken hatte, verwaist auf dem Wohnzimmertisch stand, hatte sich in seiner Erinnerung tief eingegraben.

Nach der anfänglichen Erschütterung, der plötzlichen Entfremdung, die zwischen ihnen gekeimt war, hatte er sich erleichtert gefühlt. Erst als ihre Hoffnung enttäuscht war und sie begann, ihre Umklammerung zu lösen, hatte er gespürt, wie einschnürend und beklemmend diese gewesen war. Mit Mitte zwanzig, als er zu Hause auszog und nach Tel Aviv ging, hatte sich zwischen ihnen eine Routine täglicher Telefonate entwickelt, die zumeist zweigeteilt waren – im ersten Teil verlangte sie ausführlichen Bericht über seinen Gesundheitszustand, sein Übungspensum, die Konzerte, die er gegeben hatte – in den seltenen Fällen, in denen sie selbst nicht zugegen gewesen war – und über neue Angebote seines Agenten. Im zweiten Teil des Telefonats arbeitete sie eine feste Liste von Anweisungen ab, die er auswendig konnte, von warmer Kleidung, die er tragen sollte, bis hin zu dem vorwurfsvollen, steifen Appell, sich beim Üben nicht auf die faule Haut zu legen. Das tägliche Telefonat terminierte sie immer für gegen ein Uhr mittags, ein Zeitpunkt, an dem sie sicherstellen konnte, dass er seine morgendliche Übungseinheit pflichtgemäß absolviert hatte, und sich vergewissern, was er zu Mittag zu essen gedachte. Mit Ausdünnen der Telefonate empfand er gegen ein Uhr deren Geisterschmerz, wie Amputierte noch lange das vermeintliche Vorhandensein der abgenommenen Gliedmaßen spüren. Mehr als einmal nur meinte er beim mittäglichen Klavierspiel das Klingeln des Telefons zwischen den Tönen zu hören und erhob sich, um den Hörer abzunehmen, doch zu hören war nur das monotone, ein wenig schiefe G-Dur des Freizeichens.

Nach einer angemessenen Trauerzeit schien sie sich zu berappeln. Begann wieder, ihn nach geplanten Konzerten zu fragen, und verhörte ihn bezüglich seines Übungspensums. Aber es war nicht mehr dasselbe. Die Häufigkeit der Anrufe nahm stark ab, und aus allem sprach der Schmerz, als erledigte sie eine Pflichtaufgabe. Der nie in die Höhe gereckte Pokal stand zwischen ihnen, greifbarer und funkelnder als jede echte Trophäe.

Die schwerste Kränkung von allen jedoch zog sie aus der Tatsache, dass ihr Rückzug aus seinem Leben seinerseits keinerlei erkennbare Krise oder wenigstens Reue nach sich zog. Ihr schien, als machte er weiter wie gewohnt. Auch wurde ihr klar, dass sie nicht derart lebenswichtig für ihn war, wie sie angenommen hatte. Denn die Wachablösung war eine komplette: die wichtigste Frau in seinem Leben war nun Chagit. Es war ein stiller Umsturz, ohne Salonkämpfe. Im Gegenteil, Chagit war die Erste unter seinen Freundinnen, an der seine Mutter nichts auszusetzen hatte. Insgeheim dachte sie sogar, dass Chagit sie an sich selbst erinnerte. Eine tüchtige, vernünftige, nicht verwöhnte junge Frau. Eine, die für sich selbst sorgen kann, die nicht den Kopf in den Wolken hat, wie die Musikerinnen, die er vor ihr mit nach Hause gebracht hatte, und auch nicht mit zu großem Mundwerk – sie konnte sich nicht eine geringschätzige Äußerung oder Geste in Erinnerung rufen, die ihr von Chagits Seite zuteilgeworden wäre. Als sie geheiratet hatten, kurz vor Joavs achtundzwanzigstem Geburtstag, hatte sie in seiner Gegenwart, den Arm um seine Schulter geschlungen und mit einem Lächeln im Gesicht, sogar zu ihren Freundinnen gemeint, endlich müsse eine andere jetzt das Joch seiner zu bügelnden Hemden und der dünnen Schnitzel schultern. Dieses Lächeln aber war schon lange vergangen.

Denn sie glaubte nicht wirklich, dass jemand außer ihr Joav die Unterstützung geben konnte, die er benötigte. Keine würde ihn jemals so gut kennen wie sie, auch Chagit nicht. Mit der Zeit verfestigte sich der bittere, wenn auch nicht zu beweisende Verdacht bei ihr, die Ehrerbietung und Herzlichkeit, die Chagit ihr gegenüber vom ersten Augenblick an demonstriert hatte, seien Teil eines raffinierten Plans, sie einzulullen und ihren Sohn zu entfremden.

Aber das traf nicht im Entferntesten zu. Genau genommen war es Chagit, die Joav oft daran erinnerte, seine Mutter anzurufen und zu Konzerten einzuladen oder ihr umgehend von erfreulichen Neuigkeiten zu berichten, die seine Karriere betrafen, so es denn solche gab. Sie wusste die gewaltige Investition Galias in Joav zu schätzen und war sensibel für deren Kränkung und Schmerz.

Joav hingegen empfand große Erleichterung angesichts des Grabens, der sich zwischen seiner Mutter und seinem Leben aufgetan hatte. Die beträchtlichen Ressourcen, die sie über die Jahre für ihn mobilisiert hatte, waren an zahlreiche Bedingungen und Forderungen geknüpft gewesen. Die Zurechtweisungen, oder schlimmer noch, das kühle Schweigen, wenn er nicht genug übte, die detaillierten Post-mortem-Analysen der Fehler, die ihm bei Wettbewerben unterlaufen waren, die Geringschätzung seinen Agenten gegenüber und die Erschütterung seines Vertrauens in sie – all das hatte sich mit wachsender Distanz in Wohlgefallen aufgelöst.

Mit Chagit war es anders. Nur selten mischte sie sich in Entscheidungen ein, die seine Karriere betrafen, und falls doch, dann nur, wenn sie sich sehr sicher war, recht zu haben. Zumeist begnügte sie sich mit Zuhören und Ermutigen, brachte höchstens einmal behutsam bedenkenswerte Punkte an. Sie pflegte nie Urteile zu fällen wie seine Mutter, entschiedene Voten abzugeben, deren Infragestellen mit längerer Funkstille geahndet wurde. Er sagte Chagit dies nicht, aber insgeheim empfand er tiefe Dankbarkeit für die Freiheit, die sie ihm zugestand. Oft, wenn er sie im Profil betrachtete, ohne dass sie es bemerkte, oder sie anschaute, wenn sie schlief, dachte er an das Glück, das ihm zuteilgeworden war.

Er klingelte an der Tür und hörte die Stimme seiner Mutter, die ihn aufforderte hereinzukommen. Sie stand mit dem Rücken zu ihm und staubte ihre Porzellanfiguren ab. Er hatte sie so gut wie noch nie in einem Moment der Untätigkeit ertappt. Im Grunde genommen hatte er den Eindruck, die meiste Zeit ihres Lebens habe sie einen Putzlappen in der Hand gehabt.

»Du kommst zu spät«, bemerkte sie, ohne sich umzudrehen. »Ich muss gleich in die Praxis.«

»Der Bus kam nicht von der Stelle, Stau.«

Jetzt sah sie ihn aus dem Augenwinkel an, und er straffte sich ein wenig. Immer hatte sie ihn auf seine Haltung hingewiesen.

»Deine Sachen sind in einem Karton im Arbeitszimmer. Du kannst ihn so mitnehmen oder durchsehen. Nur, dass du mir hier nichts dalässt.«

Im Arbeitszimmer, zwischen Bücherstapeln, Unterlagen und verrückten Möbeln, entdeckte er den Karton, auf den seine Mutter in ihrer ordentlichen Handschrift mit schwarzem Filzstift »JOAV« geschrieben hatte. Er schleppte ihn zur Essecke und begann, den Inhalt zu inspizieren. Es befand sich nichts darin, was er wirklich noch gebraucht hätte, dennoch entschied er, ein bisschen in den alten Heften zu stöbern.

Seine Mutter legte endlich das Staubtuch aus der Hand, machte ihnen beiden einen Kräutertee und ließ sich neben ihm nieder.

»Und was gibt es Neues? Übst du anständig?« Sie blies kurz und kräftig in den dampfend heißen Tee.

»Sicher übe ich«, sagte er. Das war seine Standardantwort, obgleich er schon immer das Gefühl gehabt hatte, dass sie, noch ehe die Frage überhaupt gestellt war, genau wusste, wie viele Stunden er in dieser oder jener Woche geübt hatte. Oder genauer gesagt, wie viele er ausgelassen hatte. »Paolo versucht, mir eine Tournee im Frühjahr zu organisieren. Aber das ist nicht leicht zurzeit, es gibt alle möglichen neuen bürokratischen Hürden, die man nehmen muss, um das Land verlassen zu dürfen.«

Sie machte eine abfällige Handbewegung. »Paolo, dieser Gauner, der wird nichts zustande bringen. Aber warum sollten sie dir Probleme bereiten? Kannst du nicht mit irgendjemandem reden? Du kennst doch schließlich alle Zuständigen.«

»Habe ich mal gekannt, Mama, früher. Jetzt, mit Schamais Notstandsregierung, ist das nicht mehr so einfach. Der alte Apparat ist schon nicht mehr am Ruder, aber noch ist nicht klar, wer ihn ablöst. Chaos pur.«

»Ich finde diesen Schamai eigentlich ganz sympathisch. Ein ernst zu nehmender Mann. Vielleicht endlich mal einer, der hier für ein bisschen Ordnung sorgt. Sag mal, hat dir Alon etwas über die Explosion erzählt?«, fragte sie schnell und hob ihre Teetasse, um einen Schluck zu nehmen.

Das also war der eigentliche Grund für seine dringliche Einbestellung, dachte er. Die Explosion. Er war herbeordert worden, um ihre Neugierde zu befriedigen. Sie hoffte, vertrauliche Einzelheiten über das Ereignis zu erfahren, über das sich das ganze Land das Maul zerriss und Mutmaßungen anstellte. Sie nahm an, dass Alon, der einzige Kindheitsfreund ihres Sohnes und ein recht namhafter Journalist bei der Tageszeitung Jedioth Acharonoth, ihn dazu bereits mit wichtigen Informationen versorgt hatte, die nicht in die Medien gelangt waren.

Er kannte die Vorgehensweise. Jedes Mal, wenn es irgendwo einen saftigen Skandal gab, schöpfte sie bei ihm die Informationen ab, die er von Alon bekommen hatte, um sie hernach flüsternd unter ihren Freundinnen beim Friseur oder am Bridgetisch zu verbreiten. Das verschaffte ihr allem Anschein nach große Befriedigung; ein Gefühl von Macht, von Bedeutsamkeit.

Für einen Moment überlegte er, sie um dieses Vergnügen zu bringen – aber schon war der Moment vorüber. Ihre Vermutung war exakt. Tatsächlich hatte er Alon genau zwei Tage zuvor getroffen, bei einem Picknick, das sie am Schabbat im Yarkon-Park gemacht hatten, mit Alon, seiner Frau und noch einem Freundespaar. »Das erste Picknick nach dem Krieg«, hatten sie gewitzelt, als sie sich trafen, »das klingt wie ein tschechischer Film.« Und nach zwei Gläsern Wein waren die Informationen aus Alon nur so herausgesprudelt, beflügelt auch von seiner bekannten Hybris, die Joav nur selten auf die Nerven ging und zumeist seinerseits mit Verständnis hingenommen wurde. Denn nach allem hatte diese Hybris durchaus manches, worauf sie bauen konnte. Einige Monate zuvor, in einem wirklich schicksalhaften Moment, hatte Alon ihnen seinen Stellenwert und seine Freundschaft unter Beweis gestellt, als er seine Befürchtungen mit ihnen geteilt und sie vor einem Krieg gewarnt hatte, der buchstäblich jeden Augenblick ausbrechen könnte. Da ohnehin Wochenende war, waren sie der Meinung gewesen, es würde nicht schaden, die Warnung ernst zu nehmen, und hatten beschlossen, Chagits Eltern besuchen zu fahren. So waren sie ohne Weiteres aus der Stadt gekommen, ohne die Riesenstaus der bald darauf einsetzenden panischen Fluchtwelle und ohne überflüssige Ängste. Am nächsten Tag brach der Krieg aus.

Sie waren Alon zutiefst dankbar. Genau genommen fand das Picknick statt, um ihm zu danken. Chagit hatte Joav sogar angewiesen, ihm ein kleines Geschenk zu kaufen, und da Alon ein ernsthafter Liebhaber klassischer Musik war, wählte Joav für ihn eine neue, schöne Biografie Chopins aus, die er noch mit einer Widmung versah. »Alon, mein teurer Bruder, dank Dir habe ich Frederics Balladen einstudiert, anstatt mich vor den Raketen zu verkriechen. Hoffe, Du hast Spaß an dem Buch. Mit großem Dank und in Liebe von uns beiden, Joav und Chagit Kirsch.«

Alon war bewegt von der Geste und erzählte, als kleines Präsent seinerseits, Joav das wenige, was er über die ganze Sache wusste. Die Informationen, die bezüglich der Explosion für die Öffentlichkeit freigegeben worden waren, waren mehr als dürftig. Am fünften Tag des Krieges, als alles darauf hindeutete, dass die Armee am Rand einer verheerenden Niederlage stand, hatte sich während der Sitzung des Sicherheitskabinetts eine gewaltige Explosion ereignet, der so gut wie die gesamte militärische Führungsspitze zum Opfer gefallen war. Der Premierminister, der auch als Verteidigungsminister fungierte, war lebensgefährlich verletzt und der Generalstabschef getötet worden. Über die Ermittlungen wurde strengste Geheimhaltung verhängt. Die Gerüchte sprachen von einem Marschflugkörper oder einem Sprengsatz, deponiert durch einen Maulwurf. Auch hielten sich hartnäckige Gerüchte, die eine Gruppe ranghoher Militärs im Generalstab der gezielten Liquidation und eines geplanten Umsturzes bezichtigten. Aber die neuen Behörden ließen so gut wie nichts verlautbaren, einmal abgesehen von der lakonischen Meldung: »Die Ermittlungen dauern an.« Das Einzige, was der Öffentlichkeit offiziell bekannt gemacht wurde, war das über die Medien am Abend der Explosion verbreitete Bulletin des stellvertretenden Oberbefehlshabers, Generalmajor Menachem »Meni« Schamai. Er gab einen kurzen Bericht über die Katastrophe ab und teilte dann mit, in Absprache mit dem Staatspräsidenten, dem Präsidenten des Obersten Gerichtshofs und dem Rechtsberater der Regierung sei ein Übergangsoberkommando unter seiner Leitung eingerichtet worden, in dem hochrangige Vertreter aller Regierungsstellen vertreten seien. Das ÜOK, so Schamai, werde die Führung der Staatsgeschäfte bis zum Ende des Krieges übernehmen und »das Schiff an sichere Gestade steuern«.

Um ehrlich zu sein – viel mehr saftige Details hatte auch Alon nicht beizusteuern. Beim zweiten Glas Wein schwang er sich zu einer etwas langweiligen Rede auf, in der er die politische Lage Meni Schamais analysierte, dessen Wunsch, die Zügel der Macht weiter in der Hand zu behalten, und die Manöver, die er vollführte, um eine Untersuchungskommission eingesetzt zu bekommen, die sowohl nach seinem Geschmack wäre als auch die Amerikaner zufriedenstellte. Doch überraschenderweise pries er Schamais Vorgehen während des Krieges von dem Augenblick an, da der Mann die Geschicke in die Hand genommen hatte, und rechtfertigte auch den Ausnahmezustand, den er nach Kriegsende aufrechterhalten hatte. Wäre nicht Schamai gewesen, behauptete Alon pathetisch, gut möglich, dass wir jetzt schon keinen Staat mehr hätten.

Joav gab seiner Mutter Alons Worte wieder und nahm ihre Enttäuschung wahr. Sie hatte mehr erwartet. Möglich, dass sie gar den Verdacht hegte, er erzählte ihr nicht alles, was er wusste. Als sie es aufgab, ihm noch mehr Einzelheiten zu entlocken, kehrte sie zu ihrem Lieblingsthema zurück: der verlöschenden Karriere ihres Sohnes. Sie nahm eines der Papiere, die er auf den Tisch gelegt hatte, zur Hand und seufzte. »Erinnerst du dich daran?« Sie wedelte mit der Seite wie ein Staatsanwalt, der dem Angeklagten ein belastendes Beweismittel präsentiert. Es war eine der ersten Sachen, die er geschrieben hatte, kaum ein Jahr nachdem er mit dem Unterricht begonnen hatte, eine kleine Etüde, auf Wunsch von Chaja, seiner ersten Lehrerin. Er betrachtete das Notenblatt. Die vergessenen Töne klangen in seinem Kopf wider und brachten ihm Bilder in Erinnerung. Chajas schwerer deutscher Flügel, der Becher Nescafé mit Milch, der auf einem Schemel neben ihr stand, das blaue Wollkleid, das sich über ihren großen Brüsten spannte, Beethovens Bild über der künstlichen Topfpflanze mit ihren riesigen, dunkelgrünen Blättern und der orangeroten Blüte.

»Wie sie dich vergöttert hat«, sagte seine Mutter. »Schon nach der dritten Stunde hat sie mir gesagt, einen so begabten Schüler wie dich habe sie noch nie gehabt. ›Sie werden ihn sehr schnell nach Tel Aviv nehmen müssen und von dort gleich weiter zur Carnegie Hall.‹«

Diesen Satz kannte er nur zu gut. Seine Mutter pflegte ihn von Zeit zu Zeit aus dem Ärmel zu schütteln. Nicht als Ermutigung, sondern als Anklage, da die Carnegie Hall schon in weite Ferne gerückt war. Er verabscheute diesen Konzertsaal, obgleich er noch niemals dort gewesen war.

»Ich erinnere mich an dich im ersten Jahr. Nichts musste ich dir sagen. Du bist aus der Schule nach Hause gekommen und gleich zum Klavier gelaufen. Wenn überhaupt, habe ich versucht, dich davon loszureißen. Damit du ein bisschen draußen spielen gehst, ein bisschen Sonne zu sehen bekommst. Was für eine Disziplin du damals gehabt hast.«

»Das hatte überhaupt nichts mit Disziplin zu tun«, sagte er. »Das war einfach nur Spaß.«

Sie nahm einen Schluck von ihrem Tee und stellte ihn wieder auf dem Tisch ab.

»Gut. Ich muss los in die Praxis. Das ist zwar kein *Spaß*«, betonte sie verächtlich, »aber etwas, das ich tun muss.«

Auf dem Rückweg nach Tel Aviv, in der hintersten Reihe des Busses mit dem Karton auf den Knien, dachte er darüber nach. Vielleicht war das die Sache, der verlorene Schlüssel: der Spaß hatte sich verflüchtigt und war abgelöst worden durch einen permanenten Kampf, den Anforderungen zu genügen. Wenn er nur den Spaß wiederfände, vielleicht bequemte sich dann auch die alte, böse Carnegie Hall, eine Kehrtwendung zu machen und ein wenig näher zu kommen … Vielleicht musste er, anstatt zu versuchen, es in die Carnegie Hall zu schaffen, die Carnegie Hall zu ihm kommen lassen … Musste den störrischen Konzertsaal locken, wie man ein Kätzchen mit einer Schale Milch verführt … Denn läuft man dem Kätzchen mit der Schale hinterher, schwappt die Milch über und landet auf dem Fußboden … Er verzog das Gesicht zu einem bitteren Grinsen, das dem äthiopischen Soldaten, der neben ihm saß, einen erstaunten Blick abnötigte. Der Soldat rückte auf seinem Sitz ein wenig von ihm ab, und Joav schloss die Augen und lehnte den Kopf gegen die Scheibe. Wieder musste er an den letzten Schabbat denken, an das Picknick: diesmal sah er vor seinem geistigen Auge Maayans Puppe verkehrt herum in der Palme hängen, den Kopf zwischen den Ästen hin und her pendelnd und die Beine in den Himmel gereckt – der sonderbare und traurige Schlussakkord des ganzen Ereignisses.

Dabei hatte das Picknick in einem Gefühl der Euphorie begonnen. Sie waren zu acht, drei Freundespaare und zwei kleine Mädchen von drei Jahren, und hatten einander verkündet, wie sehr sich alle freuten, nach so langer Zeit wieder auf ihr geliebtes Stück Rasenfläche zurückzukehren, unter den Palmen mit Blick auf den Luna Park. Sie hatten sich umarmt, Küsschen ausgetauscht, hatten die Matten ausgebreitet und die Leckerbissen ausgepackt. Der Korb, den Eres und seine Frau mitgebracht hatten, war besonders üppig: Eres gehörte ein Restaurant, und obgleich Joav niemals eine gemeinsame Sprache mit ihm gefunden hatte, waren die Delikatessen, die Eres zu diesen Treffen aus seinem Restaurant mitzubringen pflegte, höchst willkommen.

Aber nachdem sich die ganze Gesellschaft in die beiden zu erwartenden Grüppchen aufgeteilt hatte – hier die Männer, dort die Frauen –, hatte Joav begonnen, etwas leicht Befremdliches an Eres wahrzunehmen. Eine Art Unverhältnismäßigkeit. Zu dritt hatten sie unter der Palme gestanden, ein paar Meter neben der Picknickdecke, und von ihrem Wein getrunken – und bei Eres war alles ein bisschen zu sehr gewesen. Die Schilderungen zu erregt, die Stimme zu hoch. Als Alon und Eres begonnen hatten, sich über die Erlebnisse mit ihren Töchtern während des Kriegs zu unterhalten, war das Überzogene in Eres' Verhalten noch deutlicher zutage getreten. Während Alons Worte aufrichtig klangen, als er als Vater einer kleinen Tochter über seine Skrupel sprach – wie sollte er

Maayan erklären, was gerade passierte, wie die Notwendigkeit begründen, ihr Zuhause zu verlassen, und wie den beängstigenden Lärm in den Nächten –, war in Eres' Worten übermäßige, unnatürliche Begeisterung.

Anders als Chagit und er oder Alon und Michal hatten es Eres und seine Frau Mika nicht mehr rechtzeitig geschafft, aus der Stadt zu fliehen. Es gelang ihnen erst einige Tage nach Kriegsausbruch, aus Tel Aviv rauszukommen, und bis dahin hatten sie »ein paar Raketen auf die Rübe bekommen«, wie Eres fast prahlte. Doch auch in Beit Yanai, dem Moschaw, in den sie sich schließlich hatten flüchten können, war ganz in ihrer Nähe eine Rakete niedergegangen, die offenbar für das Kraftwerk in Chadera bestimmt gewesen war. »Die Raketen«, meinte Eres in einem in seiner ganzen Ernsthaftigkeit sonderbaren Ton, »haben mich verfolgt.«

Um ihre Flucht aus der Stadt zu begründen, berichtete ihnen Eres, habe er für seine Tochter Nina eine Geschichte erfunden. Das sei so ein Fest, habe er ihr gesagt, ein »Ausflugsfest«, bei dem alle raus aus der Stadt führen und es am Himmel ein Feuerwerk gäbe. Als er ihnen den Lärm der fiktiven Feuerwerkskörper vormacht, bildete sich in seinen Mundwinkeln weißer Schaum, bis Joav den Blick von ihm abgewandt hatte. Im nächsten Augenblick aber hatte Eres sie plötzlich stehen lassen und war zu seiner Tochter und deren Freundin marschiert, die auf der großen Strohmatte mit ihren Puppen spielten. Und dann war der Tumult losgegangen. Es fing an mit einem Streit zwischen den Mädchen um irgendeine Puppe – Maayan schubste Nina, die fiel ins Gras und verletzte sich an einem Rasensprenger. Worauf Eres, offenbar im Affekt, Alons und Michals Tochter an den Schultern fasste und sie unter den fassungslosen Blicken der anderen wegstieß. Es war zwar nur ein leichter Stoß, aber rabiat genug, um die überraschte Kleine auf den Rasen zu schicken.

Jetzt schrien beide Töchter hysterisch, während die beiden Männer aneinandergerieten und kurz davor waren, handgreiflich zu werden. Den Frauen, die sich beeilten, dazwischenzugehen, gelang es mit Mühe, sie zu trennen. Vor allem dank Chagit. Ohne sie wäre die Sache noch weniger glimpflich ausgegangen. Joav verfolgte das Ganze ungläubig. Er war gewalttätige Szenen nicht gewohnt. In den Kreisen, in denen er sich bewegte, kam so etwas schlicht nicht vor, ja genau genommen hatte er seit der Schulzeit niemanden mehr »sich prügeln« gesehen. Was aber auch ein durchaus komisches Element hatte. Eres war ein Hüne, groß und breit. Er schnappte Maayan die Puppe weg und schwang sie über dem Kopf. Joav war jetzt klar, dass etwas mit ihm nicht stimmte. Alon, deutlich kleiner und schmächtiger als Eres, hüpfte um diesen herum und versuchte erfolglos, ihm die Puppe wieder zu entreißen. Am Ende schwang Eres seinen massigen Arm nach hinten und warf die rosige Puppe im hohen Bogen in den strahlend blauen Himmel. Für einen Moment trat Stille ein. Die Blicke der Mädchen und der Erwachsenen folgten gleichermaßen der durch den Himmel segelnden Puppe, bis sie auf das Geäst der Palme traf und dort verkehrt herum hängen blieb, ihr Kopf, mit nach oben geklappten Wimpern und weit aufgerissenen Augen, durch die Palmwedel lugte. Und genau dieser Anblick ging ihm jetzt wieder durch seinen an die vibrierende Glasscheibe gelehnten Kopf, im Bus nach Tel Aviv.

5

DER NOVEMBER VERSTRICH OHNE erfreuliche Nachrichten von Paolo. Alle paar Tage traf eine nebulöse E-Mail von ihm ein, in der er berichtete, er versuche noch immer den zuständigen Beamten zu finden, um Joav eine Reiseerlaubnis zu beschaffen.

In der Zwischenzeit versuchte Joav selbst, bei seinen ehemaligen Lehrern an der Musikakademie Möglichkeiten abzuklopfen, das Prozedere voranzutreiben, und es gelang ihm sogar, mit Ginossar zu sprechen, dem Beamten vom Kulturministerium, der ihn unmittelbar nach dem Krieg zu dem Recital eingeladen hatte. Als aber das Wort »Ausreisegenehmigung« fiel, begann Ginossar zu stottern.

»Das fällt nicht in meine Zuständigkeit. Ihr Agent muss, äh … sich schriftlich an, äh … den für kulturelle Kontakte beim Außenministerium Zuständigen wenden. Das wissen Sie ja sicherlich.«

»Ja, weiß ich. Nur dass, soweit ich verstanden habe, dieses Verfahren im Augenblick außer Kraft gesetzt ist.«

»Sehen Sie, äh … wegen des Ausnahmezustands sind tatsächlich Schwierigkeiten entstanden, schließlich ist die Regierung selbst ja noch nicht …« Ginossar unterbrach sich selbst und setzte neu an. Diesmal wurde er deutlicher. »Es gibt einen Ausschuss, der in Bälde zusammentreten soll. Glauben Sie mir, Sie sind zufällig nicht der einzige Fall. Aber wie auch immer, gut, dass Sie mich angerufen haben. Ich wollte nämlich ohnehin mit Ihnen reden. Man hat mich damit betraut, eine Serie von Recitals in der Peripherie zu organisieren. Um Mut zu machen, die Moral zu heben. Natürlich unentgeltlich, aber ich bin sicher, Sie verstehen die Bedeutung.

Wir werden in den Ortschaften mit hohem Prozentsatz russischsprachiger Bewohner beginnen. Aschdod, Obernazareth, Beer Schewa, Sie wissen, die Leute dort lieben klassische Musik sehr.«

»Okay, sicher, ich würde mich freuen, beteiligt zu sein.«

Vor dem Krieg, wenn man sich mit der Bitte um wohltätige Auftritte an ihn gewandt hatte, hatte er in zuvorkommendem, aber auch ein wenig besorgtem Ton darum gebeten, genauere Einzelheiten zu erfahren zum Charakter der Veranstaltung, der Größe des Saals, dem zur Verfügung stehenden Flügel und der Öffentlichkeitsarbeit und Werbung, die stattfinden würden. Am Ende hatte er das Gespräch dann mit der allgemeinen Zusicherung beendet, er werde prüfen, ob das betreffende Datum in seinem Terminkalender noch frei sei. Prinzipiell hatte er nichts dagegen, sich unentgeltlich für Wohltätigkeitsveranstaltungen zur Verfügung zu stellen, aber er hatte einen klaren Grundsatz – das Ganze musste Stil haben und, mit Blick auf das Ziel der Veranstaltung, auch etwas bewirken.

Dieser Grundsatz kam ihm jetzt nicht einmal in den Sinn. Als er mit Ginossar sprach, verspürte er nur den starken Drang, den Beamten zufriedenzustellen und das Gespräch möglichst bald zu beenden.

Gegen Ende des Monats traf erneut eine E-Mail von Paolo ein. Endlich habe er Antwort vom israelischen Außenministerium erhalten. Der neue Ausschuss, der eingesetzt worden war, um sich mit Ausreisegenehmigungen zu kulturellen Zwecken zu befassen, sei von jetzt an dem Innenministerium angegliedert und werde aller Voraussicht nach innerhalb der nächsten neunzig Tage zusammentreten und unter anderem auch sein Ersuchen erörtern. Weiter schrieb Paolo, infolge der Antwort, die er erhalten habe, sei er bedauerlicherweise gezwungen gewesen, die geplante Tournee in Italien und der Schweiz abzusagen. »Die Institutionen hier takten, wie dir bekannt ist, anders als das israelische Regime. Ich hatte keine Möglichkeit, sie über eine solche Zeitspanne hinzuhalten. Auch der bisherige Aufschub hat mich außergewöhnliche Anstrengungen gekostet. Wir werden künftig nicht umhinkommen, in anderer Form zu arbeiten. Erst müssen wir eine Ausreiseerlaubnis bekommen, und dann erst versuchen Termine zu machen. Auch dann kann ich, um ganz ehrlich zu sein, noch nichts versprechen. Infolge der allgemeinen Lage sperrt sich das kulturelle Klima in Europa zurzeit extrem gegen eine Einladung an Musiker aus Israel. Ich hoffe sehr, diese Situation ändert sich bald.«

Joav antwortete ihm mit einer verzweifelten E-Mail. Erklärte, so würden sie in eine Sackgasse geraten, da seinem Wissen nach der Ausschuss eine Ausreiseerlaubnis nur erteilte, wenn eine konkrete Einladung zu einem konkreten Ereignis vorläge. »Du sagst, ohne Ausreiseerlaubnis keine Einladung, aber du musst verstehen, dass es ohne Einladung keine Ausreisegenehmigung geben wird.«

Paolo antwortete mit einer pathetischen Nachricht. Er drückte sein Bedauern über die Situation aus, in die Joav geraten sei, und schloss: »Wenn du einen Weg finden könntest, aus Israel rauszukommen – würde das selbstverständlich alles zum Guten verändern. Die Leute hier, besonders in Modena, erinnern sich noch gerne an dich und erwarten unbedingt, dich noch einmal zu hören.«

Wie fahrlässig von ihm! Joav spürte Groll in sich aufsteigen gegen den leichtsinnigen Italiener. Eine solche E-Mail konnte ihn in Teufels Küche bringen, wenn die Behörden mitlasen. »Wenn du einen Weg finden könntest, aus Israel rauszukommen ...« Was hatte er sich dabei gedacht, dieser Idiot? Kapierte er denn gar nichts? Mit wachsender Sorge las er auch die vorherige E-Mail nochmals. »... das israelische Regime ...« – das klang nun wirklich nicht nett.

Ein paar Tage danach kam der nächste Nackenschlag: Abermals Ginossar am Telefon. Die Schulkonzertreihe für Jugendliche, die für Dezember-Januar geplant war, sei abgesagt. Er verstehe sicherlich, sagte Ginossar, infolge der Lage …

Erneut »die Lage«. Sein ganzes Leben hatte Joav, wie jeder Israeli, fortwährend Gerede über »die Lage« gehört. Ja er selbst hatte nicht selten darüber gesprochen, hatte sich bei Salongesprächen darüber beklagt. Aber »die Lage« war immer etwas Abstraktes gewesen, ein Adler, der hoch oben am Himmel kreiste und kaum zu sehen war. Jetzt war der Adler mit gewaltiger Geschwindigkeit im Sturzflug angekommen, hatte seine Krallen in Joavs Fleisch geschlagen und ihn zu einem verängstigten Kaninchen gemacht, schwebend zwischen Himmel und Erde.

Er wusste bereits, dass er mit seiner musikalischen Karriere nicht reich werden würde. Er war kein Star, gehörte nicht wirklich zur ersten Riege seiner Altersklasse. An Begabung mangelte es ihm nicht, aber etwas anderes fehlte in der Zusammensetzung, die einen Star ausmachte, etwas Nichtgreifbares und schwer zu Definierendes, sowohl für ihn selbst wie auch für seine Umgebung. Andererseits hatte er keinen schlechten Platz in der zweiten Reihe. Hatte jedes Jahr ein oder zwei Konzertreisen, wie die, die für das nächste Frühjahr geplant gewesen war. Keine großen Orchester, nicht die Berliner Philharmoniker. Aber einige durchaus respektable Recitals, hier und da mit irgendeinem Symphonieorchester in einem italienischen Provinzstädtchen. Das – zusammen mit den Stunden, die er gab, und den Auftritten im Land – half ihm, den Kopf über Wasser zu halten.

In jungen Jahren hatte er einmal den ersten Platz bei einem kleinen Wettbewerb in Modena belegt und dann den zweiten bei einem recht angesehenen Wettbewerb in Genf. Damals war er auch zu Paolos Agentur gekommen und hatte sich seither kein schlechtes Standing in diesen beiden Ländern erarbeitet. Hier mal eine Tournee durch Italien, dort ein paar Recitals in der Schweiz, in Zürich oder Bern. Doch jetzt war sein Terminkalender gähnend leer. Europa und die Jugendkonzertreihe gestrichen. Selbst die Privatstunden waren weniger geworden, wegen »der Lage«. Seitenweise war nichts vermerkt.

Im Verlauf des Krieges, als die erste E-Mail von Paolo gekommen war, hatte er sich fest vorgenommen, die Gelegenheit diesmal beim Schopfe zu packen. Er würde mit Feuereifer üben wie während seiner Tage auf der Akademie, würde glanzvolle Auftritte hinlegen und diese als Brückenkopf nutzen, um Kontakte wieder aufleben zu lassen und dauerhaft nach Europa überzusiedeln. Sollte der Plan aufgehen, so hatte er geglaubt, würde er auch Chagit überzeugen können, das Land mit ihm zu verlassen.

Sein Übungspensum hatte er zweigeteilt: Zwei Stunden Etüden, Tonleitern und Fingerübungen und dann drei, vier weitere Stunden, um die Werke einzustudieren, die er auf der anstehenden Tournee spielen würde. Und jetzt war alles in sich zusammengestürzt. Morgens, wenn Chagit zur Arbeit aufgebrochen war, surfte er in der Regel auf YouTube. Jeden Tag kontrollierte er von Neuem, wie oft seine alten, dort eingestellten Auftritte angeklickt worden waren, lauschte sich selbst einige Zeit, um dann den Browser mit genervtem Klick zu schließen und ihn eine halbe Stunde später erneut zu öffnen, nur um zu sehen, ob zumindest ein einziger weiterer User dazugekommen war. So, Woche um Woche, versank er immer mehr in deprimierender Untätigkeit, zerfressen von Qualen und Schuldgefühlen. Am Ende rührte er das Klavier überhaupt nicht mehr an.

Doch eines Morgens spürte er, dass die trübe Welle endlich zu weichen begann. Ihm war eine Idee gekommen: Er würde seine Zeit auf das Einstudieren eines neuen Komponisten verwenden. Jemand, mit dem er sich bisher noch nicht befasst hatte. So würde er wenigstens sein Repertoire erweitern, würde etwas Nützliches mit dieser toten Zeit anfangen.

Die technische Seite seines Übungspensums vernachlässigte er zwar, vermochte auch sein Stundensoll nicht einzuhalten, aber dennoch setzte er seine Entscheidung um. Er entschied sich für Schostakowitsch. In den letzten Jahren hatte er bereits mehrfach überlegt, sich in das Werk des gepeinigten Russen zu vertiefen, obgleich sein Spiel natürlicherweise auf vollkommen anderen Feldern brillierte – Chopin, Liszt, Debussy. Doch jetzt zog ihn dieser Komponist von Neuem an, spürte er eine Art Schicksalsverwandtschaft mit ihm. Auch er hatte, wie Schostakowitsch, unter Drangsalierungen und Auflagen durch die Behörden zu leiden. Auch ihm wurde untersagt, sich frei zu bewegen. Und auch er musste jetzt vorsichtig sein. Musste genau abwägen, mit wem er sprach und über was, mit wem er korrespondierte und über welche Themen.

Er versenkte sich in die Arbeit an Schostakowitsch und wartete ab. Wartete auf etwas. Etwas, das passieren würde. Aber es war nichts in Sicht. Sosehr er auch versuchte, dies zu ignorieren, aber die Geldknappheit verunsicherte und bedrückte ihn. Chagit versuchte ihn aufzumuntern. In der Anfangszeit, als er das Klavier vernachlässigt hatte, investierte sie die Abendstunden am Küchentisch in lange, aufbauende Gespräche. Versprach ihm, das Ganze sei ein vorübergehender Zustand, der sich ebenso wieder geben würde, wie er eingetreten war. Und als ihm die Idee kam, sich intensiv mit Schostakowitsch zu beschäftigen, teilte sie seine Begeisterung. Meinte, diese Arbeit werde sich in Zukunft noch bezahlt machen. Dabei mochte sie die neuen Werke, die nun in der Wohnung erklangen, nicht einmal. Versuchte, sich Zusatzschichten in ihrem Job zu organisieren, vor allem wegen des Geldes, auf das sie angewiesen waren, aber auch wegen der düsteren Atmosphäre zu Hause.

Sie hatten auch in der Vergangenheit schon wirtschaftlich angespannte Zeiten gehabt, noch nie aber eine Situation, in der sie sich derart einschränken und über jeden Schekel nachdenken mussten, den sie ausgaben. Jede Bemerkung von ihr zu diesem

Thema ließ ihn hochgehen. Die meisten ihrer Streitigkeiten, die sich jetzt häuften, drehten sich ums Geld.

Eines Tages, als er mit einer Einkaufstüte nach Hause kam, in der sich ein paar Tomaten, Brot und Hüttenkäse befanden, verzog sie das Gesicht. »Warum die säuerliche Miene?«, fragte er, als er die Tüte mit den Einkäufen auf dem Küchentisch absetzte.

Statt einer Antwort kam sie von ihrem Stuhl hoch und öffnete die Tür des Kühlschranks. Darin war nichts außer einer Viererpackung Joghurt und einem Paket Hüttenkäse auf der obersten Ablage, einem Topf mit Pastaresten auf der mittleren und zwei Cellophanbeuteln auf der untersten Ablage – in einem davon Gurken und in dem anderen Tomaten.

»Was machen wir mit all diesen Tomaten?«, bemerkte sie sarkastisch. »Hast du die Absicht, Freunde zu Spaghetti Bolognese einzuladen? Falls ja, dann hast du vergessen, Hackfleisch einzukaufen.«

Er keilte sofort zurück. »Ach ja? Du erfreust dich vielleicht der dekadenten Kantine bei deinem Propagandasender, aber ich bin den ganzen Tag hier ohne etwas zu essen. Wie sollte ich erraten, dass dir ausgerechnet heute eingefallen ist, mal wieder etwas für den Haushalt zu tun?«

Das war zu viel. Ihre Stimme wurde schneidend. »Diese Einkäufe, du Autist, habe ich heute Morgen um sieben, bevor ich zur Arbeit gegangen bin, gemacht, als du noch im Bett geschnarcht hast. Du hättest überhaupt nichts erraten müssen, sondern nur den Kühlschrank aufmachen und einen Blick hineinwerfen brauchen. Aber offenbar bist du nicht einmal dazu fähig.«

»Arbeit? Fängst du schon wieder von Arbeit an, wo du doch weißt, dass das der sensibelste Punkt ist? Nur unter die Gürtellinie, das kannst du. Aber im Grunde genommen ist das nicht überraschend, in Anbetracht der ›Arbeit‹, die du machst!«

Er warf die Schlüssel auf den Tisch, drehte ihr den Rücken zu und wandte sich ins Wohnzimmer. Sie kam ihm hinterher, jetzt richtig in Rage.

»Du hast ein Problem mit meiner Arbeit? Hast du überhaupt eine Ahnung, wo wir jetzt wären ohne meinen Job? Auch diese stinkenden Tomaten hättest du nicht kaufen können. Auch diesen Hüttenkäse, der bestimmt schon abgelaufen ist, weil du nicht mal das richtig kontrollierst!«

»Tatsächlich?! Was zur Hölle machst du dann mit einem, der noch nicht mal Hüttenkäse kaufen kann?!«, brüllte er. »Was sagt das denn über dich???«

Sie hatten eine Vereinbarung, die galt, solange sie sich kannten: Man geht nicht im Streit schlafen. Aber in dieser Nacht ging sie lange vor ihm mit einem Buch ins Bett, während er im Wohnzimmer hocken blieb und auf das Klavier starrte. Am Ende, als das Licht im Schlafzimmer ausgegangen und er sicher war, dass sie schon schlief, stahl er sich ins Bett und schlief, ihr den Rücken zugewandt, schnell ein. Sie blieb noch lange wach liegen. Erhellende und in ihrer Unterkühltheit überraschende Gedanken hatten sie hellwach werden lassen. Noch nie hatte sie in dieser Form über Joav nachgedacht. Sie schaute auf seinen milchig weißen Nacken und seine von hellem, dünnem Haar bedeckte Stirn, das bereits erste Anzeichen von Ausdünnung offenbarte, und unterzog seine Lage einer Bestandsaufnahme. Als sie ihn kennenlernte, war er so etwas wie ein großes Versprechen gewesen. Damals ließ sich noch nicht sagen, wo sein Weg enden würde, aber klar war, dass er sich entwickeln und zu einem Interpreten von höchstem Rang werden könnte. Die Veränderung, die sich an ihm vollzog, wenn er spielte, hatte etwas Magisches. Diese Verwandlung war besonders auf der Bühne zu spüren, aber auch zu Hause, wenn er allein für sich übte und sich die Metamorphose vor ihren faszinierten Augen vollzog. Ja, sie verfolgte das Schauspiel sogar am liebsten in den eigenen vier Wänden, wenn dieser introvertierte, kindliche Mann zu einem anderen wurde. Er war dann wie befreit und glitt auf einer Gefühlsskala dahin, die nichts mit dem alltäglichen Joav gemein hatte – dem Joav am Küchentisch oder sogar dem Joav im Bett. Der Joav am Klavier war ein heimliches Versprechen, ein für die Zukunft aufgehobener Schatz. Diese Kraft und Sensibilität würden sich öffnen und eines Tages verbinden. Etwas davon würde ausbrechen oder zumindest in ihr gemeinsames Leben tröpfeln. Mit den Jahren würde dies geschehen, mit dem Älterwerden und der Nähe, die nur die Zeit mit sich brächte – so glaubte sie. Es hatte schon Augenblicke gegeben, da sie erste Funken davon wahrgenommen hatte, seltene und kurze Augenblicke zwar, aber nicht zu bestreiten. Wirklich wundervolle Momente. Manchmal in beschwingten Nächten nach einem gelungenen Konzert, unter tätiger Mithilfe der traditionellen Flasche Wein oder sogar eines Champagners war der verborgene Mann für ein paar Stunden zum Ausbruch gekommen – lustig, selbstsicher, offen und sogar ein bisschen arrogant. Dieser Mann interessierte sie mehr als all die Versprechen eines nahenden Erfolgs, die ihn umgaben. Natürlich wollte sie sehr, dass er Erfolg hatte, aber vor allem wollte sie dies, weil sie dachte, es würde den Joav des Klaviers befreien, ihn aus seinem musikalischen Kokon holen. Menschen in seiner Umgebung, Menschen, die etwas davon verstanden, gingen davon aus, dass »der Himmel für ihn die Grenze ist«, dass er es »sehr weit bringen« konnte. Aber nach und nach verschwand das »sehr«, wurde die Einschätzung vertreten, er könne es »weit bringen«. Dann wurden die Prognosen prosaischer, wurde der Himmel durch Fähnchen auf der Landkarte ersetzt, die in verschlafenen Provinzstädtchen steckten.

Jetzt, da sie seinen weißen, weichen Nacken betrachtete, der ins Kopfkissen gedrückt lag, spürte sie zum ersten Mal in ihrem gemeinsamen Leben ein leichte Schwankung der inneren Waagschale, ein winziger Ausschlag in Richtung fehlender Glaube.

Vielleicht fehlte ihm ja tatsächlich etwas? Irgendein Spurenelement, das die Entstehung eines wahren Maestros verhinderte? Vielleicht war er zu weich, zu wenig offensiv. Oder vielleicht war es einfach fehlende Disziplin, wie seine Mutter immer behauptete. Oder auch nur ein leichter Defekt in der Wendigkeit des Denkens? Fehlte dort wirklich etwas? So oft hatte sie Leute gehört, die ihn rühmten, ihm schmeichelten, ja ihn sogar als Genie bezeichneten. Vielleicht hatten sie sich getäuscht? Oder vielleicht war es einfach so, vielleicht passierte das den meisten begabten Menschen, dass ihr Glanz trog und allmählich schwächer wurde, bis er schließlich gänzlich verflogen und erloschen war.

Ein noch zynischerer Gedanke kam ihr: Wenn sie ihn jetzt verließ, stünde er vollkommen mittellos dar. Sowohl die Auftritte im Ausland wie auch die im Lande waren abgesagt. Die Privatstunden wurden immer weniger. Wohingegen sie mit ihrem Gehalt leichter auskommen, sich selbst mehr gönnen könnte …

Ein widerwärtiger Gedanke. Sie wies sich selbst zurecht. So etwas überhaupt zu denken, da er eine Krise durchmachte, jetzt mehr denn je auf sie angewiesen war. Schließlich war das Ganze nicht seine Schuld. Er war nicht schuld an dem Krieg, an dem neuen, im Entstehen begriffenen Behördenapparat, der neuen Bürokratie. Normalerweise hätte er jetzt das Repertoire für Modena einstudiert, hätte sie in der Redaktion die Urlaubstage eingereicht, die sie im Frühling nehmen würde. Wäre mit ihm zum halben Preis nach Italien gereist, nur dank seiner Arbeit und seines Talents. Was war sie bloß für ein kleiner Mensch. Einfach nur schlecht.

Das Schamgefühl ließ sie eine Welle der Zuneigung für ihn empfinden. Sie schmiegte sich an ihn, hüllte seinen Körper in den ihren und schlang einen Arm um ihn.

Er gab einen schwachen Seufzer von sich.

Am Morgen, als sie Anstalten machte aufzustehen, gab er einen Satz von sich, den sie als Entschuldigung deuten konnte.

»Ich kann nicht glauben, dass wir uns wegen so ein paar Tomaten und einer Packung Hüttenkäse angebrüllt haben«, sagte er.

Sie drehte sich zu ihm um. Die schrecklichen Gedanken, die ihr in der Nacht durch den Kopf gegangen waren, trafen sie für einen Moment wie ein Schlag, ließen ihren Magen verkrampfen und verflogen sogleich beim Anblick seines kindlichen Morgengesichtes auf dem Kopfkissen, das sie erwartungsvoll ansah.

»Ich auch nicht.« Sie setzte sich im Schneidersitz vor ihn. Seine Hand tastete sich auf dem Laken heran und ergriff die ihre.

»Das ist genau, was die wollen«, murmelte sie. Sie hatte keine Ahnung, wen sie mit »die« meinte, aber diese »die« gab es, und Joav und sie waren zwei Mäuschen in ihrem Versuchslabor. »Ich weiß nur, dass diese schwere Zeit auch wieder enden wird und ich nicht will, dass wir irgendwann an sie zurückdenken und uns schämen müssen. Dafür sind wir zu gut. Wir dürfen uns davon nicht einfach so unterkriegen lassen.«

Seine Hand zog sie nach unten, und sie ließ es geschehen. Er streckte die andere Hand aus, um ihr übers Haar zu streichen. Sie liebten sich sanft und zärtlich, schauten einander dabei in die Augen, ließen sich Zeit, wie in einer Art Aufbegehren gegen die Ungeduld, die sie in letzter Zeit so oft befallen hatte.

Aber »die Lage«, der Adler, der in ihrer Wohnung gelandet war, hatte sich dort bereits ein stattliches Nest gebaut. Jedes Mal fand sich eine andere Bagatelle, irgendeine Belanglosigkeit, die sie dazu brachte, mit gefletschten Zähnen und verzerrten Gesichtern voreinanderzustehen und ihre Kränkung und die aufgestaute Wut, die nach einem Ventil suchten, herauszubrüllen.

Und es gab etwas, das noch schlimmer als die Streitereien und das gegenseitige Anschreien war. Etwas, das sie beide spürten, worüber sie aber nicht sprachen. Ihr Abendritual veränderte sich. Das gemeinsame Glas Wein in der Küche machte sich rar, ja verschwand manchmal tagelang. Plötzlich gab es wichtigere Dinge am Abend zu tun. Musste sie am Computer sitzen und etwas fertig machen, das sie nicht geschafft hatte, musste er eine Unterrichtsstunde für einen seiner wenigen Schüler vorbereiten. Der Tisch blieb verwaist und die Weinflasche auf der Küchenarbeitsplatte stehen, in der Ecke unter dem Gewürzbord, ungeöffnet.

6

EINES ABENDS, ALS CHAGIT Nachtschicht hatte, holte Joav die Visitenkarte von Usi Segal aus der Schreibtischschublade. Der Gedanke an Segal ließ ihm schon seit einigen Tagen keine Ruhe mehr. In der Regel vertraute er auf Chagits Urteil – sie sah in der Visitenkarte und dem Mann dahinter nur ein Einfallstor für unvorhersehbare Schwierigkeiten. Und er hatte, solange er noch eine Chance sah, seine Probleme mit Paolos Hilfe zu lösen, sich alle Mühe gegeben, nicht an das sonderbare Paar aus dem Wohltätigkeitskonzert zu denken. Aber von dem Augenblick an, da sich die Tür von Paolos Agentur vor ihm schloss, tauchten sie wieder in seinem Kopf auf.

Er entschied, eine vorsichtige Tuchfühlung würde ihn schon nicht ins Verderben stürzen. Er würde ihnen nicht gleich sein Herz ausschütten, würde sie nur ein bisschen beschnuppern, ihnen auf den Zahn fühlen.

Er wählte und wartete. Nach sechs oder sieben Mal Klingeln, als er schon im Begriff war aufzulegen, hörte er die sonore Stimme.

»Ja?« Der Ton war gebieterisch, ja sogar verärgert.

Er brauchte einen Moment, um sich zu besinnen. »Schalom, spreche ich mit Herrn Segal?«

»Ja. Wer ist da?«

»Hier ist Joav Kirsch. Wir sind uns vor ein paar Wochen begegnet, ich habe ein Konzert …«

»Kirsch!«, posaunte die Stimme mit einem Mal fröhlich. »Sie müssen mich nicht erinnern. Das ist Joav Kirsch«, hörte er Segal zu jemandem über den Hörer sagen. Dann war die Stimme wieder bei ihm. »Wo haben Sie sich die ganze Zeit versteckt?«

Die Frage machte Joav verlegen. »Ich habe mich nicht versteckt. Das heißt, wie üblich, zu Hause, am Klavier.«

Die Stimme lachte und wiederholte dann seine Worte einer anderen Person. »Er hat sich zu Hause versteckt, am Klavier.« Jetzt wandte sich die Stimme wieder an ihn: »Sagten Sie, Sie hätten sich am Klavier versteckt oder hinter dem Klavier?«

»Am…« Im ersten Augenblick verstand er den Witz nicht.

»Schon gut, Kirsch. Seien Sie nicht so bierernst. Ich mache doch nur Spaß mit Ihnen. Sagen Sie, was halten Sie davon, mal aus Ihrem Versteck rauszukommen?«

»Verzeihung?« Segals Worte und dessen sonderbare Fröhlichkeit verwirrten ihn.

»Hören Sie zu, Kirsch. Kommen Sie, geben Sie Ihr Versteckspiel mal eine Weile auf. Wir sind im ›Pessoa‹, ein ziemlich lustiger Haufen ist das hier. Aber alle höchst kultiviert, das verspreche ich Ihnen. Kommen Sie her, lassen Sie sich ein bisschen durchlüften. Das Essen ist wunderbar, und die Drinks noch besser. Außerdem wollte ich schon lange mit Ihnen reden. Mir ist da so eine Idee im Zusammenhang mit Ihnen gekommen. Warten Sie einen Moment, Hagar möchte Ihnen etwas sagen.«

In den Sekunden, die er wartete, hörte er am anderen Ende der Leitung die Geräuschkulisse des Restaurants und Usi Segals dröhnendes Organ. Und dann kam aus dem Hörer eine Frauenstimme.

»Joav?«

»Ja.«

»Hier ist Hagar, Usis Frau. Wie geht es Ihnen?«

»Hervorragend, danke.«

»Wie üblich, ich entschuldige mich für Usi. Er hat ein bisschen was getrunken. Aber wir würden uns wirklich freuen, Sie zu sehen. Wir hatten sehr gehofft, von Ihnen zu hören. Kommen Sie noch auf einen Sprung vorbei, um ein Gläschen mit uns zu trinken?«

»Es ist ein bisschen spät, ich will nicht stören …«

»Unsinn. Usi würde sich wahnsinnig freuen, wenn Sie noch reinschauen. Nach dem Konzert hat er nicht aufgehört, von Ihnen zu reden, und in der Regel ist er nicht so gesprächig. Das heißt, wenn er keinen Whiskey getrunken hat.«

Joav überlegte einen Moment lang. »Das ist am nördlichen Ende der Dizengoff, oder? Ich werde mindestens eine halbe Stunde brauchen.«

»Wunderbar«, sagte Hagar. »Wir erwarten Sie.«

Er zog ein Hemd und eine elegante Hose an. Bis zu dem Restaurant stand ihm ein langer Fußmarsch bevor, aus dem südlichen Teil des alten Stadtzentrums bis in die gut situierte Gegend am nördlichen Ende der Dizengoff. Es war lange her, dass er zu solch einem nächtlichen Spaziergang aufgebrochen war. Die Straßen lagen verwaist. Die Stadt hatte, trotz aller Anstrengungen, noch nicht wirklich zu sich zurückgefunden. Entlang der Ibn Gvirol gab es in beinahe jeder Gebäudezeile ein leeres Grundstück, auf dem die Trümmer bereits weggeräumt, die Arbeiten zum Bau des neuen Hauses aber noch nicht begonnen hatten. Doch diesmal blieb er nicht stehen, um diese Leerstellen zu betrachten, die fehlenden Zähne, die das Tel Aviver Auge mit ihrer düsteren Schadhaftigkeit anzogen.

Die Einsamkeit der Straße behagte ihm, und je länger er ging, desto mehr nahm seine Sicherheit zu. Er hatte das Richtige getan, dachte er. Und spottete über sich selbst, dass er so lange gezögert hatte, Segal anzurufen. Die Unschlüssigkeit, dachte er, ist meine große Schwäche. Unschlüssigkeit und Zurückhaltung. Das hatte ihm schon immer zu schaffen gemacht. Auch in den Jahren vor dem Krieg war das seine Achillesferse gewesen. Immer hatte er sich übertrieben vorsichtig verhalten. Sein Talent hätte ihn noch weiter bringen können, aber die Zurückhaltung hatte ihn ausgebremst. Damals, als er den Wettbewerb in Modena gewann, hatte er schon Angebote aus den Vereinigten Staaten bekommen, sich auf dem großen Markt dort zu messen, hatte es aber vorgezogen zu warten. »Langsam und gründlich aufgebaut werden«, so hatte er das damals genannt.

Und wohin hatte dieser langsame und vorsichtige Aufbau geführt – zu einem nächtlichen Spaziergang durch die Ruinen einer nahöstlichen Stadt, ohne Geld für ein Taxi. Sein Glück war, dass er Chagit hatte. Jetzt halste sie sich zusätzliche Arbeit auf, um sie beide über Wasser zu halten. Und beklagte sich kaum. Er dachte über sein ichbezogenes, unausstehliches Auftreten in den letzten Wochen nach. Häusliche Bilder kleiner, beschämender Szenen kamen ihm in Erinnerung.

Das musste aufhören. Er musste sich zusammenreißen und sie aus diesem Tief holen. Bei aller Hochachtung für ihre Anstrengungen, aber nur er konnte sie wirklich retten. Er hatte die Fähigkeiten, müsste es nur wagen.

Am Eingang des Restaurants wurde er von einem Sicherheitsdienstmann aufgehalten.

»Zu wem möchten Sie?«

»Segal. Usi Segal«, antwortete er in seinem arrogantesten Premierenabendtonfall.

Die Tür tat sich ihm auf. Er betrat ein großes, von einem prachtvollen Kronleuchter beschienenes Foyer. An der Wand zu seiner Rechten hing ein riesiges Foto – die Bronzestatur des portugiesischen Dichters Fernando Pessoa, an einem Kaffeehaustisch in Lissabon sitzend. Unter dem Bild war in schöner, weiblicher Handschrift die Strophe eines Gedichtes in Rot an die Wand geschrieben:

> Gott ist geboren. Die anderen sterben. Die Wahrheit
> Kommt nicht und geht nicht. Nur das Irren ändert sich.

Eine andere Ewigkeit haben wir jetzt.
Und sie ist immer besser als die, die schon war.

Eine schöne junge Frau in braunem Seidenkleid und mit glattem, braunem Haar wartete hinter einem Stehpult am Ende des Raumes. Er ging auf sie zu.

»Joav Kirsch?«, fragte sie mit einem Lächeln.

»Ja.« Er war erstaunt, wollte schon hinzusetzen: »Woher wussten Sie das?« Aber er hielt sich zurück. Sie bedeutete ihm, ihr zu folgen.

Der Anblick beim Betreten des Saales machte ihn fassungslos. Für einen Moment blieb er einfach stehen – es war, als hätte er beim Übergang vom Foyer in den Saal eine Zeitreise gemacht und sich selbst im Tel Aviv von vor dem Krieg wiedergefunden. Der Saal brummte. Fünfzehn oder vielleicht auch mehr randvoll besetzte Tische. Auch an der Bar gab es nicht einen freien Platz mehr. Zigarettenrauch wand sich kräuselnd in der Luft, die Stimme von Astrud Gilberto drang aus verborgenen Lautsprechern, und das Stimmengewirr der Gespräche vermischte sich mit Lachen und dem Klirren anstoßender Gläser. Die Männer an den Tischen waren relativ strikt nach dem üblichen legeren Tel Aviver Dresscode gekleidet. Die Frauen trugen modische Kleider, und einige von ihnen musterten ihn mit einem schnellen Blick.

»Sie sind im Privatraum«, eröffnete ihm die schöne Gastgeberin.

Diese Worte flößten ihm erneute Sicherheit ein. Ihr folgend durchquerte er den Saal, sehr aufrecht, ohne Eile, wie wenn er über die hell erleuchtete Bühne zum Flügel schritt.

»Da ist ja der Maestro!«, dröhnte Usi Segals Organ, als er den Raum betrat. »Danke, meine Liebe«, meinte er zu der Gastgeberin, die sein Lächeln erwiderte und kehrtmachte.

Joav lächelte ebenfalls verlegen.

»Kommen Sie her, setzen Sie sich neben mich!« Usi klopfte mit der Hand energisch auf den freien Stuhl neben sich. Er saß am Kopf einer Tafel, um die fünf weitere Menschen versammelt waren. Jetzt kam er von seinem Stuhl hoch, um Joav zu begrüßen, klopfte ihm auf die Schulter und legte seinen Arm um die Schulter des anderen. Er roch stark nach Whiskey.

»Hagar kennen Sie ja bereits«, sagte Usi und deutete auf seine Frau, die Joav ein herzliches Lächeln schenkte. »Und das sind David und Annabelle«, er wies auf ein Paar ungefähr in Joavs Alter, das auf der anderen Seite des Tisches saß. »Unser David hier ist, so wie Sie ihn sehen, mit seinem süßen Babyface, Doktor der Philosophie. Einer der brillantesten jungen Philosophen auf der Welt«, donnerte Segal. David bedachte ihn mit einem Blick, der wohl sagen sollte, dass er dem alten Mann seinen grandiosen Auftritt verzieh. Er streckte die Hand aus, und Joav drückte sie. »Annabelle«, fuhr Usi fort und geriet für einen Moment ins Stocken, als versuchte er sich zu erinnern, welcher Beschäftigung die Frau mit dem Vögelchengesicht nachging. »Annabelle ist seine Frau«, meinte er schließlich triumphierend. Das Vögelchengesicht warf ihm einen säuerlichen Blick zu und wandte sich dann wieder Hagar zu, die neben ihr saß. »Und das ist – Anna. Anna Russlan, Sie haben sicher schon von ihr gehört.«

Der Name kam Joav bekannt vor, aber er konnte sich nicht erinnern woher. Er starrte Usi an.

»Na«, blaffte Usi. »Die beste Malerin in dieser Levanteprovinz. Und das hier, das ist Mosche«, er deutete auf einen älteren, beleibten Mann, der an einer dicken Zigarre zog. »Mosche macht nichts Interessantes«, sagte er und brach in donnerndes Lachen aus.

»Nicht nur nichts Interessantes«, gab Mosche gleichmütig zurück. Offenbar nahm er die Spitze gelassen. »Er macht überhaupt nichts«, fügte er hinzu.

»Also setzen Sie sich endlich«, rief Usi. »Warum stehen Sie denn noch? Sie müssen mir bei etwas helfen. Unser David hier vertritt eine abwegige Theorie. Aber ich tue mich schwer, dieses Genie zu besiegen. Der Schurke ist ein brillanter Rhetoriker.«

Joav ließ sich auf dem Stuhl nieder und versuchte gelöst zu wirken, war aber unverkennbar beeindruckt von Usis Frontalangriff.

»Usi, also wirklich, lass ihm einen Augenblick zum Luftholen«, rüffelte Hagar ihren Mann und wandte sich herzlich an Joav. »Was möchten Sie essen? Wir laden selbstverständlich ein. Ist Champagner erst einmal in Ordnung?«

Joav nickte, worauf sie die Champagnerflasche, die in der Mitte des Tisches in einem Eiskübel stand, nahm und ihm in ein hohes Glas einschenkte, das vor ihm stand. Dann hob sie ihr eigenes Glas. »Auf das Leben«, sagte sie und stieß mit ihm an.

»Also, die Sache ist folgendermaßen«, polterte Usi abermals los. »Die Diskussion dreht sich darum, inwieweit ein totalitäres Regime die Qualität der Kunst beeinflusst, die unter seiner Herrschaft entsteht. Mein gelehrter Freund«, er wies mit dem Daumen auf den jungen Philosophen, »kommt mir mit einer ganzen Reihe scharfsinniger Argumente, welche die Unterdrückungsmechanismen beschreiben, die der Totalitarismus auf die Seele des Künstlers ausübe. Nur gelingt es ihm nicht, mir zum Beispiel ›Der Meister und Margarita‹ zu erklären. Ich behaupte, dass das, was leidet, der Ausstoß an mittelmäßigen, imitierenden Werken unbedeutender Künstler ist. Sie sind die, die sich in ihren Löchern verkriechen. Aber die wirklich großen Genies – Bulgakow, Strawinsky – profitieren nur von den Beschränkungen, die ihnen auferlegt werden. Das heißt, sie leiden vielleicht in ihrem persönlichen Alltag, aber ihre Kunst zieht daraus nur Gewinn. Natürlich nur unter der Voraussetzung, dass sie den Mut haben, ihr weiter kompromisslos nachzugehen.«

»Leider«, unterbrach ihn David, »versteht Usi überhaupt nicht, was ich meine. Wenn ich Totalitarismus sage, denkt er gleich an Stalin. Aber ich habe versucht, ihm die Mechanismen zu erklären, die in einem sehr viel subtileren Totalitarismus am Werk sind. Wie etwa den westlichen Demokratien am Ende des 20. Jahrhunderts. Ich spreche mit ihm über Baudrillard, und er antwortet mir mit Bulgakow.«

»Ich bin kein Philosoph«, sagte Joav, »und ich verstehe nicht viel davon, aber diese Woche erst bin ich auf eine interessante Geschichte gestoßen, die in Zusammenhang steht zu dem, worüber Sie sprechen. In letzter Zeit widme ich mich intensiv Schostakowitsch. Sie wissen sicher, dass er sehr unter Stalin zu leiden hatte. Ich bin auf eine schöne Geschichte aus seinen Erinnerungen gestoßen, im Buch von Nathan Dunevich. Schostakowitsch erzählt dort über Marija Judina, eine Pianistin, die wie er unter dem Regime Stalins lebte. Sie war so eine Art Glenn Gould der Sowjetunion. Eine unkonventionelle, brillante Künstlerin, die einfach nicht bereit war, sich dem Diktat zu beugen, vor dem die sowjetischen Pianisten zitterten. Sie pflegte in ihre Konzerte Stücke von westlichen Komponisten einzubauen, die als dekadent galten, von Alban Berg und allen möglichen. Andere Pianisten wären für weniger nach Sibirien gewandert, aber sie rührte Stalin nicht an. Er verehrte ihr Spiel. Schostakowitsch erzählt, Stalin habe einmal, während einem seiner Anfälle von Verfolgungswahn, im Radio ihre Interpretation von Mozarts 23. Klavierkonzert in A-Dur gehört. Irrtümlicherweise habe er angenommen, es handelte sich um eine Aufnahme, aber es war die Live-Übertragung eines Auftritts. Er befahl den Rundfunkrat zu sich und verlangte, man solle ihm die Aufnahme bringen. Keiner von ihnen wagte ihm zu sagen, dass es eine solche Aufnahme nicht gab. Stattdessen bestellten sie in dem Augenblick, in dem sie die Zusammenkunft mit Stalin hinter sich gebracht hatten, unverzüglich und mitten in der Nacht das gesamte Radiosymphonieorchester und Judina ins staatliche Studio, um das Concerto aufzeichnen zu lassen. Als der Dirigent des Orchesters hörte, zu welchem Zweck man sie einbestellt hatte, bekam er eine Angstattacke. Am Ende mussten sie ihn durch einen anderen Dirigenten ersetzen – man holte Alexander Gauk, wenn ich mich nicht irre. Wie auch immer, am Morgen wurde Stalin die Platte übergeben. Der ließ Judina zwanzigtausend Rubel zukommen, um ihr für ihr Spiel zu danken. Doch anstatt eines Dankbriefes schrieb sie ihm zurück, sie bete zu Gott, er möge ihm seine großen Verfehlungen verzeihen, und dass sie der Kirche, in der sie bete, das Geld anvertrauen werde.«

»Sicher hat sie danach dort nicht mehr gebetet«, meinte David, der der Geschichte mit sichtbarem Vergnügen gelauscht hatte.

»Oh doch!«, verkündete Joav aufgeräumt. Der Champagner begann sich bemerkbar zu machen und ein warmes, wohliges Gefühl breitete sich in seinem ganzen Körper aus. »Er hat sie nicht belangt. Als sei gar nichts passiert. Es heißt, nach seinem Tod habe man diese Aufnahme auf dem Plattenspieler neben seinem Bett gefunden.«

»Eine wunderbare Geschichte, aber ich habe nicht verstanden, ob Sie jetzt auf meiner Seite sind oder gegen mich. Und daher, Herrschaften«, sagte Usi und kam nach einer dramatischen Pause von seinem Stuhl hoch, »gehe ich pinkeln.«

»Wirklich eine schöne Geschichte«, meinte die Malerin, die neben ihm saß und ihr Gespräch verfolgt hatte, mit leichtem russischen Akzent. »Wie sind Sie auf dieses Buch gekommen?«

»Ich bin Pianist«, erwiderte Joav in einem um Bescheidenheit bemühten Ton. »Für mich ist das Fachliteratur.«

»Ich weiß, dass Sie Pianist sind … ich habe Sie vor zwei Jahren spielen hören, in Rischon Lezion. Sie haben Chopin und Schumann gespielt, das war ein sehr schönes Recital.«

Das unerwartete Kompliment von dieser offensichtlich interessanten Frau schmeichelte ihm. »Wenn Ihnen die Geschichte gefallen hat, werden Sie vielleicht auch nichts gegen einen albernen Witz haben, den ich neulich über Jascha Heifetz gehört habe ...«

Der Abend war fantastisch. Der Champagner, den er trank, und die Meeresfrüchte, die er zum ersten Mal seit Monaten wieder genießen durfte, versetzten ihn in Hochstimmung. Die Gruppe nahm ihn herzlich auf. Es war lange her, dass er so viel geredet hatte. Er gab Anekdoten von seinen Konzertreisen zum Besten, und sie lauschten gespannt. Um der Höflichkeit willen ermahnte er sich von Zeit zu Zeit einmal zu verstummen und sich für die Geschichten der anderen zu interessieren. Was nicht allzu schwer war. Es waren interessante Leute. Künstler, Intellektuelle. Nicht nur Politik und Geld interessierten sie. Sie waren wie er. Auch sie wurden von bösen Geistern gequält. Auch sie hatten eine Leidenschaft, der sie ihr Leben weihten. Das heißt, nicht alle um diesen Tisch waren so, aber diese Malerin mit dem traurigen Blick ... und der Philosoph war auch ein ziemlich brillanter Knabe.

Erst nachdem man, zu später Stunde, die Rechnung verlangt hatte, fiel ihm ein, Usi nach der Idee zu fragen, die er hatte, dem Einfall, den er in ihrem Telefongespräch zu Beginn des Abends erwähnt hatte.

»Ach ja. Im Grunde genommen ist es ganz einfach«, sagte Usi. Er legte Joav eine Hand auf die Schulter. »Ich möchte, dass Sie einmal kommen, um bei uns zu spielen. Das heißt, bei uns zu Hause. Damit wir endlich ein Recital hören können, wie es sich gehört. Bei voller Gage selbstverständlich, ich möchte weder Freundschaftspreise noch Gefälligkeiten.«

»Herzlich gern«, sagte Joav. »Ich würde mich sehr freuen, bei Ihnen zu spielen. Für mich wäre das wunderbar.«

»Aha, aber nur eine kleine Bitte noch«, setzte Usi hinzu. »Wenn es Ihnen nichts ausmacht: kein Schostakowitsch.«

7

CHAGIT LAG WACH. Sie hatte mehrere Male versucht, ihn am Telefon zu erreichen, und jetzt lag sie im Bett und Horrorbilder gingen ihr durch den Kopf. Sie stellte sich vor, er sei auf der Jehuda Halevi angefahren worden, würde in zerrissener, blutiger Kleidung auf einer Trage in den Krankenwagen gehoben. Sie malte sich aus, man verfrachtete ihn in Handschellen in einen Streifenwagen, obgleich sie sich kein Verbrechen vorstellen konnte, das er begangen haben könnte. Aber musste man heutzutage überhaupt gegen das Gesetz verstoßen, um sich selbst in Handschellen wiederzufinden? Auf den Fluren des Senders wurden in letzter Zeit alle möglichen Geschichten flüsternd erzählt.

Als die Wohnungstür endlich aufgeschlossen wurde, war die Erleichterung stärker als die Wut. Sie schloss die Augen und ließ ihn sich ins Schlafzimmer stehlen, seine Kleider abstreifen und unter die Decke kriechen. Erst als er schon neben ihr lag, drehte sie sich zu ihm um und fragte ihn, wo er gewesen sei.

Er schaute sie an, und sie war überrascht zu sehen, dass der chronische Missmut der letzten Wochen von einem dümmlichen Lächeln abgelöst worden war. Jetzt roch sie die Alkoholschwaden und den Zigarettengeruch.

»Es ist etwas Gutes passiert«, sagte er leicht lallend. Er richtete sich ein wenig auf, stützte den Kopf in die Hand und sagte: »Ich bin losgegangen, um mich mit Usi Segal zu treffen. Er hat ein Recital bei mir in Auftrag gegeben. Ich erzähl dir alles morgen, jetzt bin ich tot.« Mit diesen Worten ließ er den Kopf ins Kissen sinken.

Bei aller Wut war sie erleichtert, ihn lächeln zu sehen.

Am Morgen, als sie aufwachte, betrachtete sie ihn, wie er neben ihr im Bett lag. Nur ein leichtes Schnarchen und ein kleiner Speichelfleck auf dem Laken zeugten davon, dass er noch lebte. Sie trank ihren Kaffee, rauchte eine Zigarette und verließ das Haus.

Vor dem Krieg hatte sie das Rauchen aufgegeben. Im Krieg hatte sie wieder angefangen. Joav nahm an, dass es Angst und Anspannung waren, die sie wieder zur Zigarette hatten greifen lassen, aber es war etwas anderes. Sie hatte Joav nichts davon erzählt, aber in den letzten Monaten vor dem Krieg hatte sie angefangen, über ein Kind nachzudenken. Sie war schon über dreißig, und die meisten ihrer Freundinnen kurvten mit Kinderwagen durch die Straßen. Im Frühling hatte sie beschlossen, sich in diesem Jahr eine Auszeit vom Job zu erlauben und ihre Zeit dem eigenen Kinderwunsch zu weihen. Sie entschied, ihren Körper zu reinigen, ihn für die Schwangerschaft vorzubereiten, noch ehe sie mit Joav über ihren Kinderwunsch sprechen würde. Sie hörte auf zu rauchen und setzte die Pille ab, achtete stattdessen darauf, die sicheren Tage einzuhalten. Wie alles, was sie tat, setzte sie auch dieses Projekt mit größtmöglicher Effektivität um. Von Mika lernte sie, durch Messung ihrer Körpertemperatur den Zeitpunkt des Eisprungs zu bestimmen, wodurch sie die für Sex nicht infrage kommenden Tage auf ein Minimum reduzierte. Joav gegenüber die Absetzung der Pille zu begründen war ein Leichtes. Sie erklärte ihm, es sei gesund, alle paar Jahre für einige Monate auf die Pille zu verzichten, und wie in allen praktischen Dingen vertraute er ihr auch diesmal blind, ohne große Nachfragen. Ihre effektive Methode brachte es ohnehin mit sich, dass er die Veränderung so gut wie nicht spürte. Nur selten geschah es, dass sie ihn sanft abwies und ihm mit einem Lächeln erklärte: »Heute geht es nicht.« Ehrlich gesagt verliehen diese Tage, die »verbotenen«, ihrem Sexleben ein stimulierendes Element. Das erzwungene Warten, auch wenn es selten vorkam, machte es noch lustvoller.

Auch ihr Speiseplan erfuhr eine Neuausrichtung. Sie begann, gesünder zu kochen und frische Produkte einzukaufen. Noch war sie in Bezug auf ein Kind zu keinem endgültigen Entschluss gekommen und hatte mit Joav nicht darüber gesprochen. Zumindest nicht ernsthaft. Doch wie auch immer, all diese Vorbereitungen fanden im Haus ihrer Eltern ein jähes Ende, als sie im Fernsehen den ersten Angriff auf Tel Aviv verfolgten, bei dem große Teile des Verteidigungsministeriums und der angrenzenden Stadtviertel zerstört wurden. Augenblicklich war sie an die Schublade in der Küche gegangen, in der ihre Mutter ihre Zigaretten aufbewahrte, und hatte sich eine Marlboro Light geholt, war in den dunklen Garten getreten und hatte die Zigarette angezündet. Dieses Jahr, das wusste sie mit Bestimmtheit, würde nicht das Jahr ihres Kindes werden.

Aber sie gestattete sich nicht, in lähmende Traurigkeit zu verfallen. Einige Tage Schwermut – den alle um sie herum dem Krieg anlasteten – und sie war wieder die alte, tüchtige, praktisch denkende und geistesgegenwärtige Chagit.

In der Zeit nach dem Krieg waren diese Eigenschaften besonders gefragt. Die Tür des Schneideraums, in dem sie arbeitete, öffnete sich oft, Frauengesichter lugten herein, um zu fragen, ob sie wohl einen Moment habe. Sie wusste, wo man das beste Obst und Gemüse für wenig Geld bekam, wusste, welche Apotheken noch in Betrieb und welche zerstört oder geschlossen waren. Immer schon war sie Expertin für alle möglichen praktischen Belange gewesen, und jetzt war ihr Fachwissen gefragter denn je. Aber nicht nur zu diesen Themen kam man, um sie um Hilfe zu bitten. Die jungen Frauen auf der Arbeit fanden in ihr auch eine kompetente Ratgeberin in persönlichen Dingen. Es gab einige, deren Lebensgefährten unter dem lähmenden Einfluss des Krieges standen, der einen greifbaren, jedoch unsichtbaren Schatten auf sie warf wie radioaktive Strahlung. Geduldig hörte sie sich ihre Sorgen an, und auch wenn sie nicht immer mit einem Rat dienen konnte, so wussten ihre Kolleginnen doch zumindest, dass die Geheimnisse, die sie bei ihr abluden, im Schneideraum bleiben und nicht zum Bürotratsch werden würden.

Ihre letzte Aufgabe an diesem Tag war, einen Beitrag für die Abendnachrichten zu schneiden, der über den Besuch von Generalmajor Schamai im Süden berichtete. Sie saß mit dem neuen Korrespondenten für Belange des Negev im Schneideraum, einem jungen Burschen, der kurz zuvor seinen Militärdienst beim Armeesender beendet und den bisherigen Korrespondenten ersetzt hatte, der am ersten Tag des Krieges getötet worden war. Gemeinsam sahen sie sich das Material an, luden dann zunächst die Tondokumente, die vor Ort aufgenommen worden waren, herunter und schnitten sie, damit der junge Korrespondent darum herum seinen Text arrangieren konnte. Als sie mit der Tonspur fertig waren, wandten sie sich dem Bildmaterial zu.

»Sollen wir mit dem Hubschrauber anfangen?«, fragte sie, obgleich sie die Antwort wusste.

»Na klar.«

Zügig und sorgfältig schnitt sie die einzelnen Einstellungen aneinander: Generalmajor Schamai springt behände aus dem landenden Hubschrauber, dessen Rotorblätter sich noch drehen. Eine Reihe von Leuten, gebückt stehend, deren Haare und Jackettaufschläge im Wind flattern, begrüßt ihn mit Händedruck. Cut. Generalmajor Schamai führt ein großes Fernglas an die Augen, schaut über die Grenze. Ein Offizier im Rang eines Oberstleutnants deutet auf Punkte am Horizont und liefert Erklärungen, die mit ernstem Kopfnicken quittiert werden, das für einen Moment durch ein leichtes, selbstsicheres und beinahe spitzbübisches Lächeln abgelöst wird. Cut. Generalmajor Schamai sitzt am Kopfende eines langen, weiß gedeckten Tisches, die Ellbogen auf die Tischplatte gestützt, und lauscht mit nachdenklichem Blick Bürgern, die von der Wiederaufbautätigkeit in ihrer Stadt berichten. Cut. Wieder im Freien. Generalmajor Schamai, einen orangefarbenen Bauhelm auf dem Kopf, steht zunächst unter einem riesigen Kran, springt dann leichtfüßig in die Kabine, erhält eine kurze Einweisung von dem Kranführer, der daraufhin ehrfurchtsvoll seinen Platz räumt. Cut. Die kräftigen, sehnigen Hände des Generalmajors packen geübt die Steuerknüppel des Krans. Cut. Ein großer Steinquader wird von dem Kran in die Höhe gehoben und auf einem leeren Bauplatz abgesetzt. Die Kamera schwenkt nach rechts auf ein Schild mit der Aufschrift: »Hier wird die Generalmajor-Dagan-Grundschule erbaut.«

Als der Korrespondent gegangen und sie allein war, um dem Beitrag den letzten Schliff zu geben, öffnete sich die Tür des Schneideraums einen Spalt weit, und Melli, eine der jungen Producerinnen, lugte herein. Chagit forderte sie auf einzutreten. Kaum hatte sie die Schwelle überschritten, schossen ihr die Tränen in die Augen. Ob Chagit von den Kürzungen gehört habe? Den geplanten Entlassungen? Es heiße, wer als Letzter gekommen sei, werde als Erster gehen.

Nein, sie hatte nichts gehört. Und wenn wirklich etwas dran wäre, wüsste sie bestimmt davon. Aber sie würde das klären, versprach sie. Würde morgen mit Daniel sprechen. Jetzt aber müsse sie wirklich den Beitrag fertig machen.

Denn genau genommen hatte sie an diesem Tag noch eine Aufgabe zu erledigen. Sie verließ den Sender, nahm den Bus und fuhr, anstatt an der Haltestelle vor ihrem Haus auszusteigen, noch vier Stationen weiter und stieg am Lewinsky-Markt aus. Dort kaufte sie ein bisschen Obst und Gemüse und eine Packung Zitronen-Waffeln. Zu Fuß ging sie weiter in die Parallelstraße. Betrat ein altes Haus, stieg im schäbigen Treppenhaus bis in den zweiten Stock und klopfte an eine Tür mit einem alten Namensschild aus Holz, auf dem »Melnik« eingraviert war.

Raja öffnete ihr mit vor Freude glänzenden Augen und fing gleich an mit ihrem »die Mühe hättest du dir doch wirklich nicht machen müssen«. Chagit lächelte still. Sie betrat die Wohnung und wandte sich gleich in die alte Küche, wo sie ihre Einkäufe auf der speckigen Arbeitsplatte absetzte.

Die alte Frau lebte die ganze Woche von der Gemüsesuppe, die sie sich aus den von Chagit besorgten Zutaten zubereitete, und von Äpfeln, die sie sich selbst schälte, jeden Abend zur Hauptnachrichtensendung zwei, in ihrem roten Sessel im Wohnzimmer sitzend, die schmerzenden, von Krampfadern überzogenen Beine wie zwei Holzklötze auf dem Schemel vor sich liegend. Aber ihr »die Mühe hättest du dir doch wirklich nicht machen müssen« musste sie loswerden. Das war ihr »schön dich zu sehen und danke, dass du gekommen bist«.

Raja war die beste Freundin von Chagits Großmutter gewesen. Als sie an der Universität studiert hatte, hatte Chagit bei ihr gewohnt, im Zimmer von Jonathan, dem bewunderten Enkel, den Raja großgezogen hatte. Er war vor Jahren weggegangen, um in den Vereinigten Staaten Medizin zu studieren, hatte ein Mikroskop auf dem Schreibtisch und ein Poster von »Garp und wie er die Welt sah« an der Wand hinterlassen.

»Oh, du hast auch Zitronen-Waffeln mitgebracht«, seufzte Raja mit unverhohlener Freude. »Das hätte wirklich nicht sein müssen.«

Sie saßen auf dem geschlossenen Balkon, dessen Läden gegen »Durchzug« verrammelt waren, tranken Tee und knabberten Waffeln mit Zitronengeschmack. Hier musste sie keine Ratschläge liefern, hier musste sie nur sie selbst sein. Musste Tee trinken und, mit winzigen Abwandlungen, die immer gleiche Unterhaltung führen.

»Was wird werden, Mejdale? Was wird sein am Ende?«

»Es wird alles werden, Raja.«

»Und bei euch ist alles in Ordnung? Hat Joav Erfolg?«

»Der ist sehr erfolgreich. Alles bestens.«

»Jonathan hat auch großen Erfolg. Man hat ihn zum leitenden Stationsarzt in seinem Krankenhaus dort in Chicago gemacht. Ein sehr wichtiges Krankenhaus.«

Chagit wusste, dass man ihn zum leitenden Stationsarzt ernannt hatte. Das war vor drei Jahren gewesen.

»Wunderbar«, meinte sie zu Raja.

»Ja. Er ist sehr beschäftigt. Nur schade, dass er keinen Urlaub nehmen kann, um die Oma zu besuchen.«

Auf diesen letzten Satz wusste Chagit nie, was sie antworten sollte, wie sie die alte Frau trösten konnte, ohne sie zu belügen. Sie nahmen beide einen Schluck Tee.

»Und was hältst du von dem neuen Generalstabschef?«, überraschte sie Raja mit einem Mal.

»Schamai? Warum fragst du?«

»Man sieht ihn viel im Fernsehen. Es heißt, er sei ein Held Israels.«

»Ja, so heißt es.«

»Weißt du, dass mein Zwi auch mal einen Orden vom Generalstabschef bekommen hat?«

Chagit nickte lächelnd. Sie hatte die Geschichte schon tausendmal gehört und würde sie jetzt ein weiteres Mal zu hören bekommen.

Bevor sie aufbrach, berichtete ihr Raja von einer Salbe für ihre Beine, die zur Neige ging, eine Salbe, ohne die sie nicht einmal »die fünf Schritte in die Küche« machen könne. Chagit schrieb sich den Namen der Creme auf und versprach, in der kommenden Woche für Nachschub zu sorgen.

Als sie Rajas Haus verließ, senkte sich bereits der Abend über die Stadt. Langsam schlenderte sie durch die wenigen Straßen bis nach Hause, rekapitulierte dabei die kleinen Erledigungen, die sich den Tag über angehäuft hatten – morgen für Melli klären, was es mit den Gerüchten auf sich hatte, die sie gehört hatte, ein paar Einkäufe erledigen, Rajas Salbe besorgen. Ganz allmählich kamen ihre Gedanken zur Ruhe, gab sie sich dem Wind hin, der über ihr Gesicht strich, und dem Genuss des langsamen Dahinschlenderns.

Als sie die Wohnung betrat, war sie überrascht, diese stockfinster vorzufinden. Sie machte Licht. Joav saß am Tisch in der Küche, den Kopf in beide Hände gestützt.

»Was ist passiert?«

Er deutete wortlos auf ein zusammengefaltetes Schreiben, das auf dem Tisch lag.

Sie breitete es aus. Ihr Blick erhaschte das Symbol der israelischen Polizei im Briefkopf. Es war die Vorladung zu einer Befragung auf dem Revier, durch einen Oberinspektor Itzik Levi.

8

DER MANN, DER DAS ZIMMER von Oberinspektor Itzik Levi betrat, gehörte nicht zu denen, die Probleme machen würden. Der Oberinspektor wusste dies in dem Moment, da Joav Kirschs Gesicht in der Tür erschien – die weit aufgerissenen Augen eines Kälbchens, das zur Schlachtbank geführt wird. Er hatte schon einige Routine in seiner neuen Aufgabe. In der Regel genügte ihm ein schneller Blick, um den Menschen, der in der Tür stand, einzuschätzen. Oder wie ihm ein Bildhauer mit Sinn für Humor und einer übertriebenen Neigung zum Sozialismus einmal gesagt hatte: »Sozialisten sind wie abstrakte Gemälde. Wenn man genügend von ihnen gesehen hat, beginnt man sie zu verstehen.«

Joav bemühte sich, Selbstsicherheit zu demonstrieren. Er hielt sich an Chagits Weisungen. In der Nacht zuvor hatte sie lange mit ihm zusammengesessen, hatte ihn beruhigt und auf das Treffen mit dem Oberinspektor vorbereitet. Als seine Augen die Vorladung zum ersten Mal überflogen hatten, war ihm der Gedanke gekommen, das Ganze habe etwas mit Usi Segal zu tun, dass Chagit recht gehabt und er in seiner Dummheit nicht auf sie gehört hatte. Aber Chagit schloss diese Möglichkeit aus. Nachdem sie ihn in allen Einzelheiten zu der Begegnung mit Segal befragt hatte, kam sie zu dem Schluss, die Vorladung habe nichts mit dem Abend im Restaurant zu tun. Ebenso schloss sie die Möglichkeit aus, einer der anderen am Tisch habe ihn denunziert.

»Du hast dort nichts besonders Subversives gesagt. Eine Geschichte über eine russische Pianistin Mitte des 20. Jahrhunderts ist kein Grund für eine Denunziation und auch Witze über Jascha

Heifetz sind noch nicht verboten. Außerdem, wenn einer von denen, die dort waren, ein Denunziant war, was sehr gut sein kann, dann würde er dich nicht jetzt denunzieren, wo er noch nichts über dich zu erzählen hat. Hätte dich jemand in Verdacht, würde er versuchen, an dich ranzukommen, noch ein bisschen zu schnüffeln und dann seinem Herrn ein saftigeres Stück Fleisch bringen.«

»Aber was kann das sonst sein?«

Chagit zählte ihm einige Möglichkeiten auf.

»Sieh mal, du arbeitest viel mit dem Kulturministerium zusammen. Möglich, dass sie dort Anweisung haben, jeden, mit dem sie zusammenarbeiten, ein bisschen näher unter die Lupe zu nehmen, egal ob er wirklich verdächtig ist oder nicht. So eine Routinegeschichte eben. Oder vielleicht hat es sich jemand, den du kennst, mit ihnen verscherzt, und sie wollen von dir Informationen über ihn. Wer weiß? Im schlimmsten Fall kann es sein, dass jemand versucht, sich an dir zu rächen, aber auch dann hast du nichts zu befürchten, denn du hast ja wirklich nichts gemacht. Solange ich dich kenne, hast du nichts gemacht«, sagte sie und fügte bei seinem gekränkten Blick schnell hinzu: »Ich meine, nichts, was als subversive politische Aktivität ausgelegt werden könnte.«

Das stimmte. Politik hatte ihn nie interessiert, war ihm immer wie Zeitverschwendung vorgekommen.

»Wie auch immer, wenn du dort reinkommst, strahl Sicherheit aus. Stell dir vor, du kommst zu einem Interviewtermin mit einem Musikjournalisten, der dich verehrt. Der Maestro Joav Kirsch betritt den Raum. Und noch etwas«, fügte sie nach kurzem Nachdenken hinzu. »Obwohl du ja wirklich nichts gemacht hast, sag nicht mehr, als was du gefragt wirst. Nichts über Usi Segal oder sonst jemanden. Liefere ihnen keine Informationen. Beantworte höflich ihre Fragen, und das war's.«

Am Morgen machte sie ihm, ehe er aufbrach, sein geliebtes French Toast, aber er rührte es kaum an. »Du wirst sehen, du kommst mit einem Lächeln zurück«, sagte sie, bevor sie ihn mit einem Kuss auf den Weg schickte. »Heute Abend lachen wir gemeinsam drüber.«

Oberinspektor Levi bedeutete dem Eintretenden, auf dem Stuhl ihm gegenüber Platz zu nehmen, und überflog noch einmal die Angaben auf der Seite, die er bekommen hatte. »Joav Kirsch, Pianist, 33, keine Vorstrafen, verheiratet mit Chagit Kirsch, 31. Keine Kinder. In seinem Namen wurde Ausreiseerlaubnis beantragt; bitte Empfehlung für Bewilligung oder Ablehnung abgeben.«

Das war noch so eine von seinen neuen Aufgaben. Man hatte ihn vom Kriminalermittler zum Personalsachbearbeiter gemacht. Oberinspektor Levi hob die Augen nicht von seinen Unterlagen. Er hatte entschieden, Joav nicht gleich über den Grund der Vorladung aufzuklären. Erst einmal würde er ihm ein bisschen auf den Zahn fühlen. Manchmal kam ja etwas dabei heraus, besonders bei den Waschlappen.

»Würden Sie sich selbst als Zionisten definieren?«, begann er mit der ersten Frage, die der Fragebogen vorgab.

Die Frage versetzte Joav in Panik. Sie verdächtigten ihn tatsächlich! Ein Schauder lief ihm über den Rücken. Er hoffte, der Polizeioffizier vor ihm bemerkte sein Zittern nicht.

Oberinspektor Levi betrachtete ihn konzentriert. Der Bursche schlotterte ja. Aber viele zitterten bei dieser Frage, und viel mehr noch würden künftig dabei ins Zittern kommen. So banal sie auch war, sie berührte die zu Vernehmenden auf unmittelbare und tiefgehende Weise. Schickte sie zu irgendeinem fernen Punkt, der vergraben in ihrer Erinnerung ruhte. Die Feierstunde in der Grundschule zum Gedenken an die gefallenen Soldaten, aus der sie verwiesen worden waren, weil sie gestört hatten; eine Demonstration von der Art, wie sie früher gegen die Okkupation veranstaltet wurde. Solche Sachen eben.

Wer auch immer diesen Fragebogen formuliert haben mochte, ganz blöd war er trotz allem nicht gewesen.

»Absolut ja!«, erwiderte Joav in einem Ton, der ihm selbst zu forsch erschien. Er versuchte zu überlegen, was sich noch hinzufügen ließe, um den Ermittler zu überzeugen, und zu seiner wachsenden Panik fiel ihm nichts ein.

Auch im Gespräch mit Freunden hätte er, wäre er gefragt worden, diese Frage automatisch mit Ja beantwortet. Aber um ehrlich zu sein, hatte er niemals allzu viel darüber nachgedacht.

Am Ende fiel ihm doch noch etwas ein. Ginossar.

»Ich betrachte mich absolut als Zionisten, sogar als einen durchaus tätigen. Gerade dieser Tage gebe ich unentgeltlich eine Konzertreihe in der Peripherie, in Zusammenarbeit mit dem Kulturministerium, um zu einer Stärkung der nationalen Moral beizutragen.«

Dieser sonderbare Ausdruck, der gerade aus seinem Mund gekommen war, nahm für einen Moment seine Aufmerksamkeit in Beschlag und lenkte ihn ab. Moral.

Oberinspektor Levi wirkte nicht besonders beeindruckt von seiner Antwort. Joav schien, als hätte sich ein spöttischer Ausdruck in seinen Blick gestohlen.

»Waren Sie in letzter Zeit an irgendwelchen Protestaktionen beteiligt?«

»Nein!«, erwiderte Joav. Langsam wurde er sicherer. Die Stoßrichtung der Fragen hatte etwas sehr Allgemeines. Vielleicht hatten sie ja wirklich nichts in der Hand.

»Und in den letzten fünf Jahren?« Oberinspektor Levi bedachte ihn mit einem prüfenden Blick. Er wusste, dass der Mann jetzt zögern würde. Jeder von diesen Tel Aviver Clowns hatte irgendwas in den zurückliegenden fünf Jahren angestellt. Keiner von ihnen war vollkommen sauber.

Joav ging in Gedanken seine unentgeltlichen Auftritte durch.

Vielleicht war einer davon nicht ganz koscher gewesen? Der eine Fall kam ihm in den Sinn, in dem sich eine Cellistin, die bei Checkpoint Watch oder irgendetwas in der Art aktiv war, an ihn gewandt hatte. Was ein Glück, dass er ihr einen Korb gegeben hatte! Ein bisschen unangenehm war es damals schon gewesen, denn eigentlich mochte er sie. Ein Glück, dass er über gesunde Sinne verfügte. Immer schon hatte er das vage Gefühl gehabt, dass bei diesen Aktivitäten nichts Gutes herauskommen konnte.

»Nein, ich war an keinerlei Protestaktionen beteiligt. Ich glaube nicht an so was.«

Der Oberinspektor hob die Augen zu ihm. Und sagte nichts. Joav beschloss, seine Aussage zu bekräftigen. »Man hat sich sogar ein-, zweimal mit der Bitte an mich gewandt, an Veranstaltungen mit dezidiert linksorientiertem Charakter teilzunehmen, aber ich habe abgelehnt.«

Noch während die Worte aus seinem Mund kamen, begriff er seinen Fehler.

Doch es war zu spät. Oberinspektor Levi rutschte ein wenig auf seinem Stuhl hin und her, ließ den Blick aber nicht von ihm und sagte: »Tatsächlich? Was für Veranstaltungen denn? Und wer hat sich an Sie gewandt?«

»Schwachkopf«, verfluchte Joav sich selbst. Er schaute den Oberinspektor an, der ihn jetzt mit einem etwas wacheren Blick fixierte, und zögerte. Er spürte eindeutig, dass er keine Chance hatte, bei diesem Mann mit einer Lüge durchzukommen. Das war's, er hatte sich selbst in eine Falle manövriert und würde jeden Augenblick zum Denunzianten werden. Oberinspektor Levi schwieg. Sah, wie die Zahnräder in Joavs Hirn rotierten, und wartete geduldig. In den Augen des anderen nahm er alle Skrupel wahr, die ihm kamen.

»Sie hieß Enat«, sagte Joav. »Enat Lehrer.« Sein Mund war trocken und hatte einen sonderbaren Geschmack, den Geschmack von Kaffeesatz, den man versehentlich vom Boden der Tasse mittrinkt.

Oberinspektor Levi notierte sich den Namen. Er kannte sie. Genau genommen hatte die junge Frau ein paar Wochen zuvor auf genau dem Stuhl gesessen, auf dem jetzt der Pianist saß. Doch im Gegensatz zu ihm war sie ein mutiges Persönchen. Hatte ihn nicht wenig angeschrien.

»Ja, und …?«

Es machte keinen Sinn, jetzt auf stur zu schalten. Joav erzählte ihm das wenige, was er wusste, und bemühte sich, ihre Aktivitäten in möglichst hellen Farben zu zeichnen. Sie sei Cellistin, eine sehr begabte Frau. Nein, er denke nicht, dass sie besonders radikal gewesen sei. »Obwohl ich sie wirklich nicht gut gekannt habe«, fügte er schnell hinzu. Sie seien bei irgendeiner Gelegenheit vor ein paar Jahren zusammen aufgetreten. Er meine, sie sei bei der Initiative Checkpoint Watch aktiv, aber auch nicht allzu sehr. Die Karriere eines Berufsmusikers sei nun mal eine sehr fordernde Angelegenheit. »Uns bleibt nicht viel Zeit für Unsinn«, meinte er in einem Ton, der sich alle Mühe gab, munter zu klingen.

»Wann haben Sie sie zum letzten Mal getroffen?«

»Oh, schon lange her. Vor Jahren. Ich meine vor zwei oder drei Jahren. Seitdem habe ich keine Ahnung, wo sie steckt und was sie macht.«

»Und über ihre Bitte hinaus, hat sie mit Ihnen über politische Belange gesprochen? Hat sie Ihnen gegenüber Ansichten zum Ausdruck gebracht?«

»Nein. Wie ich schon gesagt habe, ich kannte sie ja kaum. Und außerdem wusste sie, dass mich Politik nicht interessiert.«

»Woher wusste sie das, wenn Sie sich kaum gekannt haben?«, hakte Oberinspektor Levi nach.

»Das heißt, mir schien, sie wusste es«, erwiderte Joav und verfluchte sich erneut im Stillen. »Das ist allgemein bekannt, dass ich mich wirklich nicht dafür interessiere.«

»Aha«, meinte Oberinspektor Levi. »Hatten Sie vielleicht noch mehr Anfragen, die Ihnen jetzt plötzlich wieder einfallen?«

Joav versuchte, sein verschrecktes Bewusstsein zu durchforsten.

»Wenn es noch etwas gibt, ist jetzt genau der richtige Zeitpunkt, es zu erzählen«, fuhr Oberinspektor Levi fort.

»Nein. Ich denke nicht, dass es noch etwas gibt. Das heißt, ich habe seinerzeit an einem Konzert vor der Knesset teilgenommen, für Gilad Schalit. Aber das gilt doch nicht als politisch, oder?« Er stellte die Frage mit derart echter Besorgnis, dass Oberinspektor Levi Mühe hatte, ein Grinsen zu unterdrücken.

Es machte keinen Sinn, diese verängstigte Kreatur noch weiter hinters Licht zu führen.

»Nein, gilt es nicht.«

Ein Seufzer der Erleichterung entfuhr dem Pianisten.

Oberinspektor Levi kehrte zu seinem Fragebogen zurück. Jetzt befragte er Joav bezüglich dessen Kontakten zu Nichtjuden. Joav erzählte ihm ausführlich von Paolo, seinem Agenten im Ausland, und von einigen europäischen und amerikanischen Musikern, mit denen er in Kontakt stand. Als Oberinspektor Levi die Frage hinsichtlich des Kontakts zu Arabern eingrenzte, berichtete ihm Joav ernsthaft und bang von dem arabischen Gemüsehändler an der Dizengoff, bei dem er Obst und Gemüse zu kaufen pflegte, bis sie umgezogen waren. Von diesem abgesehen, berichtete er mit offenkundiger Erleichterung, kenne er keine Araber.

Der Oberinspektor spulte weiter die Standardfragen herunter. Erst als er damit fertig war, offenbarte er Joav den Grund der Vorladung. Eigentlich ging es bloß um das alte, von Paolo eingereichte Ersuchen, ihm eine Ausreisegenehmigung zu erteilen.

»Das Ganze ist lediglich eine formale Prozedur«, beruhigte er sein Opfer. »Das verstehen Sie sicherlich.«

»Aber dieses Ersuchen ist schon gar nicht mehr relevant. Der Ausschuss tagt zu spät. Mein Agent hat mir bereits die Absage der Tournee mitgeteilt.«

»Tatsächlich?«, fragte Oberinspektor Levi erstaunt und erlaubte sich diesmal ein Lächeln. »Nun gut, Sie wissen ja, Bürokratie. Entweder hat Ihr Agent sich nicht die Mühe gemacht, jemanden von der Absage in Kenntnis zu setzen, oder die Rädchen hatten einfach schon angefangen zu mahlen.«

Aus Sicht des Oberinspektors war das Gespräch beendet. Er wusste alles Erforderliche über Joav Kirsch. Aber er hatte das Gefühl, es gäbe da noch eine Kleinigkeit, die nicht zur Sprache gekommen war, ein winziger Schattenfleck, den sie nicht ausgeleuchtet hatten. So war das in aller Regel. Die Leute fühlten sich schuldig in seiner Gegenwart. Er hätte die Vernehmung zwar noch eine Weile fortsetzen können, um irgendwann herauszufinden, dass das Geheimnis ein Paket Altkleider war, das sein Gegenüber irgendwann einmal seinem arabischen Treppenputzer vermacht hatte. Doch es machte keinen Sinn, jetzt noch weiter zu graben. Das ließ sich immer noch zu einem späteren Zeitpunkt fortsetzen.

Er dankte dem Pianisten höflich für die Unterredung und entließ ihn. Doch als Joav schon in der Tür war, hielt er ihn noch für einen Moment zurück. »Kirsch, wenn diese Enat Lehrer noch mal Kontakt zu Ihnen aufnehmen sollte, möchte ich, dass Sie mich umgehend davon in Kenntnis setzen«, sagte er mit ernster Miene. Joav beeilte sich, eifrig zu nicken.

In seinem Bericht gab Oberinspektor Levi detailliert den Inhalt des Gespräches wieder und unterstrich den Namen Enat Lehrer. Abschließend stellte er fest, seiner Auffassung nach werde der Wunsch des Befragten nach einer Ausreise bestehen bleiben. »Im Lichte der obigen Ausführungen und obschon der Befragte nicht mit umstürzlerischen Aktivitäten befasst ist«, schrieb er, »empfehle ich, sollte zu einem künftigen Zeitpunkt ein weiteres Ersuchen gestellt werden, den Befragten für eine erneute Einschätzung vorzuladen.«

9

ER VERLIESS DAS POLIZEIREVIER und begann in Richtung Bushaltestelle zu marschieren, aber als er sie erreicht hatte, blieb er nicht stehen. Ging weiter in Richtung Nordau-Boulevard. Seine Gedanken waren konfus und sein Puls erhöht. Bruchstücke aus dem Gespräch mit Oberinspektor Levi hallten in seinem Kopf wider. In diesem Zustand bestand kaum Aussicht, dass es ihm gelingen würde, sich ans Klavier zu setzen und Etüden zu üben. Er beschloss, noch ein bisschen weiter spazieren zu gehen, um sich zu beruhigen. Soweit er sich erinnern konnte, war sein einziger Versprecher der in Bezug auf die Cellistin gewesen, aber er war zu aufgewühlt, um in diesem Augenblick auf die Zuverlässigkeit seiner Erinnerung zu vertrauen. Der Gedanke an die Cellistin erfüllte ihn mit Scham. Die Röte trat ihm auf die Wangen, als er an sie dachte.

»Erbärmlicher Verräter. Sie mussten dich nicht mal in die Mangel nehmen. Du hast alles bereitwillig ausgeplaudert. Wer weiß, in was für Schwierigkeiten du sie gebracht hast«, schimpfte in seinem Kopf eine unbekannte Stimme.

Er war es gewohnt, Stimmen in seinem Kopf zu hören. In der Regel war es Musik, Töne, aber auch Gedanken hallten oft darin wider, mit greifbarer, klarer Stimme. Das ging so, solange er zurückdenken konnte. Er selbst hielt es für einen Teil seiner musikalischen Begabung. Viele Werke ruhten in der großen Bibliothek seines Hirns, jederzeit bereit, hervorgezogen und gespielt zu werden. Er konnte in seiner Vorstellung jeden Part eines Instrumentes hören, der ihm im Orchester zugedacht war, als würde es tatsächlich gespielt. Auch das Klavierspiel übte er in Gedanken, und diese Fähigkeit ermöglichte es ihm, tote Zeiten zu nutzen. Er konnte Liszt im Wartezimmer beim Zahnarzt üben, konnte ein Stück von Bach wieder und wieder mit kleinen interpretativen Veränderungen auf der Busfahrt nach Rechovot spielen. Der Kopf von Joav Kirsch war niemals ein stiller Ort. Aber diese neue Stimme war fremd. Fremd und sonderbar. Eine tiefe und heisere, scharfe, ja sogar unverschämte Stimme.

»Wer bist du überhaupt? Wofür erträgst du diese Scheiße? Um unentgeltlich in Jugendzentren zu spielen? Was ist das denn wert? Das Spiel einer Puppe. Ein mechanisches Vögelein.«

»Ein mechanisches Vögelein?« In Gedanken ließ er sich zu einer Zwiesprache mit der Stimme hinreißen, die weiter in seinem Kopf wütete. »Du bist ja wirklich poetisch. Das ist aus einem Kindermärchen, oder?«

»Auch bei einer Kindervorstellung würde ich dich nicht spielen lassen. Nicht einmal in einer Hotellobby. Du bezeichnest dich selbst als einen Künstler? Du bist ein Witz. Gurnischt mit gurnischt.«

»Du sprichst auch Jiddisch?«, spottete er über die Stimme. »Aus welchem Loch bist du denn gekrochen?«

»Aus dem schwarzen Loch in deiner Seele.«

Sein zynisches Selbstgespräch wurde von einem großen violetten Ball unterbrochen, der ihm vor die Füße gerollt kam. Er betrachtete den Ball und hob dann den Blick. Vor ihm stand ein kleiner Junge von vielleicht drei Jahren, der ihn ansah, als wollte er näher kommen, aber sich fürchtete. Joav hob den Ball auf und hielt ihn dem Kleinen hin, aber das Kind blieb, wo es war. Schließlich trat seine Mutter hinzu.

»Entschuldigung«, meinte sie mit einem Lächeln und nahm den Ball in Empfang. »Uri«, wandte sie sich dann an den Jungen, »du musst doch keine Angst vor dem netten Mann haben, er hat dir den Ball zurückgegeben. Sag Danke zu ihm.«

Der Junge zuckte mit den Schultern und schlang die Arme um das Bein seiner Mutter.

»Schon in Ordnung«, beschwichtigte Joav, worauf die Frau noch einmal lächelte und sich abwandte.

Jetzt ängstigt er schon Kinder, geißelte er sich selbst. Führt auf der Straße Selbstgespräche und jagt Kindern Angst ein. Er fragte sich, ob er tatsächlich laut mit sich selbst gesprochen hatte.

»Ein netter Mann«, ließ sich erneut die enervierende Stimme vernehmen. »Eine gute Seele.«

»Oh Mann, halt die Klappe, du Idiot. Was willst du von mir?«

»Was ich will? Dass du ein guter Mensch wirst, das will ich.«

»Vielleicht hast du ja Todessehnsucht, hast Lust, ein Shahid zu werden. Aber was soll man machen, wir wollen nicht sterben, und wir sind hier die Mehrheit!«

Diese Formulierung war so grotesk, dass er jetzt zu Besinnung kam und sich seiner selbst bewusst wurde. Ein Lächeln legte sich auf seine Lippen. »Wir sind hier die Mehrheit!« Wo hatte er das denn her? Und wer sollte dieses »wir« sein, das da im Plural von sich selbst sprach? Er grinste vernehmlich. Die nervige Stimme war endlich verstummt.

Jetzt stellte er fest, dass er bis zur Pinkas gegangen war. Es war lange her, dass er zuletzt in diesem Teil der Stadt gewesen war, und eine Idee kam ihm. Ein paar Minuten später stand er bereits vor dem Eingang des Konservatoriums. Hier, oder genauer gesagt in dem Gebäude, das hier gestanden hatte, bevor man es abgerissen und durch den Neubau ersetzt hatte, hatte er den größten Teil seiner Jugend verbracht. Einen Moment lang war er unschlüssig und trat dann ein. Im Unterschied zu dem Gebäude, das er am Morgen betreten hatte, erfüllte ihn der Eintritt hier mit Sicherheit und einem Gefühl der Erleichterung. Die Sekretärin warf ihm einen Blick zu und konzentrierte sich dann wieder auf ihren Computerbildschirm. Er gehörte hierher. War ein natürlicher, gern gesehener und geschätzter Gast. Joav Kirsch, ein Genie am Klavier. Sie hatte ihn erkannt. Schließlich hing an einer der Wände hier sogar ein Bild von ihm.

Zwei Halbwüchsige auf der Bank im Flur flüsterten miteinander, als er an ihnen vorüberkam. Er meinte, ehrfurchtsvoll geflüstert, seinen Namen zu hören. Oder fantasierte er sich das vielleicht nur zusammen? Vielleicht hatten sie ihn bei irgendeinem Jugendkonzert gehört, waren vielleicht sogar in seiner Meisterklasse gewesen. Träumten vielleicht davon, Joav Kirsch zu sein, wenn sie groß wären.

Er stieg hinauf in den zweiten Stock und schlenderte über den Flur. Betrachtete die Porträts der Musiker, die die Wände zierten. Zum Teil kannte er sie persönlich, und mit einigen von ihnen hatte er auch schon gespielt. Diese kleine Bastion der Kultur stand noch unversehrt da, ihre alten Zahnräder drehten sich noch. Wohlige Aufregung erfasste ihn, wie einen Menschen, der nach langer Abwesenheit nach Hause zurückkehrt.

Am Ende des Flures drangen bekannte Töne an sein Ohr. Chopins Nocturne, Opus 9, Nr. 2. Er erkannte sogleich, wer da spielte, blieb vor der geschlossenen Tür stehen und lauschte. Nach einer Weile gab er dem Drang nach und öffnete vorsichtig die Tür. Ein alter Mann saß am Flügel, den gebeugten Rücken Joav zugewandt, und seine Finger schlugen die letzten Töne an. Als er geendet hatte, legte er behutsam beide Hände auf die Oberschenkel, genau wie vor Jahren.

Joav konnte nicht an sich halten. Er öffnete die Tür ganz und klatschte Beifall. Der überraschte Mann drehte sich zu ihm um. Er brauchte einen Moment, um ihn zu erkennen, kniff die Augen zusammen und strengte seinen Blick an, bis sich endlich ein Lächeln auf seinen Lippen ausbreitete. »Joavi Kirsch.«

Joav ging zu ihm, und der alte Mann erhob sich, um ihn zu umarmen und ihm freundschaftlich auf den Rücken zu klopfen.

»Das war wirklich … wirklich schön.«

Der Alte machte eine wegwerfende Handbewegung und grinste. »Komm, setz dich. Erzähl mir ein bisschen, was es Neues gibt.«

»Nicht viel. Du weißt ja … es gibt zurzeit nicht viele Konzerte. Ich arbeite hauptsächlich zu Hause … an Schostakowitsch.«

»Das ist eine interessante Wahl. Ich erinnere mich, dass du ihn nicht besonders mochtest.«

»Dinge ändern sich.«

Mit einem Mal verspürte er Lust zu spielen, scheute sich aber.

»Du wartest sicher auf einen Schüler, Dov. Ich störe dich bestimmt.«

»Ach was. Ich habe noch Zeit bis zur nächsten Stunde«, erwiderte der Lehrer. Er hatte Joavs Wunsch erraten. »Vielleicht spielst du mir etwas von Schostakowitsch vor? Etwas, an dem du gerade arbeitest?«

»Ernsthaft?«

Die optimistischen, entschlossenen Klänge aus dem Allegro des Klavierkonzerts Nr. 2, Opus 102 von Dmitri Schostakowitsch erfüllten den Raum. Im ersten Moment war er sich noch seiner selbst und seines alten Lehrers bewusst, aber schon bald riss ihn die Komposition mit und verschlang ihn. Sein Spiel war präzise wie immer, aber er spürte, dass diesmal noch etwas darin war, etwas Düsteres und Zorniges, das dem Werk entsprach.

Nach dem Allegro brach er ab und wandte sich entschuldigend an seinen Lehrer. »Ich bin, wie du hörst, noch mitten im Prozess. Es ist noch nicht perfekt.«

Der Lehrer ermutigte ihn. »Das war sehr schön. Beim letzten Mal, als du mir etwas vorgespielt hast, warst du ein Kind. Und jetzt ist dein Spiel gereift. Du hast an Tiefe gewonnen.«

Joav war auf weitere Bemerkungen gefasst, etwas über das Fingerspiel, den Einsatz der Pedale oder die Dynamik, aber sein alter Lehrer begann ein Gespräch ganz anderer Art.

»Weißt du, dieses Werk erinnert mich immer an ein Gemälde. Ein Bild von Kasimir Malewitsch, kennst du ihn?«

»Nicht wirklich. Den Namen habe ich schon einmal gehört.«

»Ein russischer Maler, Zeitgenosse von Schostakowitsch. Eines seiner Bilder heißt ›Die rote Kavallerie‹. Die Erde unter den dahingaloppierenden Reitern ist in mehreren Schichten unterschiedlicher Farben gemalt, eine über der anderen. Sie erinnern auf sonderbare Weise an Ordensspangen, weißt du, diese bunten Streifen, die die Brust der Soldaten schmücken. Bei dem Bild meine ich immer, die Kavalleristen ritten auf ihren Auszeichnungen, vielleicht ja sogar auf denen, die sie nach ihrem Tod erhalten werden, nach der Schlacht, in die sie galoppieren.

Und das Allegro, so wie du es jetzt gespielt hast, erinnert mich an diese Kavalleristen. An dieses selbstgewisse, nicht zu forsche Dahingaloppieren auf dem Weg in die Schlacht. Erst gibt es noch eine gewisse Beruhigung, letzte Vorbereitungen, und dann bricht es los! Die Schlacht!«

Der Lehrer sang mit sonorer Stimme die Melodie, die seiner Meinung nach den Beginn der Kampfhandlungen darstellte. »Es ist ein grausamer, heroischer Kampf. Und plötzlich, aus dem Getöse, dem Kampfgetümmel, tritt dieses Thema« – der Lehrer sang die Fortsetzung der Melodie, diesmal mit behutsamerer Stimme. »Weißt du, wie das für mich klingt? Wie ein Deserteur. Wie jemand, der allein aus der Schlacht flieht, auf seinem Pferd, die Kameraden zurücklässt und dem Wald zustrebt, unter die Bäume. Allein prescht er im Galopp durch einen Birkenhain. So endet in meinen Augen das Allegro.«

Die Tür ging auf. Auf der Schwelle stand ein blasser Junge von etwa vierzehn Jahren.

»Oh, Entschuldigung«, sagte er. »Ich wusste nicht, dass Sie zu tun haben.«

»Nein, das ist völlig in Ordnung«, beruhigte ihn der alte Lehrer. »Komm rein, Jotam.«

Joav erhob sich. Der Junge wartete schüchtern an der Tür.

»Ich habe mich schrecklich gefreut, dich zu treffen, Dov«, sagte Joav.

»Wann immer du möchtest, ich bin hier.«

»Wirklich?«, fragte Joav und setzte nach kurzem Zögern hinzu: »Ich würde mich freuen zu hören, was du zu dem Andante sagst.«

»Wie ich gesagt habe: wann immer du möchtest. Von mir aus sogar nächste Woche um dieselbe Zeit. Du bist von uns beiden der Vielbeschäftigte.«

Joav lächelte und wandte sich zum Gehen. Der Junge machte unbeholfen einen Schritt zur Seite, ohne den Blick zu ihm zu heben.

Den Nachhauseweg legte er leichten, schnellen Schrittes zurück. Die Leute, die ihm entgegenkamen, nahm er nicht wahr. Er war vollkommen versunken in das Allegro, spielte es im Kopf wieder und wieder, Note für Note. Das Bild, das sein Lehrer beschrieben hatte, der einsame Reiter, der aus seinem Regiment flüchtet, flackerte durch seine Gedanken.

10

OBERINSPEKTOR ITZIK LEVI HATTE die unterdrückte Aufregung in der Stimme seiner Tochter vom ersten Augenblick ihres Telefonats an bemerkt. Sie hatte ihm etwas zu erzählen. Er war zwar neugierig, drängte sie aber nicht. Ließ sie nach ihrem eigenen Rhythmus ans Ziel gelangen. Er spürte, dass sie es genoss, ihn auf die Folter zu spannen, ehe sie die Bombe platzen ließ.

Doch noch wollte ihr Gespräch nicht richtig in Schwung kommen. Sie sprachen über ihre Ausbildung. Er erkundigte sich vorsichtig nach dem Stand der Dinge und war auf der Hut, weder kritisch noch geringschätzig zu klingen.

Ihre Ausbildung war ein heikles Thema. Schon als kleines Mädchen, als sie erste Erfolge bei den Aufführungen zum Schuljahresende in der Grundschule feierte, war klar, dass sie den Virus von ihm geerbt hatte. Auf dem Gymnasium dann, als ihre Hingabe an das Drama immer mehr zu Lasten der Zensuren in den anderen Fächern ging, begannen zu Hause die Diskussionen und Kontroversen. Sie war wild entschlossen, was ihre Bestimmung als Schauspielerin anbetraf, und verstand nicht, warum sie in andere Bereiche investieren sollte, die sie ohnehin bei erstbester Gelegenheit über die Schulter werfen und vergessen würde. Sosehr ihre Eltern auch versuchten, sie davon abzubringen, sie zu überreden, doch wenigstens »einen richtigen Beruf« zu erlernen, ehe sie sich in die trügerische Welt der Schauspielerei wagte – sie vermochten nicht, ihre Entscheidung zu ändern. Denn sie war genauso halsstarrig wie ihr Vater. Die Tatsache, dass er an eine Schauspielschule gegangen war und hinterher auch noch Literatur studiert hatte, bevor er sich für eine Karriere bei der Polizei entschied, verstärkte ihren Widerstand nur noch. Das war ihre Trumpfkarte.

»Du hast auch studiert, was du wolltest, und am Ende hast du es alles andere als schlecht getroffen.«

»Ja, Jasmini, aber es gibt kein Gesetz, das besagt, dass du alle Fehler deines Vaters wiederholen musst«, erwiderte er und musste sich insgeheim eingestehen, dass er stolz auf sie war wegen ihrer wilden Entschlossenheit.

Gleich nach der Armee, ohne vorherige Asien- oder Südamerikareise, hatte sie an mehreren Schauspielschulen Aufnahmeprüfungen gemacht und war an der Schule von Joram Levinstein aufgenommen worden. Jetzt stand sie kurz vor Abschluss des dritten Jahres.

»Wir hatten gestern in der Vorstellung einen wichtigen Kritiker da«, meinte sie jetzt mit aufgesetzter Gleichgültigkeit. Nun kommt es, endlich.

»Tatsächlich, wer denn?«

Jasmin nannte den bekannten Namen, noch immer bemüht, einen nichtssagenden Tonfall zu wahren. »Hast du schon mal von ihm gehört?«

»Ja. Das ist doch der neue Leiter des Beit Lessin, oder?«

»Genau. Also, er ist gestern zu ›Romeo und Julia‹ gekommen und hat mich nach der Vorstellung sogar angesprochen.«

»Und was hat er gesagt?« Jetzt versuchte auch Oberinspektor Levi seine Aufregung zu verbergen.

»Er hat gesagt, es habe ihm sehr gut gefallen. Dass unsere Interpretation sehr erfrischend sei, und auch«, fügte sie genüsslich hinzu, »dass meine Präsenz auf der Bühne sehr stark war, zerbrechlich, aber voller Kraft. Das waren seine Worte.«

»Jasmini, das ist ja wundervoll!« Er war wirklich bewegt.

»Tja, aber das ist noch gar nichts.« Sie hielt einen Moment inne, um den Eindruck noch zu verstärken – er konnte ihr Lächeln am anderen Ende der Leitung förmlich spüren, die eigentliche Bombe kam jetzt. »Heute Morgen bekomme ich einen Anruf auf dem Mobiltelefon. ›Schalom, spreche ich mit Jasmin Levi?‹« Jasmin imitierte die hohe Stimme einer älteren Frau. »›Hier ist Ruthi, die Sekretärin von Elam Wachsmann. Ich verbinde.‹«

»Hör auf, mich auf die Folter zu spannen. Was wollte er?«

Jetzt sprudelte die Stimme seiner geliebten Tochter bereits über vor Glückseligkeit. »Sie haben gerade erst mit den Proben für ›Er ging durch die Felder‹ begonnen. Er führt selbst Regie. Und er hat dort eine Schauspielerin, mit der er nicht klarkommt. Er will die Rolle der Mika umbesetzen und mir geben!«

Oberinspektor Levi spürte, wie es ihm die Kehle zuschnürte. Er schluckte einmal kräftig, ehe er hervorstieß: »Das ist ja fantastisch, Jasmini. Was für Nachrichten!«

»Ja!« Sie kreischte jetzt regelrecht. »Ich kann gar nicht glauben, dass mir das passiert! Siehst du, Papa, ein Glück, dass ich nicht auf euch gehört habe«, fügte sie lachend hinzu.

»Ein Glück, dass deine Mutter Polin ist. Wärst du nach mir geraten, hättest du die Rolle der Mika im Leben nicht bekommen.«

Sie lachte noch immer am anderen Ende der Leitung.

»Also wann fängst du mit den Proben an?«

»Morgen! Da ist einfach unfassbar, diese Geschwindigkeit. Sie haben mir bereits den Text per Kurier geschickt. Er ist vor zehn Minuten weg. Für die Proben selbst nimmt er sich Zeit, es wird mindestens vier Monate Proben geben. Das ist eben Elam Wachsmann, Papa! So arbeitet der. Er ist ein echter Künstler. Bevor nicht alles perfekt ist, bringt er es nicht auf die Bühne. Weißt du, dass er bei seinem letzten Stück fast ein halbes Jahr hat proben lassen? Klar, dass er auch das Privileg genießt, er ist schließlich der künstlerische Leiter des Theaters.«

»Und was wird mit der Schule?«, fiel Oberinspektor Levi plötzlich ein. »Du hast nur noch ein paar Monate, und ihr solltet doch noch ein Stück spielen.«

»Ach, Papilein, du kapierst rein gar nichts. Weißt du, was für eine Chance das ist? Eine Hauptrolle am Beit Lessin?! Meinst du, dass mir danach noch etwas im Wege steht? Ich hab's bereits in der Klasse erzählt.«

»Und was haben sie gesagt?«

»Sie waren ein bisschen geknickt, dass ich gehe, aber klar haben sie mir Erfolg gewünscht. Haben mich hoch und heilig schwören lassen, dass ich ihnen ein paar Karten für die Premiere besorge.«

»Jasmini, das müssen wir feiern. Kommst du am Schabbat? Wir grillen.«

»Ich komme, Papilein. Und wie!«

Oberinspektor Levi legte auf. Er hätte nicht übel Lust gehabt, aus dem Zimmer zu stürmen, sich jemanden zu packen und ihm die gute Nachricht zu erzählen. Seine Tochter in einer Produktion von Elam Wachsmann! In einer Hauptrolle! Aber er blieb an seinem Schreibtisch sitzen. Etwas, woran er denken musste, hielt ihn zurück.

Elam Wachsmann, hast du schon mal von ihm gehört? Sicher hatte er von ihm gehört. Genauer gesagt hatte der junge Mann hier vor ihm gesessen, vor genau fünf Tagen. Keine Befragung, Gott bewahre, nur ein Hintergrundgespräch. Die Befragungen überließ er zunehmend seinen Untergebenen. Die Einheit war zuletzt erneut aufgestockt worden und zählte jetzt schon acht Beamte. Sie durften sich sogar wieder ein bisschen mit echten Ermittlungen befassen. Letztlich hatte der Vizekommandant recht behalten, das Ganze war ein sich entwickelnder Bereich, der eine Beförderung ermöglichte. Er unterhielt sich jetzt nur noch mit Leuten, die ihn persönlich interessierten oder zu prominent waren, um einem einfachen Polizisten gegenüber Erklärungen abgeben zu müssen.

Elam Wachsmann gehörte dazu. Ein aufgehender Stern. Ein

junger, vielversprechender Regisseur, der erst vor Kurzem die künstlerische Leitung des Beit Lessin übernommen hatte. Nach dem Krieg hatten die Theater ein großes Stühlerücken auf Leitungsebene erlebt. Es war nicht einmal nötig gewesen, Druck auf die Direktorien auszuüben. Sie kamen dem aus freien Stücken nach. Die älteren Leiter, die allesamt mit einer unpatriotischen Vergangenheit belastet waren, wurden entlassen und an ihrer Stelle vielversprechende junge Leute ernannt. Selbst die Medien nahmen die Wachablösung mit Verständnis hin. Die alten Schurken hatten viel zu lange an der Spitze gesessen. Auf dem Weg nach unten waren ihnen nicht allzu viele Freunde geblieben.

Elam Wachsmann war über jeden Verdacht erhaben, gehörte zur neuen Welle. Oberinspektor Levi hatte ihn zum Gespräch gebeten, vor allem um Einzelheiten über die altgedienten Schauspieler und Regisseure am Theater zu erfahren, hinter deren Namen ein Fragezeichen stand. Die Unterhaltung mit dem jungen Theaterleiter war fesselnd. Wachsmann versuchte gar nicht, irgendetwas vor ihm zu verbergen oder jemanden zu verteidigen, wollte jedoch gleichzeitig dem Oberinspektor zweifelsohne ein bisschen die Proportionen aufzeigen, die Perspektive gerade rücken. Seine Analyse war interessant.

»Schauen Sie, wir reden hier von einer Herde wie alle Herden. Sie müssen verstehen, die meisten Schauspieler sind völlig frei von politischem Bewusstsein. Das ist bei ihnen durch Narzissmus ersetzt. Sie sind so sehr auf sich selbst fixiert, von sich selbst erfüllt, dass ihnen das kaum Zeit für etwas anderes lässt. Es stimmt, die meisten von ihnen definieren sich – oder richtiger gesagt, haben das in der Vergangenheit getan – als zum linken Spektrum der politischen Landschaft gehörig, aber diese Selbsteinschätzung war immer etwas Äußerliches und vollkommen Oberflächliches. Ein Rechter am Theater zu sein war schlicht ein *faux pas*, ein Unding. Wie, wenn man gesagt hätte, man könne Chanoch Levin nicht ausstehen, ja schlimmer noch. Schauspieler, nicht alle, aber die meisten, gehen mit der Windrichtung. Sie passen ihre Ansichten dem an, von dem sie meinen, er könnte ihnen dienen oder sie protegieren. Wenn Sie mein Theater durchleuchten« – mein Theater, Oberinspektor Levi hatte sich diesen anmaßenden Ausdruck im Geiste notiert –»dann werden Sie feststellen, dass fast alle in der Vergangenheit mal an irgendeiner lächerlichen Demonstration teilgenommen haben. Und nehmen Sie das zu ernst, dann bin ich künftig gezwungen, nur noch Solostücke auf die Bühne zu bringen, bei denen ich zum Teil auch noch über mich selbst Regie führen müsste. Nicht, dass das die schlechteste Idee wäre«, fügte er mit einem Lächeln hinzu.

»In Bezug auf all jene, die sich einen einmaligen Fehltritt erlaubt haben«, hatte Oberinspektor Levi gesagt, »lässt sich in aller Regel ein Für und ein Wider finden. Aber ich möchte, dass Ihnen klar ist, diese Zeiten sind vorüber. Wer das nicht schnell genug begreift, wird den Preis bezahlen. Und es interessiert mich nicht, ob er ein großer Star ist und wie verdient er sich in der Vergangenheit um das Theater gemacht hat.«

Wachsmanns Antwort kam gelassen. »Das hätten Sie mir nicht einmal sagen müssen, aus dem einfachen Grund, dass das genau auch meine Auffassung ist. Ich glaube an ein reines Theater. Ein Theater, das sich mit Theater befasst. Und das habe ich allen glasklar gemacht, als ich meine Aufgabe übernommen habe. Wer ein persönliches Gespräch benötigte, hat eines bekommen, unmissverständlich.«

Oberinspektor Levi nickte.

»Schauen Sie«, fuhr Wachsmann fort, »sehr viele Jahre, genau genommen seit Mitte der siebziger Jahre des vergangenen Jahrhunderts, gab es solch einen Magneten, eine Art Epizentrum von Dramaturgen und Regisseuren, die alles in die politische Richtung gezogen haben. Was meiner Ansicht nach eine Generationenfrage war. Sie waren die Wüstengeneration zwischen dem Ethos der Pioniere und dem Nationalismus, Menschen, die aufgewachsen waren mit hehren Idealen, die dann in hässlicher Form entstellt wurden. Sie waren vor der Staatsgründung geboren, aber bereits nach der Entstehungsphase der nationalen Institutionen. Daher war etwas Schadhaftes an ihrem Nationalismus. Etwas Unvollkommenes und Unnatürliches. Eine Art Diasporaschwanzfortsatz, der noch nicht vollkommen abgefallen war. Nach außen war er nicht zu sehen, aber er wuchs nach innen, in ihre Seele, wie ein eingewachsener Nagel. Das vergiftete sowohl sie selbst als auch ihre Umgebung. Einige von ihnen waren, nebenbei bemerkt, sehr begabte Menschen. Was ein wirklich tragisches Element hat.«

Oberinspektor Levi stellte noch ein paar Fragen zu bestimmten Schauspielern und erhielt die Antworten, die er benötigte. Es war ein wirklich interessantes Gespräch, aber er wollte den jungen und viel beschäftigten Intendanten nicht über Gebühr festhalten. Ihm war klar, dass vor ihm der richtige Mann auf dem richtigen Posten saß, ein Mensch, mit dem es möglich sein würde zusammenzuarbeiten. Als sie schon im Begriff waren, sich voneinander zu verabschieden, meinte er plötzlich lächelnd, ohne dies im Voraus geplant zu haben: »Wissen Sie, meine Tochter ist auch auf dem Weg in Ihr schreckliches Gewerbe.«

»Tatsächlich?« Wachsmann horchte interessiert auf. »Möchte sie Schauspielerin werden?«

Der Oberinspektor nickte betrübt. »Das ist ihr nicht auszureden. Sie beendet bald die Joram-Levinstein.«

»Lustig, genau dieses Wochenende gehe ich mir die Aufführung ihrer dritten Klasse anschauen. Eine Bearbeitung von ›Romeo und Julia‹.«

»Dann werden Sie sie zu sehen bekommen«, verkündete Oberinspektor Levi stolz. »Sie ist die Julia!«

»Was Sie nicht sagen!«, staunte Wachsmann. »Julia. Also ein Star, wie es aussieht?«

»Ein Star«, bestätigte Oberinspektor Levi. »Durch und durch.«

»Wie heißt sie?«, fragte Wachsmann.

»Jasmin. Jasmin Levi.«

»Den Teil mit dem ›Levi‹ hatte ich mir schon gedacht«, meinte der junge Intendant und deutete auf das Namensschildchen an der Uniform des Oberinspektors. Er erhob sich von seinem Stuhl. Sie tauschten ein Lächeln und verabschiedeten sich mit herzlichem Händedruck.

11

SIE SASSEN ZUSAMMEN IM WOHNZIMMER, die Füße ins Wasser getaucht, und stippten Zitronenwaffeln in ihren Tee. In Chagits Wanne war kaltes Wasser, auf dem Eiswürfel schwammen, und in Rajas Wanne lauwarmes.

Im ersten Augenblick hatte Chagit gedacht, sie hätte sich den Knöchel gebrochen, aber jetzt klang der Schmerz schon ab. Offenbar hatte sie sich nur die Bänder ein wenig gedehnt. Alles nur wegen des kaputten Bürgersteigs, als sie gerade rauf zu Rajas Wohnung wollte. Der Absatz ihres alten, geliebten Stiefels war in einem tiefen Riss im Asphalt hängen geblieben, der Absatz abgebrochen und ihr Fuß umgeknickt. Der traurige Schlussakkord eines verfluchten Tages.

Es war ein stressiger Tag bei der Arbeit. Die Sicherheitskräfte hatten irgendeine gewagte Kommandoaktion jenseits der Grenze durchgeführt, hatten ein Terroristencamp bombardiert, dabei aber keine Rücksicht auf den Sendetermin der Hauptnachrichtensendung genommen. Eine Stunde vor der Sendung war in der Redaktion der Teufel los. Die Reihenfolge der Beiträge wurde immer wieder geändert, geplante Beiträge wurden mitten im Schnitt rausgenommen, und alles konzentrierte sich auf die Militäraktion.

Chagit hatte den Aufmacher bekommen, der über die Aktion berichtete, ein Beitrag, den ihr engster Freund in der Redaktion gemacht hatte, der Militärkorrespondent Daniel Ben-Dor. Da sie gerne zusammenarbeiteten, pflegte Daniel zumeist während des Schnitts bei ihr im Schneideraum zu sitzen. Diesmal aber arbeitete sie allein. Er war bereits in der Maske und bereitete sich auf seinen Live-Auftritt im Studio vor. Interviewt worden war im Wesentlichen ein Brigadegeneral, der lakonische Erklärungen mit der üblichen Portion an Abgedroschenem abgab, »der lange Arm der israelischen Streitkräfte« und Ähnliches. Eine Viertelstunde vor Sendebeginn schaute Melli, die junge Producerin, zur Tür herein mit einer sonderbaren Anweisung – das Gesicht des Brigadegenerals musste unkenntlich gemacht werden.

»Seit wann machen wir Brigadegeneräle unkenntlich?«, fragte Chagit verwundert.

»Von genau diesem Augenblick an. Anweisung direkt vom Armeesprecher. Sie befürchten Anklagen in Den Haag oder so etwas in der Art.«

Chagit machte in wenigen Arbeitsschritten das Gesicht des Helden unkenntlich, sprang jedes Mal zehn Frames vor und markierte mit einem Punkt die Gesichtsregion, die unscharf werden sollte. Dieser Punkt leitete das Bildbearbeitungsprogramm bei der Verpixelung, genau wie der Zielerfassungslaser in einem Kampfjet, der das Ziel des Raketenangriffs markiert.

Sie war so gut wie fertig, als Melli abermals ins Zimmer kam, gehetzt und gestresst. Die »Voice« des Aufmachers – eine Sequenz von Bildern, über die die Moderatoren ihren dramatischen Text verlesen sollten, der die Armeeaktion beschrieb – war noch nicht fertig. Im allerletzten Moment war entschieden worden, noch eine Computeranimation, die den Angriff veranschaulichte, einzufügen, weshalb das Ganze jetzt neu geschnitten werden musste.

»Gib mir eine Sekunde, um die Verpixelung fertig zu machen«, meinte Chagit gelassen und ein wenig amüsiert über die Anspannung der jungen Producerin. Zu Beginn ihrer Tätigkeit in der Redaktion war sie in einer solchen Situation auch gestresst gewesen, aber jetzt belastete sie das nicht mehr. Es war schon vorgekommen, dass sie Beiträge fertig geschnitten und mit einem Mausklick an die Regie geschickt hatte, eine Minute oder auch nur eine halbe vor

Sendebeginn. »Ich muss den gepixelten Teil bloß noch rendern und mir noch mal anschauen, um sicherzustellen, dass unser Brigadegeneral nicht irgendeine hektische Bewegung gemacht hat, die mir bei der Verpixelung durchgerutscht ist.«

»Lass mal«, sagte Melli. »Ich schau mir das an. Fang du mit der ›Voice‹ an.«

Chagit hatte den Beitrag fertig und machte sich daran, den Vorspann neu zu schneiden. Routiniert und zügig montierte sie Archivaufnahmen von Drohnen, Grafiken und computeranimierte Sequenzen, wobei sie sich den Text, der in wenigen Minuten auf den Bildschirmen verlesen werden würde, laut vorsprach, im langsamen, festen Rhythmus von zwei Worten pro Sekunde, um sicherzustellen, dass die Abfolge der Bilder diesem exakt entsprach. Die ganze Sequenz war drei volle Minuten vor Sendebeginn fertig geschnitten, massig Zeit mithin.

Jetzt kehrte sie zu einem rechtlichen Beitrag zurück, der ans Ende der Nachrichtenausgabe gewandert war, irgendetwas über neue Notstandsverordnungen, die dazu gedacht waren, Anzeichen fehlender Staatsbürgertreue zu bekämpfen. Der Beitrag hätte sie, wegen Joavs Besuch bei der Polizei, persönlich interessieren können, aber jetzt arbeitete sie schnell und führte alle erforderlichen Aktionen durch, ohne auf den Inhalt zu achten. So verfuhr sie in aller Regel mit dem Material – sie ließ es nicht wirklich die Schwelle zu ihrem Bewusstsein passieren. In die Luft fliegende Gebäude, zerfetzte Säuglinge, Väter, die ihre Kinder ermorden – sie alle waren lediglich Rohmaterial, Bilder, die geschnitten und an die vorgesehene Stelle gesetzt werden mussten. Die Beleuchtung, der Aufnahmewinkel, die Schnitte und Tonspuren – das waren die wirklich wichtigen Dinge. Das Gute und das Böse hatten weder Zeit noch Erlaubnis, in ihr kleines Reich vorzudringen, vor allem jedoch nicht in das geübte Gehirn, das darin am Werke war.

Aber da, zehn Minuten nach Beginn der Nachrichtensendung, kam Melli erneut hereingestürzt, die Stirn schweißbedeckt.

»Man hat ihn gesehen! Man hat ihn gesehen!«, wimmerte sie.

Chagit sah sie an. »Beruhig dich, Mell, atme tief durch. Wen hat man gesehen?«

»Den Brigadegeneral. Man hat ihn gesehen. Total. Sein ganzes Gesicht. Das ist ein Tollhaus da draußen, der Armeesprecher hat schon angerufen. Nicht irgendjemand aus der Pressestelle«, fügte sie verängstigt hinzu. »Er selbst. Jochanan dreht fast durch.«

Chagit stand auf. »Wieso hat man ihn gesehen? Du hast dir doch den Beitrag angeschaut, bevor du ihn auf Sendung geschickt hast, oder?«

»Wie kann es sein, dass du das nicht gepixelt hast?«, fuhr Melli fort. »Du hast mir gesagt, du hättest alles unkenntlich gemacht … wie kann das sein …«

»Ich habe dir gesagt, du sollst es dir anschauen«, unterbrach Chagit sie leise. »Melli, antworte mir, hast du es dir angeschaut oder nicht?«

Melli schüttelte den Kopf und Tränen stiegen ihr in die Augen. »Es gab ein Problem mit der Übersetzung, genau in den letzten Minuten vor der Sendung. Ich hab's nicht mehr geschafft.«

Chagit verspürte eine kleine Hitzeaufwallung in der Brust. Das war ein gravierendes Versäumnis. Ein Fehler, der einen um seinen Job bringen konnte.

»Okay. Ich muss hier noch diesen Beitrag fertig machen«, sagte sie mit belegter Stimme. »Sicher wird es nach der Sendung ein Klärungsgespräch geben. Lass mich jetzt arbeiten, damit wir nicht noch mehr Mist bauen.«

»Du wirst ihm doch sagen, dass ich nicht schuld bin, oder?«

»Das wird schon, Melli«, sagte sie und wandte sich, als Melli gegangen war, wieder dem Computer zu, bemüht, sich auf das zu konzentrieren, was über den Bildschirm flimmerte.

Die Inquisition erfolgte gleich nach Ende des Nachrichtenjournals. Daniel, Melli und sie wurden zu Jochanan gerufen, dem Chefredakteur, der sich noch immer nicht beruhigt hatte.

»Wisst ihr, was ihr mir da eingebrockt habt? Das ist die denkbar schlechteste Zeit, es sich mit der Armee zu verderben. Habt ihr überhaupt eine Ahnung, welche Auswirkungen das Kenntlichmachen dieses Gesichtes im Fernsehen haben kann? Das kann vor dem Internationalen Gerichtshof in Den Haag enden, eine solche Sache. Es gibt Organisationen, die sitzen und warten nur auf solche Böcke. ›Begünstigung des Feindes‹ – das ist es, was der Armeesprecher mir am Telefon ins Ohr gebrüllt hat! Ich möchte jetzt genau verstehen, Sekunde für Sekunde, wie diese kolossale Fahrlässigkeit passieren konnte. Und überlegt euch gut, was ihr sagt. Chagit?«

Chagit legte den Ablauf der Ereignisse klar und präzise dar. Sie unternahm keinen Versuch, ihren Anteil daran herunterzuspielen, ja versuchte im Grunde genommen sogar, Mellis Schuld zu verringern. Nachdem sie festgestellt hatte, dass Melli sich den Beitrag noch einmal hätte ansehen sollen, bevor er auf Sendung ging, erinnerte sie selbst noch einmal an die zusätzliche Aufgabe, die der jungen Producerin aufgehalst worden war und sie abgelenkt hatte.

Viel hatte Melli nicht hinzuzufügen. Sie beharrte lediglich darauf, dass ihr zwei Aufgaben gleichzeitig übertragen worden seien, und dass sie, da sie keine Chance gehabt habe, beide in den wenigen bis zum Sendebeginn noch verbleibenden Minuten zu erledigen, beschlossen hatte, sich auf »Chagits Professionalität« zu verlassen. In dieser Bemerkung war unmissverständlich eine Schuldzuweisung an Chagit versteckt, weshalb sie nicht an sich halten konnte.

»Ich hatte noch Zeit, mir den Beitrag anzuschauen, bevor wir hier zusammengekommen sind«, sagte sie. »Wenn du Schuldige auf professioneller Ebene suchst – es gibt da eine Fliege im Verteidigungsministerium, die müsste degradiert werden. Sie ist schuld. Hat sich auf der Stirn des Brigadegenerals niedergelassen und für die plötzlichen Bewegungen gesorgt. Sieben, acht Frames jedes Mal, ich hab's nachgezählt. Und als ich sein Gesicht unkenntlich gemacht habe, bin ich in Sprüngen von zehn Frames vorgegangen, wie ich es immer mache.« Sie wollte noch hinzufügen, die Vorschrift sei nun einmal, dass ein Beitrag vor Ausstrahlung nochmals angeschaut werden müsse, und dass Melli sich verpflichtet hatte, dies zu tun, aber sie hielt sich zurück.

»Hör mal«, meinte Daniel zu Jochanan. »Letztlich ist es meine Verantwortung. Ich hätte mir zwischen der Maske und dem Gang ins Studio den Beitrag noch einmal anschauen können. Klar, dass ich mir der Situation mit dem Unkenntlichmachen nicht bewusst war, aber das entlastet mich nicht. Das ist mein Beitrag, ich wusste, dass wir ihn unkenntlich machen und dass wir unter Zeitdruck arbeiten. Ich hätte mich vergewissern müssen. Wie auch immer«, fügte er nach kurzem Nachdenken hinzu, »Chagit hat ihren Job exakt so erledigt, wie sie musste.« Melli sah furchtsam zu ihm hinüber, aber er fügte kein Wort in Bezug auf sie hinzu. Obgleich er die Verantwortung übernommen hatte, war deutlich zu spüren, wer in seinen Augen die Hauptschuldige war.

»Ich werde entscheiden, wer an diesem Fiasko die Schuld trägt«, betonte Jochanan, aber klar war, dass Daniels Meinung die Waagschale zugunsten Chagits und zuungunsten Mellis hatte ausschlagen lassen. Daniel war schließlich kein x-beliebiger Korrespondent. Sein Vater war ein sehr hohes Tier im Verteidigungsministerium, einer von denen, die auf den Fluren des ÜOK unterwegs waren. Sein Wert für die Redaktion war gewaltig. Dinge, für die andere Militärkorrespondenten viele Tage schwitzen mussten, strömten ihm ohne Weiteres zu. Daniel war für die Redaktion einfach unverzichtbar, und Chagit hatte keinen Zweifel, dass seine Einschätzung ihr in jenem Augenblick half, einer Kündigung zu entgehen. Jochanan mochte sie zwar, hätte sie aber sofort rausgeworfen, ohne es sich zweimal zu überlegen. Sie war nur ein kleines Schräubchen, und er musste Erklärungen liefern, vor allem jedoch Köpfe.

»Melli, ich kann den Druck nachvollziehen, unter dem du standest«, meinte Jochanan schließlich trocken, »aber wer hier arbeitet, muss solchem Druck standhalten können. Es tut mir leid, du wirst deine Tätigkeit hier bei uns beenden.«

Mellis Mund klappte vor Bestürzung unkontrolliert auf. Auch Chagit und Daniel waren von der schnellen Entscheidung überrascht. Jochanan erhob sich, um anzuzeigen, dass die Sitzung beendet war.

Draußen auf dem Flur fasste Chagit nach Daniels Arm. »Danke für den Beistand. Einen Moment lang habe ich gedacht, er feuert mich.«

»Niemand feuert dich. Nicht, solange ich hier bin. Und ganz sicher nicht, wenn du keine Schuld hast. Melli hat einfach Mist gebaut, nichts zu machen.«

»Die Arme. Vielleicht versuchen wir, ihn noch umzustimmen, wenn er sich beruhigt hat?«

»Erscheint mir nicht sinnvoll«, sagte Daniel. »Er wird dem Armeesprecher einen Skalp präsentieren müssen. Aber wenn du willst, schreib ein Gnadengesuch für sie. Obwohl es nichts helfen wird.«

Jetzt, da sie mit den Füßen in dem Zuber planschte und den Tee schlürfte, den Raja ihr gemacht hatte, ließ sie in Gedanken noch einmal das Gespräch mit Jochanan Revue passieren. Daniel hatte die Verantwortung auf sich genommen und sie von der Anschuldigung entlastet. Zugegeben, er hatte nichts zu befürchten. Dank seines Vaters genoss er eine besondere Stellung innerhalb der Redaktion, stand immer ein bisschen über dem Gesetz. Dennoch, das

Ganze war ein Fleck auf seiner weißen Weste, den er mit Leichtigkeit hätte vermeiden können. Das Einfachste wäre gewesen, ihr die ganze Sache anzulasten. Aber das hatte er nicht getan. Ihre Freundschaft hatte diese Feuerprobe bestanden. Nach und nach drifteten ihre Gedanken zu Daniel in eine andere Richtung ab. Es war nicht das erste Mal, dass sie so über ihn nachdachte, was eine Art Belustigung war, die sie sich bis zu einer gewissen Grenze gestattete. Ohnehin würde nichts daraus werden. Selbst wenn Daniel wollte – was er aber im Leben nicht würde, wie sie sich selbst sagte –, wusste sie mit Sicherheit, dass sie Joav nie betrügen würde. Und vielleicht gerade deshalb konnte sie den Gedanken an Daniel noch mehr genießen, dessen glänzende Hülle. Denn schließlich war dieser Mann, der, so erfolgreich er schien, beinahe schon an eine Karikatur denken ließ, eine Art Comicheld, nicht anders als alle anderen auch. Man musste nur ein paar Schichten abschälen – darunter verbarg sich ein kleiner Junge mit wer-weiß-welchen Spleens.

Was bei ihm sicher mit dem ständigen Hofiertwerden zusammenhing, dachte sie. Dem trügerischen Gefühl, dass ihm die ganze Welt zu Füßen lag, dass er machen konnte, was er wollte. Sicher war es nicht leicht, mit solch einem Mann zusammenzuleben.

Daniel war so alt wie Joav und noch immer Junggeselle. Ab und an fand sie seinen Namen und sein Bild in einer der Klatschspalten, in Begleitung einer erfolgreichen Schauspielerin oder eines Fotomodells. Das war die Sorte Frauen, mit denen er sich umgab, und eine von ihnen würde eines Tages Frau Ben-Dor sein. Sie konnte sich schon ihre Scharmützel vorstellen, sogar das Interview, das Frau Ben-Dor nach der Scheidung irgendeinem Frauenmagazin geben würde. »Er war mit seiner Arbeit verheiratet« – würde die Schlagzeile lauten. Oder zumindest die Dachzeile.

Neben seiner Arbeit für die Redaktion machte Daniel von Zeit zu Zeit Reportagen und sogar kurze Dokumentarfilme, und immer nahm er dazu sie als Cutterin. Sie arbeiteten wirklich gern zusammen. Wenn es so etwas wie sexuelle Spannung zwischen ihnen gab, dann lediglich auf der schwachen Frequenz, die immer zwischen einem Mann und einer Frau herrscht, die einander schätzen und viel Zeit miteinander verbringen.

»Was macht der Fuß, Mejdale?« Raja weckte sie aus ihren Gedanken. »Tut's noch weh?«

»Schon viel besser«, sagte sie. »Viel besser.«

»Ich habe eine wundervolle Salbe für dich. Aus der Schweiz. Ich hol sie dir, eh ich's vergesse.«

Ungeachtet ihrer Proteste stemmte sich Raja mühevoll aus ihrem Sessel hoch und schlurfte mit schweren Schritten ins Badezimmer, um in ihrem Arzneimittelschrank zu kramen. Chagit sah der alten Frau nach, die sich langsam entfernte, und überlegte, wie sie selbst sich in vielleicht fünfzig Jahren so zum Badezimmer mühen würde, auf der Suche nach einer Salbe. Alleine, wie Raja. Kinder hatte sie keine und würde womöglich nie welche haben, und die Statistik belegte, dass sie länger leben würde als Joav. So war es in der Regel. Die Stadt war voll von alten Damen, die den letzten Stummel ihres Lebens als Witwen verbrachten, in deren Kleiderschränken noch immer ordentlich gefaltet die Sachen des verstorbenen Gatten lagen, als sei er nur zur Arbeit oder kurz aus dem Haus, um Milch und eine Zeitung zu kaufen. Sie hatten niemanden, der ihnen die Kleidungsstücke auf den Speicher hievte. Oder vielleicht hätten sie es auch nicht erlaubt, selbst wenn sich jemand gefunden hätte, der auf die Leiter gestiegen wäre. Alles, was ihnen nach einem langen Leben mit ihrem Mann noch geblieben war, war dieser Geruch, der allmählich im verschlossenen Kleiderschrank verflog, winzige Moleküle einer ehemals lebendigen Kreatur, die durch die Ritzen entkamen, in einem letzten Rückzugsgefecht mit den Mottenkugeln.

»Sag, Raja«, wandte sie sich an die alte Frau, als diese mit der Schweizer Wundersalbe zurück ins Wohnzimmer kam. »Ist dir nicht ein wenig langweilig so ganz allein?« Sie bereute die Frage in dem Augenblick, in dem die Worte über ihre Lippen waren.

»Langweilig?«, fragte Raja verwundert. »Wer hat denn Zeit sich zu langweilen? Seit Zwi gegangen ist, muss ich hier alles alleine machen. Kochen, aufräumen, sauber machen, das Haus staubt jeden Tag ein.«

Chagit nickte.

»Und einkaufen auch«, fügte Raja erbittert hinzu. »Das fällt mir schon nicht mehr leicht, die Treppe runter und zum Laden gehen, ich bin schon eine alte Schachtel, alles kostet Zeit. Eigentlich schaffe ich nie alles, was ich müsste, zur Post, Rechnungen bezahlen, die Rente abholen, zur Bank gehen. Nicht, dass es wer-weiß-wie-viel wäre, aber man muss ihnen auf die Finger schauen. Schließlich ist es alles nicht mehr das, was es mal war.«

»Nein, das ist es nicht.«

»Natürlich vermisse ich Zwi, aber was soll man machen? Es gibt das Radio, ich höre Welle 2 oder die Nachrichten im Fernsehen. Ich habe auch noch die Schallplatten von Zwi. Weißt du, das war sein ganzer Schatz. Das Einzige, was ihn interessiert hat. Er ist nach Hause gekommen, und das Erste, was er gemacht hat, nachdem ich ihm etwas zu essen gemacht habe, war, sich hier in den Sessel zu setzen, seine Pfeife anzuzünden« – sie deutete auf eine Pfeife, die noch immer auf einem weißen Porzellantellerchen im Bücherregal auf ihren Besitzer wartete – »und seine Musik anzustellen. Das war alles, was ihn interessiert hat, seine Musik. Er hat die Augen zugemacht, hat die Patienten vergessen und Beethoven oder Mozart gehört. Er hat mir immer gesagt: ›Ohne die Musik wäre ich verloren. Ich würde nicht eine Woche durchhalten.‹ Schade, dass die Stereoanlage kaputt ist. Manchmal hätte ich schon Lust, seine Platten wieder einmal zu hören.«

»Was ist denn mit der Stereoanlage?«

»Nu, was weiß ich? Das Lämpchen brennt, aber man hört nichts. Wobei das ein hervorragender Verstärker ist. Aus Deutschland. Vierzig Jahre hat er einwandfrei funktioniert und dann eines Tages gestreikt. Vielleicht ist ein bisschen Wasser reingekommen, als ich die Anlage sauber gemacht habe. Vielleicht habe ich aus Versehen einen zu feuchten Lappen verwendet. Zwi hat mir immer gesagt, ich soll aufpassen und nur mit einem trockenen Tuch drüberwischen. Vielleicht bin ich durcheinandergekommen. Eine alte Schachtel eben. Was soll's, einen Techniker zu bestellen, das wären ein paar Hundert Schekel nur für die Anfahrt.«

Chagit stand auf, trocknete ihre Füße mit dem Handtuch ab, das Raja neben dem Sofa abgelegt hatte, und ging zu der alten Stereoanlage. Sie drückte auf den Knopf und das Gerät schaltete sich problemlos ein. Sie betrachtete die verschiedenen Knöpfe und Schieber. Der Drehknopf zur Auswahl der Betriebsart stand auf »aux« anstatt auf »phono«. Offenbar hatte Raja ihn versehentlich verstellt, als sie mit dem Staublappen drübergewischt hatte. Diese Hilflosigkeit, der Gedanke an die Stereoanlage, die nur wegen eines Staubtuchs gedroht hatte, für immer zu verstummen, jagte ihr einen Schauder über den Rücken. Würde sie auch irgendwann in eine solche Lage geraten?

Sie stellte den Knopf auf »phono« und zog die erstbeste Platte aus dem Regal, Brahms' Rhapsodien, gespielt von Wilhelm Kempff. Sie legte sie auf den Plattenteller, hob den Tonarm und setzte die Nadel vorsichtig auf die sich drehende Schallplatte. Nach kurzem Rauschen und Knacken begann die ansteigende Melodie der Rhapsodie in g-Moll aus den Lautsprechern zu tönen. Was sie ein bisschen an einen alten Horrorfilm erinnerte.

»Wie hast du das gemacht?«, fragte Raja fassungslos. »Du bist ja eine Zauberin.«

»Ach was. Ein Knopf hier war nicht in der richtigen Stellung.«

»Ach«, seufzte Raja schwer. »Wie hat Zwi das geliebt.« Und sie begann, die schöne Melodie mitzusummen, dem Klavier ein wenig voraus. »Hör nur, wie schön das ist.«

Chagit kehrte zurück zu ihrem Platz auf dem Sofa und zog die Socken an. Dann umschlang sie die Knie mit den Armen und stützte das Kinn darauf. So saßen sie im schummrigen Wohnzimmer und lauschten der Musik.

12

PLÖTZLICH, AUS EINEM EI, das tief in seinem Inneren abgelegt wurde, dringt eine neue Stimme. Durchbricht die Schale und beginnt gleich zu zwitschern. Wer hat es befruchtet? Wer ausgebrütet? Unklar. Aber wie alle geschlüpften Küken fordert auch dieses vom ersten Augenblick an Nahrung.

Die »Posaune«, diese neue Stimme im Kopf von Joav Kirsch, hatte ihren Namen dank ihres tiefen, heiseren Klangs. Aber die Stimme, die sich zum ersten Mal am Morgen der Befragung durch Oberinspektor Levi in seinem Kopf gemeldet hatte, spottete über jeden Versuch, sie zu missachten. Sie war frech und hartnäckig und weigerte sich, Joav in Ruhe zu lassen. Und sie legte zu unvorhergesehenen Zeiten los – beim Üben am Klavier, während eines Spaziergangs auf der Straße, wenn er Chagit am Küchentisch gegenübersaß oder nachts, kurz vor dem Einschlafen. »Du hast Angst, du drehst durch, ah? Das würde nichts helfen, du hörst mich trotzdem.«

Anfangs versuchte Joav noch, sich gegen die Gespräche zur Wehr zu setzen, die er in seinem Kopf führte. Versuchte, an etwas anderes zu denken, seinen Verstand mit Partituren zu beschäftigen. Aber die Stimme war stärker als all das, und Joav musste feststellen, dass er sich von ihr in kindische Debatten ziehen ließ. Sie stritten, einer befahl dem anderen, endlich mal den Mund zu halten, und gegenseitig zogen sie die Glaubwürdigkeit und Wirklichkeit des jeweils anderen in Zweifel. Bis Joav sich in einem bestimmten Moment seiner selbst bewusst wurde und über seine Situation grinsen musste. Denn so spielte er ja der Posaune in die Hände! Und die, so schien ihm, genoss dies regelrecht.

Nach einiger Zeit begann er, eine andere Taktik zu verfolgen. Er gewöhnte sich an die plötzlichen Auftritte des mysteriösen Gastes und erschrak weniger. Auch versuchte er, ernsthafte, offene Gespräche mit dem anderen zu führen. Augenscheinlich registrierte die Posaune die Veränderung und fühlte sich vermutlich geschmeichelt. Offenkundig war die Stimme befriedigt, dass er begann, sie ernst zu nehmen.

Bei sich – nun gut, nicht genau bei sich, denn jeder Gedanke, der ihm durch den Kopf ging, war ja auch für die Posaune kein Geheimnis – überlegte Joav, dass es im Grunde genommen nichts gab, wovor man erschrecken musste. Denn diese Stimme war letztlich nicht mehr als sein eigenes Sinnen, und wenn dieses beschlossen hatte, in Gestalt einer Posaune aufzutreten, die einen inneren Dialog mit ihm führte, dann sollte es so sein.

Die Posaune liebte es, ihm die Dissonanzen in seinem Leben vorzuhalten – in seinem Spiel, in der Art, in der er Menschen begegnete. Sobald die Posaune eine Dissonanz erspürte, begann sie ihre Giftpfeile abzufeuern. Und zuweilen war es genau umgekehrt, ertappte Joav die Stimme bei irgendeinem Unsinn und ließ die Posaune dann seinen Spott spüren. Doch die Stimme, so impertinent sie auch sein mochte, war auch anständig. Wurde sie bei einer falschen Behauptung erwischt, gestand sie dies ein und verschwand. Ja, sie konnte sogar über sich selbst lachen.

Eines Tages, nach einer kleinlichen Diskussion mit Chagit über das Geschirr, das sich in der Spüle angesammelt hatte, war die Posaune mit ihren Vorhaltungen zur Stelle. »Wunderst du dich, dass sie mit dir streitet? Kapierst du nicht, was sie will?«

»Oh, hallo! Bis du auch schon da, um mich fertigzumachen?«

»Ich bin nicht gekommen, um dich fertigzumachen, du Idiot. Ich will dir nur helfen.«

»Nicht fluchen, bitte.«

»Nicht fluchen, bitte«, wiederholte die Posaune höhnisch. »In Ordnung. Ich habe nur ein Wort für dich – Sex.«

»Sex? Wow. Sehr tiefschürfend.«

»Du kannst ruhig lachen, aber darum ging es eben bei dem Streit. Das ist es, was sie will.«

»Sex?«

»Aha. ›Und dein Verlangen soll nach deinem Manne sein, aber er soll dein Herr sein.‹«

»Wo hast du diesen reaktionären Dreck denn her? Kommst du von Ateret Kohanim? Bist du ein Fundamentalist?«

»Weich nicht vom Thema ab. Das Thema sind deine jämmerlichen Leistungen, wenn es drauf ankommt.«

»Das sind auch deine Leistungen.«

»›Und dein Verlangen soll nach deinem Manne sein, aber er soll dein Herr sein‹«, wiederholte die Posaune unbeirrt. »Das heißt, wenn du nicht willst, dass man mit dir über den Abwasch streitet – musst du Arbeit abliefern.«

»Deine Sprache ist so was von furchtbar. Ich weiß wirklich nicht, wo du herkommst.«

»Aus deiner Seele. Jetzt denk mal einen Moment nach. Versuch dich an die Morgen nach einem Sexfrühstück zu erinnern, an die Abende nach einem mittäglichen Schäferstündchen. Versuch dich an ihr Lächeln zu erinnern.«

»Da ist was dran. Aber sie arbeitet ja ständig. Hat selbst auch keine Kraft. Eine Sekunde nachdem sie im Bett ist, ist sie schon eingeschlafen.«

»Alles nur Ausreden. Sie hat die Kraft. Außerdem, das Bett ist nicht die einzige Möglichkeit. Geh zu ihr, jetzt gleich.«

Und schließlich gehorchte Joav der Posaune. Er trat zu Chagit, die verärgert in der Küche den Abwasch besorgte. Er drängte sich von hinten an sie und flüsterte ihr eine Entschuldigung ins Ohr. Sie stieß ihn mit dem Rücken weg. Normalerweise hätte er jetzt aufgegeben und wäre abgezogen, aber diesmal küsste er sie, anstatt den Rückzug anzutreten, auf den Hals, auf den Punkt, dessen Wirkung er so gut kannte.

Endlich drehte sie sich um zu ihm. »Für was hältst du das, was du da machst?«, fragte sie, aber in ihrer Stimme war schon kein Ärger mehr und in ihren Augen blitzte ein Lächeln auf.

Auch in Fragen des Repertoires mischte sich die Posaune zunehmend ein. Als Joav sich daranmachte, das Recital einzustudieren, das er im Haus von Usi Segal spielen wollte, setzte ihm die Stimme ununterbrochen zu. Die Posaune mochte diesen Usi Segal nicht, aber Joav beschwor sie, das sei kindisch. Dieses Recital sei immens wichtig. Einflussreiche Leute würden da sein. Außerdem konfrontierte er die Stimme mit einem Argument, von dem er dachte, dass es sie überzeugen musste: »Ich kann nicht alles Chagit auflasten. Welcher Mann lebt denn so von seiner Frau?«

Die Posaune gestand zu, da sei etwas dran, schränkte aber dennoch ein: »Aber du bist Künstler. Im Leben eines Künstlers gibt es nun mal solche Phasen. Und Chagit weiß das.«

»Künstler? Bist du mit einem Mal sentimental geworden?«

»Okay. Aber jubel diesem Ekelpaket wenigstens Schostakowitsch unter.«

Joav weigerte sich, der Forderung der Posaune nachzukommen. In Sachen Repertoire war er zunächst noch zu keinen Zugeständnissen bereit. Am Ende dann, nach immer wiederkehrendem Drängen und langem Verhandeln, einigten sie sich auf Skrjabins Sonate Nr. 5, Opus 53. Die Stimme war zufrieden, dass im Recital ein russischer Komponist enthalten sein würde, der Schostakowitsch beeinflusst hatte, und Joav dachte bei sich, das mystische Element, das in der Musik Skrjabins verborgen war, würde sicher einen Satie-Liebhaber ansprechen.

An einem dieser Tage fand sich Joav in einem Taxi sitzend wieder, auf dem Weg zu dem Wohltätigkeitsrecital in Obernazareth, zu dem er sich verpflichtet hatte. Vom ersten Augenblick an lief alles auf ein Fiasko hinaus. Als er das Haus verließ, auf die graue, nasse Straße trat und in das Taxi stieg, das auf ihn wartete, entdeckte er im Fond des Wagens eine enervierende Kreatur, einen pensionierten Beamten des Kulturministeriums, ein rundliches, glatzköpfiges Männchen, dem aufgetragen war, den Pianisten zu seinem Auftritt zu begleiten.

»Oho, endlich ist der Maestro so weit«, verkündete der Mann in fröhlichem Ton, als Joav ins Taxi stieg. »Was hat Sie aufgehalten? Schmetterlinge im Bauch?«

Joav lächelte verbindlich und bedauerte im selben Moment, keine Kopfhörer mitgenommen zu haben.

»Das ist der berühmte Joav Hirsch«, stellte der Ruheständler Joav dem Fahrer vor.

»Kirsch«, verbesserte Joav.

»Kirsch! Ich entschuldige mich, Maestro«, dienerte der andere.

»Wir werden heute viel Spaß haben«, hörte Joav die Posaune gehässig in seinem Kopf flüstern. »Toll, dass du dich zu dem Auftritt bereit erklärt hast.«

Er erwog, Müdigkeit vorzutäuschen und die Augen zu schließen, aber dem Männchen kam nicht einmal in den Sinn, ihm diese Möglichkeit zu lassen. Von dem Augenblick an, da es den Mund aufgetan hatte, gab es keinen Weg, der Flut Einhalt zu gebieten.

»Verzeihen Sie mir, dass ich die Gelegenheit nutze, aber als Musikliebhaber ist es mir nicht vergönnt, jeden Tag Virtuosen Ihres Ranges zu treffen. Sie wissen ja nicht, mit welchen Leuten ich sonst unterwegs bin. Zumeist begleite ich Schriftsteller. Das sind die Schlimmsten. Können nicht für eine Sekunde den Mund halten. Unmöglich, auch nur ein Wort loszuwerden. Wie auch immer, was wollte ich Sie gleich fragen?« Sein Redeschwall stockte und seine schmalen Lippen blieben aufgesperrt, was Joav an das Maul eines Karpfens erinnerte.

»Mozart!«, verkündete er endlich. »Das ist ja vielleicht der berühmteste Name in Ihrem Metier, aber letztlich, denken Sie nicht auch, dass er überbewertet ist?«

»Verzeihung?«

»Ich weiß, das ist eine gewagte Aussage. Aber ich muss Ihnen sagen, ich höre viel Klassik im Radio, bei jeder Gelegenheit, die sich mir bietet, und Mozarts Anteil ist schlicht überproportional. Das heißt, Ehre, wem Ehre gebürt, aber ich habe das Gefühl, man ist hier einem berühmten Namen aufgesessen und hört nicht auf, ihn zu füttern. Nun gut, Tantiemen sieht er davon nicht«, verstieg sich der Ruheständler zu einem schalen Witz. »Aber unter uns, denken Sie nicht auch, das ist übertrieben? Es gibt noch mehr außer Mozart.«

Joav warf ihm einen Blick zu. Ihm war klar, dass es keinen Sinn machte, mit dieser Kreatur eine ernsthafte Unterhaltung zu führen. »Ich bin nicht im Bilde, was im Radio gespielt wird und was nicht«, sagte er schließlich.

Aber diese Ausflucht erwies sich als problematische Taktik, da sie den Beamten in dem Gefühl ließ, es sei ihm noch nicht gelungen, seinen Zuhörer zu überzeugen. Was ihn wiederum ermutigte, seine Theorie noch weiter zu entwickeln.

»Der Schuster geht ohne Schuh, was?« Er fuhr die nächste Plattitüde auf, wobei er offenbar die Angewohnheit hatte, das Gesicht seines Gesprächspartners von Nahem in Augenschein zu nehmen, diesem in die Augen zu starren, nachdem er etwas von sich gegeben hatte, das ihm besonders geistreich erschien. Joav sah sich gezwungen, mit einem betrübten Lächeln zu antworten.

»Also ich höre Radio, und zwar viel! Und ich sage Ihnen, das überschreitet jede Grenze, diese Obsession, die sie da im Radio mit Mozart pflegen.«

»Und wen bevorzugen Sie?«

»Och, jede Menge. Alles, was gut ist. Alles, was einen bewegt. Sie werden doch heute nicht etwa Mozart spielen?«, fragte der Beamte plötzlich erschrocken.

»Nein, ich hatte nicht vor, Mozart zu spielen.«

»Du wirst heute nur Mozart spielen. Wenn nicht, lasse ich dir nicht eine Sekunde Ruhe«, drohte die Posaune in seinem Kopf.

Das ging zweieinhalb Stunden so. Der Beamte unterbreitete ihm eine groteske, ärgerliche Theorie nach der nächsten, allesamt gewürzt mit abgedroschenen, nervtötenden Kalauern. Auch die Posaune ließ nicht locker, befahl ihm, diese Kreatur endlich zum Schweigen zu bringen, ihr das Maul zu stopfen. Aber Joav war auf der Hut. Auch wenn der Mann nur ein kleiner Pensionär war, so stand er dennoch mit dem Kulturministerium in Verbindung.

Als sie endlich bei dem »Konzertsaal« angelangt waren – ein nicht eben großer Raum in einem alten Gemeindezentrum –, nahm er all seinen Mut zusammen und wandte sich an seinen Aufpasser. »Ich muss mich jetzt vorbereiten, das Instrument überprüfen und mich warm spielen. Ich bitte, bis zum Auftritt nicht mehr gestört zu werden.«

»Sicher, Maestro, sicher.« Joav meinte, einen spöttischen Unterton in der Stimme zu hören.

Eine Bühne gab es nicht. Der Flügel stand an einer Seite des Raumes und weiße Plastikstühle waren in Reihen davor aufgestellt. Er spielte ein paar Takte – und traute seinen Ohren nicht. Das Instrument war nicht gestimmt. Doch war hier nicht von einer leichten Verstimmtheit die Rede, einer Nuance, die sich überspielen ließe. Ein Teil der Töne war unter aller Kritik, wich beinahe um eine Viertelnote ab. Er stand vom Flügel auf und war mit ein paar Schritten im Nebenraum. Der Beamte saß dort und kaute energisch an einem Thunfischsandwich.

»Hören Sie«, sagte Joav, »es tut mir leid, aber ich kann so nicht spielen. Der Flügel ist kein bisschen gestimmt.«

Der Beamte sperrte für einen langen Moment seinen mit Fischbrei vollen Mund auf, klappte ihn dann wieder zu, kaute gründlich und schluckte, ehe er antwortete. »Ich weiß nicht, ob Sie es schon bemerkt haben«, sagte er mit dümmlichem Lächeln, »aber wir sind hier nicht in der Carnegie Hall. Wir sind hier, um die Moral zu heben, die Stimmung zu verbessern. Ich bin sicher, die Leute werden das honorieren, werden den einen oder anderen Missklang nicht beachten. Man hat hier gewiss nicht ein derart empfindliches Ohr, wie Sie es haben.«

Joav spürte, wie ihm die Röte in die Wangen schoss. Die Erwähnung der Carnegie Hall ärgerte in maßlos. Dennoch bemühte er sich, vor dem ehemaligen Beamten des Kulturministeriums nicht die Fassung zu verlieren.

»Ich würde es nicht so genau nehmen, handelte es sich um ein kleineres Problem. Aber das hier ist schlicht eine Katastrophe. Ein Teil der Töne weicht um fast eine Viertelnote ab. Auf dem Instrument lässt sich unmöglich spielen.«

Der Beamte schien zu überlegen. Am Ende hellte sich seine Miene auf. Er hatte eine Lösung gefunden.

»Vielleicht könnten Sie nur auf den gestimmten Tasten spielen und die nicht gestimmten überspringen? Ein Virtuose wie Sie kann doch gewiss ein wenig improvisieren, oder?« Er lächelte fröhlich, und Joav schien, als zwinkerte er ihm sogar zu.

Es war schon vorgekommen, wenn auch selten, dass Joav die Selbstbeherrschung verlor. Noch nie aber so. Die Schmähungen und Verwünschungen, die aus seiner Kehle kamen, überraschten ihn selbst.

»Hör zu, du Idiot! Du bist so dumm, dass es schon an Umnachtung grenzt, aber hör mir gut zu: Wenn nicht innerhalb einer Viertelstunde ein professioneller Klavierstimmer hier ist, dann packe ich dich bei den Kiemen, du Karpfen, lege dich über diesen verdammten Flügel und schlage dir den Deckel auf den Kopf, hast du verstanden?!«

Der Beamte schrak verstört zurück. Er machte den Mund auf, um etwas zu sagen, aber Joav kam ihm zuvor. »Hast du verstanden?!!«, brüllte er abermals mit heiserer Stimme und brachte sein Gesicht ganz nah an die verzerrte Fratze. Und zur Bekräftigung trat er gegen den Stuhl, auf dem bis eben noch der Beamte gesessen hatte. Der Stuhl flog quer durch den Raum, krachte gegen einen Heizlüfter, der dort stand, und warf ihn um.

»Schreien Sie mich nicht an, bitte. Ich bin nicht Ihr Freund«, versuchte das Männchen sich zu verteidigen, während es sich in Richtung Tür zurückzog. »Ich werde sehen, was sich machen lässt.«

»Geh mir aus den Augen und komm nicht ohne Klavierstimmer wieder!«, brüllte Joav wild die zugeworfene Tür an.

Schon lange hatte er kein Recital mehr so genossen. Mozart sprudelte unter seinen Fingern, perlend und funkelnd. Im Taxi, auf dem Weg nach Hause, schloss er die Augen und nickte ein, glitt in einen tiefen, süßen Schlaf. Der Beamte machte den Mund nicht ein einziges Mal auf. Auch die Posaune war verstummt.

Am darauffolgenden Tag erhielt er einen überraschenden Anruf – Ginossar vom Kulturministerium rief an, um sich in aller Form zu entschuldigen. Er hatte von den Verantwortlichen des Gemeindezentrums Bericht erhalten, über den Zwischenfall und »die Dummheit und Impertinenz Ihrer Begleitung«. Joavs Wutausbruch erwähnte er nicht mit einem Wort. Der Mann, versprach Ginossar, werde ihn, selbstverständlich, künftig nicht noch einmal begleiten.

Joav erwiderte, es tue ihm leid, dass er laut geworden sei, aber es gäbe nun einmal Grundvoraussetzungen, die gegeben sein müssten, wenn man vor Publikum spiele, und ein gestimmtes Instrument sei die grundlegendste von allen. Und nach kurzem Zaudern fügte er hinzu, auch Ruhe während der Taxifahrt schade nicht.

Ginossar versicherte, in Zukunft würde all dies in gebührender Form beachtet werden.

Als er aufgelegt hatte, konnte die Posaune nicht an sich halten und platzte stolz heraus: »Du weißt, dass ich es war, der ihn angeschrien hat?«

»Ich, du«, antwortete Joav. »Was ändert das?«

13

ES WAR EIN GROSSER ERFOLG, und gleichzeitig einer seiner leichtesten Fälle überhaupt. Den komplizierten und brillanten Ermittlungen, die er in der Vergangenheit geführt hatte, war nicht einmal ein Bruchteil des Medienrummels zuteilgeworden, den dieser simple, fast schon lächerliche Fall erntete. Sein Bild war in allen Zeitungen und darunter Bildunterzeilen wie »Oberinspektor Levi, der Retter des Nationaltheaters«. Eine der Schlagzeilen tönte sogar vom »Kulturhelden«. Er warf einen Blick darauf und grinste bei sich.

Alles hatte mit einer Denunziation begonnen. Eine junge Schauspielerin, rachsüchtig und versessen darauf, sich nach oben zu arbeiten, hatte einem seiner Polizeioffiziere gegenüber Anschuldigungen gegen einen der Jungstars des Nationaltheaters von vor dem Krieg erhoben: Gil Kraus, ein junger Wilder mit gut dokumentierter Neigung zu übermäßigem Alkohol- und Drogenkonsum, der sich einen Namen als Linker und professioneller Querulant gemacht hatte und daher nach dem Krieg naturgemäß in der Theaterbranche geächtet wurde. Sie hatte in irgendeiner Bar gehört, wie er betrunken damit prahlte, er habe vor, das Gebäude des Habima-Theaters anzuzünden. Sie nahm zwar an, das sei bloßes Gerede und dass es den verbitterten Jungstar nach Aufmerksamkeit dürstete, entschied aber trotzdem, Meldung zu machen.

Als ihm die Informationen vorgelegt wurden, entschied Oberinspektor Levi, die Angelegenheit gründlich zu überprüfen. Er nahm zwar nicht an, dass etwas dabei herauskommen würde, aber sie hatten nicht viele echte Ermittlungen, und diese bot Gelegenheit, seine Einheit zu trainieren. Ein paar seiner Beamten erhielten Order, Kraus zu observieren.

Es dauerte nicht lange. Wenige Tage nach Aufnahme der Observierung hörten ein Beamter und eine Beamtin, die neben ihm am Tresen einer lärmenden Bar standen und ein Liebespaar gaben, wie Kraus mit einem anderen jungen Burschen redete und dabei arglos seinen ganzen Plan preisgab.

Derjenige, dem Kraus in der Bar die Einzelheiten seines »geheimen« Plans ins Ohr brüllte, war ein junger Kerl namens Damian, Sänger in einer Punkband, von der Oberinspektor Levi zwar noch nie etwas gehört hatte, durch eine kurze telefonische Anfrage bei seiner Tochter jedoch erfuhr, dass sie sich in bestimmten Kreisen in Tel Aviv einiger Popularität erfreue.

Wenige Stunden danach ordnete Oberinspektor Levi an, den Punksänger festzunehmen, um das genaue Datum der geplanten Brandstiftung aus ihm herauszuholen. Zu der Vernehmung beschloss Levi, auch Sergeant Eres Wilner hinzuzuziehen, einen jungen Polizeioffizier, der neu bei der Truppe war. Wilner war derjenige, der die Informationen von der jungen Schauspielerin erhalten und die Ermittlung von Anfang an begleitet hatte.

Innerhalb der Einheit war Sergeant Wilner ein eher komischer Vogel, ein junger Offizier, der nach einem kurzen Intermezzo beim Inlandsgeheimdienst zur Polizei gefunden hatte. Er war mit Sicherheit der intelligenteste Untergebene, den Oberinspektor Levi hatte, ein Schweiger, der es nicht eilig hatte, sich mit seinen Kollegen anzufreunden, und immer höflich und distanziert blieb. Vor allem aber hatte Oberinspektor Levi den Eindruck, dass der junge Wilner sich genauso wie er in seiner neuen Aufgabe zu Tode langweilte, diese aber höchst effektiv und gewissenhaft ausfüllte, in der Hoffnung, so schnell als möglich diesem Loch zu entkommen und in irgendeinen ernsthaften Bereich befördert zu werden. Die Entscheidung, ihn an der Vernehmung zu beteiligen, schien goldrichtig. Der junge Mann erwachte zum Leben und demonstrierte beeindruckende Kreativität.

Zu Beginn der Vernehmung versuchte der junge Punksänger noch, den Harten zu geben. Er verlangte, mit einem Anwalt zu sprechen, und verweigerte jegliche Kooperation. Oberinspektor Levi verließ den Verhörraum und an seiner Stelle trat Wilner ein. Er beobachtete Wilner durch die einseitig verspiegelte Scheibe. Wilner sagte nicht ein Wort zu dem Vernehmungsopfer, als er den Raum betrat. Der in Zivil gekleidete junge Ermittler zog ein Stück Flanellstoff und Handschellen aus der Tasche, legte dem Burschen ungeachtet aller Proteste wortlos die Handschellen an und verband ihm mit dem Stoffstreifen die Augen. Dann packte er ihn am Arm, holte ihn von seinem Stuhl hoch und führte ihn aus dem Raum. Damian versuchte sich zu wehren. Er verlangte zu erfahren, wohin man ihn brachte, und erhielt als Antwort eine kräftige Ohrfeige, die ihn vor Schmerzen schreien und erneut nach einem Anwalt verlangen ließ. Eine weitere Ohrfeige, mit mehr Nachdruck als die erste, ließ das Geschrei zu Wimmern werden.

Oberinspektor Levi unterdrückte den alten Impuls einzuschreiten, ehe sein Ermittler die Grenze des Erlaubten überschritte. Bis vor Kurzem noch hatte solche Gewaltanwendung als grenzwertig oder sogar unzulässig gegolten, aber die noch frischen Notstandsbestimmungen erlaubten größere Flexibilität und Eigenermessen beim Einsatz physischer Druckmittel, insbesondere in Fällen, in denen die Zeit eine Rolle spielte. Levi war nicht wirklich besorgt. Sein junger Inspektor war einer, der sich im Griff hatte. Außerdem hatten sie im Vorfeld die Spielregeln abgesteckt. Die beiden Ohrfeigen, die er dem jungen Punksänger verpasst hatte, waren absolut im Rahmen des Vereinbarten. Wilner führte den Häftling über den Flur und bugsierte ihn zu einem fensterlosen Polizeitransporter, der im Hof wartete.

Nach einer halben Stunde Fahrt durch die Stadt und einem

kurzen Abstecher ein Stück Ayalon-Autobahn rauf und wieder runter, kehrte der Van mit dem Häftling in den Innenhof zurück, von dem er aufgebrochen war. Wilner führte den Punker mit noch immer verbundenen Augen abermals den Flur entlang und brachte ihn in den Nebenraum des Verhörzimmers, aus dem er eine halbe Stunde zuvor verschleppt worden war. Damian hatte nicht die leiseste Ahnung, dass die beängstigende Ausfahrt mit verbundenen Augen ihn alles in allem gerade mal fünf Meter weiter rechts hatte landen lassen, auf der anderen Seite der Leichtbauwand.

Wilner drückte ihn auf einen Stuhl, fesselte ihn daran und verließ den Raum. Und er hatte noch einen schönen *touch* parat. Eine halbe Stunde später öffnete er die Tür des Vernehmungsraums einen Spalt weit und spielte von seinem iPod, den er mit einem kleinen Aktivlautsprecher verbunden hatte, den Gebetsruf eines Muezzins ab. Danach schloss er die Tür und ließ Damian weitere drei Stunden vor sich hin köcheln.

Letztlich dauerte die eigentliche Vernehmung nicht länger als zwanzig Minuten. Zunächst erläuterte Wilner dem Häftling eloquent und trocken, die Zeiten hätten sich geändert. Anwälte, Rechtsmittel und den ganzen Quatsch gäbe es nicht mehr. Maßgeblich seien jetzt die geltenden Notstandsverordnungen und eben jene Organe, die bestimmt seien, sich um Leute wie ihn zu kümmern. Doch um die Wahrheit zu sagen, an ihm sei man gar nicht interessiert, sondern lediglich an seinem Kumpel, dem berühmten Schauspieler. Wenn er kooperiere, werde Wilner Order geben, ihn auf der Stelle laufen zu lassen, und damit wäre die Angelegenheit beendet. Sollte er hingegen bei seiner Verweigerungshaltung bleiben, würden sehr viel unerquicklichere Augenblicke als die, die er bisher erlebt hatte, auf ihn warten.

Damian benötigte zwanzig Sekunden Zeit zum Nachdenken, ehe er den Mund aufmachte. Im Grunde genommen sei das Ganze Kraus' Idee gewesen. Er habe versucht, ihn davon abzubringen.

Kraus habe gestohlene Schlüssel für den Künstlereingang und er kenne den Code der Alarmanlage. Sie hatten vor, in eben dieser Nacht um drei Uhr morgens dort einzusteigen, wenn das Gebäude leer wäre.

»Ich sollte nur draußen im Wagen auf ihn warten. Und ich habe nur eingewilligt, weil ich ihm einen Haufen Geld schulde. Er hat gesagt, das würde von ihm aus die Schulden begleichen.«

Wilner hielt sein Versprechen. Er befreite Damian von den Handschellen und erklärte ihm, für die nächsten vierundzwanzig Stunden werde er permanent beschattet und ein Abhörgerät tragen. Den Plan müsse er ausführen, als sei nichts geschehen. Erfüllte er seinen Teil – käme er ohne Schaden aus der Geschichte heraus. Die fassungslose Bestürzung auf Damians Gesicht, als er das Gebäude verließ und feststellte, dass er mitten auf der Dizengoff im Herzen von Tel Aviv stand, entlockte den Polizisten, die ihn nach draußen begleitet hatten, ein breites Lächeln. Selbst Oberinspektor Levi, der die Szene vom Fenster seines Büros aus verfolgte, grinste genüsslich.

Die Aktion lief genau nach Plan ab. In jener Nacht nahmen Levis Männer, die im Eingangsbereich des Theaters auf der Lauer lagen, Gil Kraus fest, betrunken und mit einer Spiderman-Maske vor dem Gesicht, in der Hand einen Benzinkanister. Am nächsten Tag ging das Medienspektakel los.

Oberinspektor Levi stand im Garten seines Hauses im Moschaw Ganej-Tikwa und drehte die Steaks auf dem Grill um. Fett troff aus dem Fleisch und verwandelte sich auf den glühenden Kohlen in Stichflämmchen und Rauchschwaden. Seine beiden jüngeren Söhne Omer und Idan spielten in seinem Rücken Tischtennis, lachten und foppten einander, feierten lautstark jeden Punkt, den sie machten. Es war das gelungene Ende einer erfolgreichen Woche. Die Moral in seiner Truppe war hoch. Endlich hatten sie das Gefühl, mit wirklicher Polizeiarbeit befasst zu sein. Anerkennung kam von höchster Stelle. Der Vizekommandant hatte ihm mitgeteilt, er sei zu Wochenbeginn zu einem kurzen Treffen mit dem Oberbefehlshaber der Polizeikräfte geladen – ein paar lobende Worte mit anschließendem Fototermin. Auch der junge Wilner hatte Lob eingeheimst. In dem Abschlussbericht an seine Vorgesetzten hatte Oberinspektor Levi den gelungenen Schwindel des jungen Inspektors, der maßgeblich zu der schnellen Aufklärung beigetragen hatte, nicht verschwiegen. Denn der Bursche gefiel ihm. Dieser junge Mann hatte etwas Gründliches. Etwas Fokussiertes. Kein Zweifel, dass ihm die Zukunft gehörte. Levi hatte beschlossen, den Knaben zu fördern, in ihn zu investieren und ihn zu leiten.

Nur ein Mensch in seiner Umgebung war von den Erfolgen der zurückliegenden Woche offenbar nicht angetan. Seine Tochter Jasmin war zwar zu dem traditionellen Grillen erschienen, jedoch mit einer sauertöpfischen Miene. Sie hatte ihm nicht einmal einen Kuss gegeben, als sie zur Tür hereinkam, hatte sich gleich wütend aufs Sofa fallen lassen und hinter den Wochenendausgaben der Zeitungen vergraben. Auch ihr Name war in den Lobeshymnen der Presse nicht unerwähnt geblieben. Die Journalisten, die ein Profil von Oberinspektor Levi erstellen sollten, waren schnell auf eine anrührende menschliche Geschichte gestoßen: die schauspielernde Tochter des Oberinspektors, die kurz zuvor für Proben an eben jenem Theater abgeworben worden war, das mit der Bühne konkurrierte, die ihr Vater vor den Flammen gerettet hatte. Was für ein gefundenes Fressen.

»Sollte Oberinspektor Levi in einer Laune des Schicksals eben das Theater gerettet haben, an dem seine Tochter einmal glanzvolle Erfolge feiern wird?«, schrieb ein altgedienter Kolumnist in einer der Wochenendausgaben, was sich sowohl als Lobeshymne, aber auch als zynische Anspielung auf mögliche Vetternwirtschaft lesen ließ, weshalb er sogleich die Pille versüßt hatte: »Durchaus möglich, dass es so kommt. Denn nach dem, was man sich auf den Fluren des Theaters über die begabte und schöne junge Dame erzählt, wird sie es weit bringen.«

Oberinspektor Levi kannte seine Tochter. Er war nicht gekränkt durch ihren unterkühlten Auftritt und versuchte auch nicht, sie zum Sprechen zu bringen. Er ließ sie sich in ihre Zeitungen vergraben und ging zurück zum Grill, um das Fleisch für das Mittagessen zuzubereiten. Auch als alle um den großen Tisch auf der Terrasse versammelt saßen, ließ er sie in Ruhe. Die Stimmung am Tisch war auch so ausgelassen genug. Die Söhne amüsierten sich auf Kosten des verhinderten Pyromanen und beförderten ihren Vater schalkhaft zum Oberkommandierenden der Polizeistreitkräfte. Nur sie hockte schweigend da und aß so gut wie nichts. Aber er wusste, dass sie am Ende als Erste nachgeben und zu ihm kommen würde.

Und tatsächlich kam sie, am Nachmittag. Die Söhne waren schon nicht mehr im Haus, waren Basketball spielen gegangen. Und Orit, seine Frau, hatte sich im Schlafzimmer ein wenig hingelegt, während er in seinem gepflegten Garten stand und das Mangobäumchen wässerte, das er erst neulich gepflanzt hatte.

»Begreifst du überhaupt, was du mir angetan hast?«, hörte er ihre Stimme in seinem Rücken.

Er drehte sich zur ihr um. Der Schlauch in seiner Hand war noch immer auf die Pflanzmulde gerichtet.

»Was habe ich dir denn angetan?«, fragte er trocken.

»Diese Enthüllungsstory ist das Schlimmste, was mir passieren konnte. Wie konntest du das zulassen?«

»Jasmini, ich habe keine Kontrolle darüber, was sie in der Zeitung schreiben.«

»Tatsächlich? Ich dachte, euch ist inzwischen alles erlaubt. Was habt ihr denn noch nicht unter Kontrolle?«

»Jasmin, sag keine Sachen, die du hinterher bereust.«

»Verstehst du nicht, in welche Lage du mich gebracht hast?

Konntest du diese Ermittlung nicht jemand anderem überlassen? Hättest du daran nicht denken können? An mich denken?«

»Die Polizei ist nun mal kein Wunschkonzert, Jasmin. Diese Ermittlung fiel unter meine Verantwortlichkeit. Außerdem, hättest du eine Rolle abgelehnt, wenn du gewusst hättest, dass sie mir peinlich ist?«

»Aber klar. Zumindest hätte ich vorher darüber nachgedacht oder mich mit dir beraten.«

»Wirklich?« Oberinspektor Levi musterte seine Tochter. »Und was ist mit der Pugra?«

»Was ist mit ihr?«

»Meinst du, das war leicht für mich, dich in einem durchsichtigen Negligé auf der Bühne herumlaufen und an alle möglichen Studenten schmiegen zu sehen, mit all diesen hochnotpeinlichen Monologen von Chanoch Levin?«

»Was hat das damit zu tun? Das ist etwas ganz anderes! Das ist Kunst.«

»Nein. Das ist genau dasselbe. Es ist mir damals schwergefallen und war mir peinlich, aber ich wusste, du musst das einfach tun. Das war deine Aufgabe, und du hast sie so gut gemacht, wie du konntest. Und ich hab's runtergeschluckt und war trotz allem stolz auf dich.«

Sie schien für einen Moment unschlüssig, und er fuhr fort. »Also. Das ist exakt dasselbe. Ich habe meine Aufgabe erfüllt, und zwar ziemlich gut. Ich dachte, du würdest stolz auf mich sein. Ich habe ein Theater vor einem Brandanschlag gerettet, Jasmin, gilt das unter Schauspielern etwa nicht als gute Tat?«

Als sie jetzt sprach, klang sie bereits weniger verärgert. Mehr als alles andere schwang in ihrer Stimme Frustration mit.

»Papa, ich weiß, dass du hervorragende Arbeit geleistet hast. Wirklich, alle Achtung. Aber versteh doch, seit dem Moment, als das rausgekommen ist, habe ich das Gefühl, als guckten mich im

Theater alle an wie ein Monster. Als hätten sie Angst vor mir. Denn nach dem, was in der Zeitung steht, kann mein Vater ihnen die Karriere in einem Augenblick zunichtemachen. Leute verstummen, wenn ich an ihnen vorübergehe.« Genau eine, wohlbemessene Träne, die sein Herz rührte, rann über ihre Wange. »Man meidet mich.«

»Wer nichts angestellt hat, hat auch nichts zu befürchten, und wer guten Grund hat, Angst zu haben, der zählt eh nicht. Der wird ohnehin früher oder später geschnappt werden und rausfliegen«, sagte er. Doch auch er schlug jetzt einen sanfteren Ton an. »Jasmini, solche Sachen gehen schnell vorüber.« Er ließ den Schlauch in die Pflanzmulde sinken und legte ihr den Arm um die Schultern. »In ein, zwei Wochen wird sich niemand mehr daran erinnern, du wirst sehen.«

Sie schüttelte den Kopf. »Ich habe Angst, dass man mich von jetzt an anders wahrnimmt. Dass bei jeder Rolle, die ich bekomme, geflüstert wird. Dass es heißt, alles sei nur dein Verdienst und nicht der meine. Das hat alles kaputt gemacht«, sagte sie. Die Tränen liefen jetzt ungehemmt.

»Hör mir mal gut zu. Du wirst beweisen, was du auf der Bühne wert bist. Und das wird allen das Maul stopfen. Wärst du nicht so begabt, würde ich dir recht geben, dass etwas dran ist, was du sagst. Aber du bist so gut, bist solch ein Star, dass ich nicht eine Sekunde Sorge habe. Auch die übelsten Klatschmäuler werden insgeheim wissen, dass du Erfolg hast, weil du ein Riesentalent bist und wegen nichts anderem. Und das wird ihnen noch mehr zu schaffen machen.«

Und nach kurzer Überlegung schob er noch einen Satz nach, an den er zwar selbst nicht glaubte, von dem er aber wusste, dass er ihr mehr Mut machen würde als jedes Kompliment. »Weißt du was, wenn überhaupt, dann wird dir das Schwierigkeiten bereiten, Rollen zu bekommen. Intendanten und Dramaturgen wollen nicht korrumpierbar erscheinen. Vielleicht wird dich diese Geschichte ein bisschen zurückwerfen. Du wirst dich doppelt so sehr beweisen müssen wie andere.«

Sie hob die Augen und wischte sich die Tränen weg. »Papa, es gibt etwas, das mir keine Ruhe lässt, etwas, was ich dich fragen wollte, von dem Augenblick an, in dem die ganze Sache losgegangen ist.« Sie zögerte einen Moment und hob dann wieder an. »Hast du etwas mit meiner Aufnahme am Theater zu tun gehabt?«

Er schenkte ihr einen ernsten Blick.

»Die Wahrheit ist: Ja. Vor ein paar Wochen habe ich deinen Regisseur einbestellt, diesen Elam Wachsmann. Habe ihn an den Stuhl gefesselt, ihm ein Stück Flanell über die Augen gebunden und ihm Handschellen angelegt. Habe Elektroden an seinen Fingerkuppen befestigt. Nach drei Minuten war er schon bereit, dir auch noch die Ophelia zu geben.«

Sie schaute ihm furchtsam in die Augen, und er brach in schallendes Gelächter aus. Unter Tränen musste auch sie lachen. Er drückte sie fest an sich und gemeinsam nahmen sie den Weg, der zum Haus führte. Sie trat ein und ging ins Badezimmer, um sich das Gesicht zu waschen, und er eilte zurück in den Garten, um den Hahn abzustellen. Das Wasser hatte bereits weiträumig die Erde um das junge Mangobäumchen geflutet.

14

SCHON LANGE HATTE ER SICH NICHT MEHR so intensiv auf ein Recital vorbereitet. Zwar handelte es sich eigentlich um einen privaten Anlass von der Art, die nicht übermäßig viel Kopfzerbrechen erforderte, aber diesmal war es anders. Zum ersten Mal seit dem Krieg hatte er das Gefühl, sich auf einen richtigen Auftritt vorzubereiten. Er investierte viel Überlegung in die Auswahl des Repertoires, stellte ein Programm zusammen, das den Zuhörern nicht zu viel abverlangen, gleichzeitig aber künstlerisches Gewicht haben sollte.

Noch bevor er mit der Vorbereitung begann, war ihm die Idee gekommen, als persönliche Geste an Usi gewissermaßen, mit den beiden Teilen von Saties *préludes flasques pour un chien* zu eröffnen, jenem kurzen Werk, das die Verbindung zwischen ihnen beiden hergestellt hatte. Er wusste, Usi würde die Geste zu schätzen wissen und die darin angedeutete Dankesbekundung wahrnehmen. Danach würde er zu Chopin übergehen, würde einige Nocturnes spielen. Die meisten der Anwesenden würden die Stücke kennen, die er liebte und deren Ausführung er sich sicher war. Dann würde er Skrjabins Sonate spielen, abermals eine Art persönliches Augenzwinkern an Segal, der dieses verstehen würde oder auch nicht – falls nicht, wäre das Ganze sogar noch gelungener. Und zum Abschluss suchte er nach einem gewichtigeren Stück, etwas Grandioserem und Virtuoserem. Nachdem er eine Weile mit sich gerungen hatte, entschied er sich für Beethovens Sturmsonate. Die meiste Zeit des Übens vor dem Recital widmete er diesem Werk, das er schon Jahre nicht mehr gespielt hatte.

Die Rückkehr zur Sturmsonate bewegte ihn. Sie wirkte wie ein Spiegel auf ihn. Als er sie einübte, spürte er die Veränderungen, die sich an ihm selbst vollzogen hatten, seit er sich das letzte Mal als Student intensiv mit dem Werk auseinandergesetzt hatte. Das darin angelegte Drama und das dunkel Dräuende, die auszudrücken – ohne ein Zuviel an Melodrama – er in jungen Jahren gekämpft hatte, strömten jetzt geradezu aus seinem Inneren in seine Finger, mit einer Leichtigkeit, die ihn überraschte. Die Elemente, aus denen die Sonate bestand, hatten sich mit den Jahren in sein Empfinden gesenkt, waren ohne sein Wissen geformt und geschliffen worden und wollten nun heraus.

Sein eigenes Spiel überraschte ihn, denn wenn er spielte, wurde er gleichzeitig und ohne es zu merken zum Zuhörer. Ein paar Mal, vor allem wenn er den Beginn des Adagios im zweiten Teil spielte, stiegen dem Zuhörer Tränen in die Augen und liefen über die Wangen des Pianisten, der so versunken in sein Spiel war, dass er nichts davon mitbekam.

Einige Tage zuvor, als er die Sonate seinem alten Lehrer bei ihrer erneuerten wöchentlichen Zusammenkunft vorgespielt hatte, hatte Dov ihm erzählt, woher Beethovens Sonate ihre Bezeichnung hatte. Das war ihre neue Arbeitsweise: Joav spielte, und danach sprach Dov über alles Mögliche, was ihm in den Sinn kam, ohne unmittelbar auf Joavs Spiel Bezug zu nehmen.

»Vor vielen Jahren«, sagte Dov, »habe ich einmal eine interessante Vorlesung über diese Sonate gehört. Die Dozentin erwähnte unter anderem, dass Beethoven selbst seiner Komposition überhaupt nicht die Bezeichnung ›Sturmsonate‹ gegeben hatte, dass er sie einfach Sonate Opus 31, Nr. 2 in d-Moll nannte. Der Geschichte zufolge befragte irgendjemand ihn zu dem Stück und Beethoven blaffte zurück: ›Lesen Sie Shakespeares *Sturm* und Sie werden selbst verstehen.‹ Daher der Name. Kennst du das Drama?«

»Ich habe es ein einziges Mal vor langer Zeit gesehen«, erwiderte Joav.

»Vielleicht hat er es wirklich ernst gemeint«, fuhr sein alter Lehrer fort. »Oder vielleicht wollte er den Quälgeist auch nur loswerden. Wie auch immer, jener Zeitraum, in dem die Sonate entstanden ist, war tatsächlich eine stürmische Phase in Beethovens Leben. Immerhin hat er sich damals beinahe das Leben genommen. Er hat sogar ein Testament aufgesetzt in jenem Jahr, oder vielleicht auch in dem davor, ich erinnere mich nicht genau. Aber dieser seelische Aufruhr kommt in der Sonate zum Ausbruch. Das ist seine insgesamt siebzehnte Sonate, dennoch hat sie etwas Ursprüngliches, beinahe Revolutionäres. Zugegeben, auf den ersten Blick folgt sie dem klassischen Aufbau, zwei Haupt- und zwei Unterthemen in jedem Teil, aber genau genommen ist es ein Meer von Fragen, die umeinanderwirbeln, Oktaven wechseln, aus- und einsetzen, kollidieren und sich wieder voneinander lösen, ohne dass sich eine Antwort findet.« Er hielt für einen Moment inne. »Und mir will scheinen, dass man in dieser Sonate auch nicht nach Antworten suchen muss. Nur nach Fragen. Die muss man suchen.«

Auf dem Nachhauseweg dachte Joav über Dovs Worte nach. War eine angedeutete Kritik an seinem Spiel darin angeklungen? War es zu banal? Zu oberflächlich?

An jenem Abend schlug er den Band mit Shakespeares gesammelten Werken auf, der viele Jahre ungeöffnet im Regal gestanden hatte, und las das Drama, dachte, dass sich darin tatsächlich Dinge finden ließen, die an Beethovens Stück erinnerten: Der Zorn und die Not des gestürzten Herzogs, der gefangen auf einer einsamen Insel sitzt, und der von ihm ausgelöste Sturm, der das Schiff des Königs stranden lässt. Aber andererseits war etwas Gewolltes an dieser Assoziation. Denn schließlich schien ihm zurzeit jede dramatische Geschichte mit der Sonate in Verbindung zu stehen.

So war es immer, wenn er an einem Werk arbeitete. Dann konnte auch eine zufällige Unterhaltung im Lebensmittelladen um die Ecke sich anhören, als habe sie mystische Bedeutung und stecke voller tiefer Erkenntnisse. Das war Teil der Magie. Wenn er sich in die Interpretation eines Werkes vertiefte, hatte er das Gefühl, als sei die Welt um ihn herum durch unsichtbare Fäden damit verknüpft. Als lenke jemand seine Schritte, sodass alles, was er sah, nur dazu bestimmt war, ihm noch einen verborgenen Winkel der Komposition zu erhellen.

In jener Nacht hatte er Mühe einzuschlafen. Aber nicht Sorgen oder ein belastender Gedanke waren es, die ihn davon abhielten, sondern jene wach haltende Ausgelassenheit, die er verspürte, wenn er in wahrhaftiger Arbeit versunken war.

»Du bist wie Prospero. Gefangen auf einer einsamen Insel«, flüsterte ihm die Posaune zu, als er mit offenen Augen dalag und die Decke anstarrte. Was ihn aber nicht einmal ärgerte. Er lächelte bei sich.

»Von Musik verstehst du nun wirklich nichts«, beschied er der Stimme nachsichtig, die sich beeilte zu verstummen und ihn wieder der Sonate in seinem Kopf lauschen ließ.

Einige Tage danach packte er nachmittags seinen grauen Anzug und eine einfache schwarze Krawatte in einen Kleidersack und machte sich auf den Weg zum Haus von Usi und Hagar Segal. Diesmal erlaubte er sich, ein Taxi zu bestellen, da er nicht vom langen Fußmarsch ermüdet ankommen wollte.

Das Haus des Ehepaars Segal war eine große Privatvilla, versteckt gelegen hinter einer hohen Mauer in einer der ruhigen, beinahe geheimen Straßen, die sich hinter dem Platz des Staates erstreckten. Ein Sträßchen, in das man sich nicht zufällig verirrte, da es nirgendwohin führte. In diesem versteckten Tel Aviver Dorf wohnten nur die wirklich Reichen.

Hagar öffnete ihm das Tor und bat ihn herein. Der Garten war wunderschön. Noch nie hatte er in Tel Aviv etwas Vergleichbares gesehen. Er erinnerte ihn an einen Garten, den er einmal in Tokio gesehen hatte, bei einer Party nach einem Wettbewerb, an dem er teilgenommen hatte. Alles war sehr geschmackvoll und harmonisch angelegt – die Rasenfläche, die Rosenbeete, ja sogar die orangeroten und violetten Bougainvillea, die sich sonst zumeist wild in alle Richtungen ergossen, wirkten von behutsamer Hand gestutzt. Ein Pool glitzerte unter den Zypressen am fernen Ende des Gartens. Daneben war Personal in weißen Kellner- und Kochuniformen mit der Organisation des Caterings für den Abend beschäftigt.

»Was haben Sie es schön hier«, meinte er, als sie über den steingepflasterten Weg auf die große, schwere Holzeingangstür des Hauses zuschritten.

Hagar lächelte. »Danke. Ich habe ein Zimmer vorbereitet, in dem Sie sich noch ein wenig ausruhen und vorbereiten können. Ich hoffe, es sagt Ihnen zu. Wenn Sie irgendetwas stört, sagen Sie es mir. Fühlen Sie sich wie zu Hause.«

Sie stiegen hinauf in den zweiten Stock des Hauses und betraten ein geräumiges Zimmer, genau genommen einen eigenen, separaten Wohntrakt. Vor den großen weißen, rechteckigen Fenstern, die auf den Garten gingen, stand ein offenbar sehr alter Steinway-Flügel. Er trat zu dem Instrument.

»Der Flügel ist seit drei Generationen bei uns in der Familie. Ein Erbstück von meiner Großmutter. Er ist vor fünfzehn Jahren komplett aufgearbeitet worden, und hat – für meinen Geschmack – noch sehr viel Leben in sich. Für heute Abend haben wir aber einen ein Jahr alten Steinway gemietet, der vorzüglich ist. Er steht unten im Wohnzimmer. Hier sind Vorhänge, falls Sie es ein bisschen dunkler möchten.« Sie deutete auf eine Stange, die neben dem Fenster stand, womit sich die Vorhänge schließen ließen.

»Und dort ist ein bisschen was für den kleinen Hunger.« Sie wies auf die Studioküche in der Ecke des Raumes, die mit einer Minibar ausgestattet war, neben der mehrere Teller mit Gemüseschnitzen, frischem Obst, eine Kanne Kaffee, Tee, Zucker und Gebäck standen.

»Sie hätten sich wirklich nicht solche Mühe machen müssen.«

»Das ist doch gar nichts, Joav. Ich möchte wirklich, dass Sie sich wohlfühlen. Wenn etwas fehlt, sagen Sie es mir ruhig.«

Er schaute sich um. Das große Sofa neben dem gläsernen Kaffeetischchen, die antike Kombination aus Bücherschrank, Schreibtisch und Stuhl – es war wirklich ein wunderschöner Raum. Jetzt öffnete Hagar die Tür zu einem Nebenraum, der sich als Badezimmer entpuppte, ausgestattet mit Seifen, Handtüchern und sogar einem Bademantel.

»Immerhin hat sie deine Initialen nicht auf den Bademantel gestickt«, meldete sich die Posaune in seinem Kopf.

Sein Gesicht verdüsterte sich für einen Moment und Hagar warf ihm einen schnellen Blick zu, als versuchte sie zu erraten, was ihm missfiel. Er bemerkte ihren Blick und riss sich zusammen. »Das ist wirklich mehr als großzügig. Vielen Dank.«

»Ich lasse Sie jetzt auch in Ruhe. Die Gäste werden so gegen sieben eintreffen. Sie sind selbstverständlich herzlich eingeladen, runter ins Wohnzimmer zu kommen, wann es Ihnen genehm ist. Ich meine, um den Flügel in Augenschein zu nehmen.« Sie verließ den Raum und schloss die Tür hinter sich.

Er setzte sich gleich an den Flügel, wie eine Katze, die in ein unbekanntes Zimmer geworfen wird und sich sofort das sicherste Eckchen sucht. Er hob den Deckel, berührte die Tasten, spielte einen Akkord, ließ die Finger ein paar Oktaven nach oben und nach unten wandern. Das Instrument war wunderbar. Es hatte einen tiefen Klang, der sich trotz der alten Saiten seine Brillanz bewahrt hatte. Er hätte das Recital ohne Weiteres auch darauf spielen können.

Er spielte ein Stück aus einer der Nocturnes, stand dann auf und streifte durch den Raum, nahm die Einrichtung von Nahem in Augenschein. Alles war sehr geschmackvoll. Gediegen und wertig, aber nicht protzig. Im Bücherschrank standen Prosawerke auf Englisch und Hebräisch, vor allem europäische Schriftsteller. Er zog einen Erzählband von Kafka hervor und schlug ihn willkürlich auf. Das war ein kleines Spielchen, das er manchmal mit sich selbst spielte, um die Anspannung vor einem Auftritt zu vertreiben: der erste Satz, den seine Augen erhaschten, würde etwas über den bevorstehenden Abend aussagen. Und der Satz des Tages lautete: »Immerhin: es soll die Richtlinie zeigen, auf welcher ein gewesener Affe in die Menschenwelt eingedrungen ist und sich dort festgesetzt hat.« »Nicht schlecht«, meinte er laut zu sich. »Wirklich nicht schlecht.«

Er legte das Buch auf den Kaffeetisch, öffnete die Tür und trat aus dem Zimmer. Er hätte Lust gehabt, ein wenig durch das Stockwerk zu streifen und sich die anderen Räume anzuschauen, aber er verwarf den unhöflichen Impuls und stieg hinab in das große Wohnzimmer. Genau genommen war es eher ein Saal denn ein Wohnzimmer. Der neue Steinway-Flügel stand an der einen Seite des Raumes, und davor waren zwanzig oder dreißig Stühle platziert sowie einige Sessel und Sofas, die scheinbar zufällig, tatsächlich jedoch wohlüberlegt angeordnet waren, sodass alle gut sehen konnten, gleichzeitig aber eine häusliche und nicht zu formelle Atmosphäre gewahrt blieb.

Er setzte sich an den Flügel und spielte die ersten Takte der Sturmsonate. Hagar wusste, wovon sie sprach. Das war ein makelloser Steinway, gerade mal ein Jahr alt und in vollem Saft, bereit, die Welt im Sturm zu erobern. Der Klang war brillant und gestochen präzise. Er spielte ein Stück des ersten Teils und brach dann ab. Den Rest würde er für den Abend aufheben.

Zurück in seinem Zimmer übte er noch etwa eine Stunde lang

Etüden und Tonleitern. Als er zum Fenster trat, sah er, dass die ersten Gäste bereits im Garten erschienen waren. Männer in Anzügen und Frauen in Abendkleidern standen in Grüppchen um den Pool und aßen von kleinen Tellern. Er duschte, zog seinen Anzug an, legte die Krawatte um und setzte sich mit geschlossenen Augen aufs Sofa. Im Kopf ließ er das erste Stück ablaufen, das er spielen würde, und seine Finger huschten über seine Oberschenkel.

Verhaltenes Klopfen an der Tür.

»Ja?«

Hagars Kopf lugte ehrfurchtsvoll durch die Tür.

»Wir wären so weit, wenn Sie es sind«, sagte sie.

Es lief. Das Bewusstsein für das Publikum und sich selbst, die Gefühle und Gedanken, die ihm beim Spielen kamen, überlagerten nicht seine Wahrnehmung und seine Sinne. Er spielte und hörte sich selbst zu, ohne ein Urteil zu fällen, nicht mit den Ohren des Publikums und nicht mit denen seiner Mutter. Als lauschte er jemand anderem. Gelegentlich huschte ein Gedanke oder ein Bild durch seinen Kopf, aber gleich nahm der Interpret wieder seine Aufmerksamkeit in Anspruch, lauschte er dessen Spiel erneut konzentriert und sogar mit Interesse. Als er die Sturmsonate beendete und den Applaus des Publikums hörte, verspürte er in seinem Körper ein angenehmes Gefühl, gelöst, aber gesammelt, wie ein Schwimmer, der nach einem langen nächtlichen Schwimmgang aus dem Meer auf den Strand tritt.

Sie standen Schlange, um ihn mit Komplimenten zu überhäufen. Aus dem Augenwinkel nahm er Hagar und Usi wahr, die etwas abseits standen und ihn stolz betrachteten, wie glückliche Eltern. Die Frauen traten zu ihm, brachten ihren Dank und ihre Ergriffenheit zum Ausdruck und nötigten ihm das Versprechen ab, auch bei ihnen zu Hause aufzutreten. Auch bei ihnen, versicherten sie, würde er die bestmöglichen Bedingungen vorfinden, den besten Flügel, der sich finden ließe. Zwei von ihnen erkundigten sich sogar, ob er vielleicht bereit sei, ihren Kindern Unterricht zu erteilen. Denn sie hätten da ein kleines Genie zu Hause und seien sicher, Joav würde dessen Begabung sogleich erkennen. Schon lange suchten sie nach einem Lehrer von Format, jemanden, der wirklich etwas zur Entwicklung des Kindes beitragen könne.

Er dankte allen höflich. Ja, er sei bereit, sich das Kind einmal anzuhören. Natürlich könne er nichts versprechen, bevor er sich nicht selbst einen Eindruck gemacht habe. Aber sich ein Vorspiel anhören, das käme ganz sicher infrage.

Von allen Werken hatte besonders die Sturmsonate Usi berührt. Die Gäste waren bereits gegangen und sie beide saßen im Garten an einem kleinen Tisch, neben dem ein großer Heizstrahler stand, wie er sonst nur auf Restaurantterrassen zu finden war.

»Ich bin ein Mann des Meeres«, meinte Usi zu ihm. »Seit mehr als fünfzig Jahren bin ich auf dem Meer zu Hause. Vom einfachen Matrosen mit siebzehn bis zur Reederei heute. Wenn es in der Musik etwas gibt, wovon ich etwas verstehe, dann ist es diese Sonate. Als Sie sie gespielt haben, habe ich die Augen geschlossen und mich auf hoher See gefühlt.«

»Danke. Das ist ein Riesenkompliment für mich«, sagte Joav.

Usi nahm einen tiefen Zug aus seiner Zigarre und stieß den Rauch aus. Es gab noch etwas, das er sagen wollte.

»Wissen Sie, das ist erstaunlich, dass Sie die Sturmsonate ausgewählt haben. Das ist das Letzte gewesen, was ich gespielt habe, bevor ich aufgehört habe. Ich war damals vielleicht sechzehn.«

»Im Ernst?«

Usi nickte und zog abermals an seiner Zigarre. Auf seinem Gesicht breitete sich ein Lächeln aus, das beinahe spöttisch wirkte, insbesondere mit der mächtigen Zigarre zwischen den Fingern.

»Wenn Sie das gespielt haben, dann müssen Sie ja ein richtiger

Pianist gewesen sein«, sagte Joav. »Das ist nichts, was ein Kind mal eben so spielen kann, selbst in technischer Hinsicht nicht.«

Usi machte eine wegwerfende Handbewegung. »Ich war nie Pianist. Ich hätte vielleicht einer werden können, aber ich bin es nie gewesen.«

»Warum haben Sie aufgehört?«

»Geld verdienen. Wenn Sie der Älteste mit drei kleinen Schwestern und ohne Vater sind, können Sie Ihre Zeit nicht auf Sonaten und Etüden verwenden. Im Alter von sechzehn habe ich im Hafen von Haifa bereits Säcke geschultert. Und habe nicht wirklich auf meine Finger achtgegeben.«

»Auch mein Vater war nicht da. Hat mit siebenundvierzig einen Herzschlag bekommen. Ich war damals sieben, hatte aber keine kleinen Schwestern. Nur meine Mutter, die angefangen hat, als Sprechstundenhilfe bei einem Zahnarzt zu arbeiten, damit ich Klavier spielen konnte.«

»Sie ist sicher sehr stolz auf Sie.«

»Wenn ja, dann schafft sie es, das sehr gut zu verbergen.«

Sie lachten beide.

»Sagen Sie«, fragte Joav, »warum fangen Sie nicht wieder an zu spielen? Einfach so, für sich.«

Usis Lächeln erstarb. »Also wirklich, Joav, enttäuschen Sie mich nicht. Sie sollten verstehen, warum ich nicht mehr in der Lage bin, ein Klavier anzufassen.« Er ließ die Hand in die Innentasche seines Jacketts gleiten und zog ein Scheckheft und einen Stift hervor. Langsam und sorgfältig füllte er eine Anweisung aus, betrachtete sie und reichte sie Joav. Der Betrag war sehr großzügig.

»Das ist jetzt mein Notenheft«, meinte Usi, zog erneut an seiner Zigarre und stieß nacheinander mehrere Rauchringe aus, die durch die Nachtluft schwebten und dann zerstoben.

15

»CHAGIT, DU MUSST MIR HELFEN. Versteck das schnell.«

Chagit wandte den Blick vom Bildschirm. Hinter ihr stand Daniel, der zu ihrer Überraschung alles andere als ruhig und gelassen wirkte. In der Hand hielt er einen USB-Stick.

»Was ist das?« Seine Panik wirkte ansteckend.

»Ich kann dir jetzt nichts erklären«, flüsterte er. »Keine Zeit. Ich brauche deine Hilfe. Wärst du bereit, das für mich zu verstecken?«

Sie nahm ihm den Stick aus der Hand, und er beeilte sich, zu verschwinden.

Sie schaute sich um. Der Schneideraum war kein guter Ort, um etwas zu verstecken. Außer dem Schneidetisch und dem großen Bildschirm war er fast leer. Der Teppich wäre ein zu offensichtliches Versteck, außerdem könnte jemand drauftreten und den Speicherstick zerstören. Sie ließ das Gerät in ihren BH gleiten. Doch gleich darauf überlegte sie es sich anders. Was, wenn sie plötzlich Leibesvisitationen durchführten? Das wäre der erste Ort, der kontrolliert würde. Sie inspizierte ihre Kleidung auf der Suche nach einem besseren Versteck. Als ihr Blick auf ihre Stiefel fiel, schoss ihr eine Idee durch den Kopf.

Ein Glück, dass es so stark geregnet hatte. Am Morgen, als sie das Unwetter draußen sah, hatte sie sich noch selbst verflucht, dass ihre Stiefel noch nicht repariert waren. Der abgebrochene Absatz hing lose an der Sohle. Wenn sie in Turnschuhen losgehen würde, hatte sie gedacht, wären ihre Strümpfe durchnässt, ehe sie im Bus saß. Sie fluchte noch einmal und nahm dann den schwarzen Stiefel von Nahem in Augenschein. Nach kurzer Überlegung trat sie zum Küchenschrank und nahm eine Rolle schwarzes Isolierband heraus, schnitt drei Streifen ab und brachte sie so an, dass die Streifen halb auf dem Absatz und halb auf der Hacke des Stiefels klebten. Dann zog sie die Stiefel an und machte ein paar vorsichtige Schritte damit im Wohnzimmer. Der Absatz löste sich nicht. Wenn sie vorsichtig gehen würde, würde es bis zur Bushaltestelle halten. Und sie würde keine nassen Füße bekommen. Mit ein bisschen Bedacht konnte das Ganze für ein paar Stunden gehen. Und nach der Arbeit würde sie gleich bei einem Schuster, den sie kannte, vorbeischauen, damit er ihr den Absatz richtig anklebte.

Jetzt, im Schneideraum, zog sie den Stiefel aus und löste geschickt die Klebestreifen. In dem hohlen Absatz war mehr als genug Platz für den kleinen Stick. Sie schob ihn hinein, brachte die Streifen wieder an und schlüpfte in den Stiefel. Doch etwas störte sie noch immer. Das war nicht gut genug. Ein aufmerksames Auge könnte das Isolierband bemerken und Verdacht schöpfen. Für einen Moment überkam sie Panik.

Sie atmete ein paar Mal tief durch und zog alle Möglichkeiten in Erwägung. Erneut kam ihr eine Idee. Nach schnellem Wühlen in ihrer Handtasche beförderte sie ein Päckchen Kaugummi zutage, stopfte sich vier Stücke davon in den Mund und kaute so schnell sie konnte. Beim Kauen streifte sie den Stiefel wieder ab und entfernte die Klebestreifen. Dann holt sie die Kaugummimasse aus dem Mund und begann sie in kleine Streifen zu schneiden, die sie platt drückte und auf das obere Ende des abgebrochenen Absatzes klebte. Abgeklärt konzentrierte sie sich auf ihre Aufgabe und klebte die Kaugummistreifen akkurat so, dass sie möglichst viel Fläche abdeckten und doch nicht herausschauten. Zufrieden begutachtete sie das Resultat. Auf ihre berühmte Fingerfertigkeit war mal wieder Verlass, die Ausführung war perfekt. Sie zog den Stiefel an, stellte sich auf ein Bein und drückte den Fuß mit aller Kraft gegen den Boden. Dann hob sie das Bein, drehte den Fuß und besah sich den Stiefel. Es funktionierte. Der Absatz hielt am Stiefel. Sie setzte den Fuß wieder auf den Boden. Ihre Hosenaufschläge verdeckten etwa die Hälfte des Absatzes. Wenn sie vorsichtig war, könnte sie damit durchkommen.

Sie ließ sich am Schneidetisch nieder und starrte auf den Bildschirm, ohne sich konzentrieren zu können, als die Tür aufging und eine der Producerinnen hereinschaute.

»Chagit, lass mal eben den Beitrag und komm, es sollen alle in die Küche kommen.«

»Warum? Was ist los?«

»Wirst du gleich sehen. Komm.«

Sie stand auf und folgte der Producerin. Bei jedem Schritt auf dem Korridor sah sie vor ihrem geistigen Auge die Kaugummistreifen in winzigen Bewegungen gestreckt und zusammengepresst werden. Sie konnte es beinahe körperlich spüren. Die meisten Mitarbeiter der Nachrichtenredaktion waren bereits in der Küche. Außerdem waren vier Polizisten und eine Polizistin in Uniform zugegen sowie ein Beamter in Zivil, der wie ihr Vorgesetzter wirkte. Jochanan wechselte ein paar Worte mit dem Mann und wandte sich dann an die Beschäftigten.

»Die Polizei sucht hier nach etwas. Sie haben einen Durchsuchungsbefehl. Wir warten einfach, bis sie fertig sind und uns wieder an die Arbeit lassen. Bis dahin bewegt sich niemand weg von hier.«

Weitere Polizisten tauchten auf dem Flur auf. Der Beamte in Zivil gab Anweisungen, und die Männer verteilten sich auf die einzelnen Räume. Ein Polizist und die Polizistin blieben in der Küche bei den Mitarbeitern. Daniel stand nur ein paar Schritte von ihr entfernt, aber sie sah nicht zum ihm hin. Sie lehnte sich an die Küchenarbeitsplatte und wartete.

Von Zeit zu Zeit tauchte auf dem Flur ein Polizist auf, der aus dem Arbeitsbereich der Korrespondenten kam und einen Computer oder einen Stapel CD-ROMs trug. Der Anblick sorgte für empörte Reaktionen beim Team.

»Die zerstören das Equipment!« »Wie sollen wir so arbeiten?!« »Was läuft hier?«

Die Polizisten, die in der Küche geblieben waren, schenkten ihnen einen teilnahmslosen Blick. Dann erschien der Beamte in Zivil wieder und flüsterte den beiden Polizisten etwas ins Ohr. Sie verließen die Küche und besetzten die ersten beiden Schneideräume auf dem Gang.

»Jetzt gehen Sie einzeln dort hinein«, ordnete der Mann in Zivil dann an. »Die Herren zu dem Beamten, und die Damen zu der Beamtin.«

Eine Welle verhaltenen Protestes erhob sich unter der Belegschaft der Redaktion, aber Jochanan ließ sie mit einer Handbewegung verstummen.

»Nichts zu machen. Kooperiert einfach.«

»Nehmen Sie bitte in zwei Reihen Aufstellung«, ordnete der Einsatzleiter an.

Abermals setzte unwirsches Gemurmel ein. Die Leute begannen, sich unbehaglich zu rühren, suchten sich ihren Platz.

Chagit sah verstohlen zu dem Beamten in Zivil. Ihr schien, als verweilte dessen Blick auf Daniel, als taxierte er ihn. Rasch wandte sie ihren Blick ab, bevor er ihn spürte, und fasste einen schnellen Entschluss. Sie musste unter den Ersten sein. Rasch drängte sie sich durch und kam hinter einer der anderen Cutterinnen zu stehen, als Dritte in der Reihe.

Sei ganz natürlich, befahl sie sich. Belaste den Fuß nicht zu sehr, aber humple nicht. Das hält schon.

Nach ein paar Minuten war sie an der Reihe, den kleinen Raum zu betreten.

»Leeren Sie Ihre Taschen und legen den Inhalt auf den Tisch«, sagte die Polizistin mit teilnahmsloser Stimme.

Chagit schob die Hände in die Taschen ihrer Jeans. Normalerweise trug sie dort nichts mit sich herum, doch jetzt stießen ihre Finger auf etwas Kleines, Rechteckiges. Ein Schauder lief ihr über den Rücken, bis es ihr wieder einfiel – die Kaugummipackung, in der Eile hatte sie sie in die Hosentasche geschoben. Jetzt zog sie das Päckchen heraus und warf es auf den Tisch.

Bleib ruhig, befahl sie sich, Kaugummi in der Tasche ist die natürlichste Sache der Welt.

»Hände seitlich ausstrecken.«

Die Polizistin begann sie gründlich abzutasten, von den Handgelenken über die Brust, den Rücken bis zu den Beinen. Sie verweilte besonders bei den Nähten ihrer Kleidungsstücke, bückte sich dann und kam zu den Stiefeln.

Chagit konzentrierte sich auf die Kühle der Luft, die ihr in die Nase drang. Sie spürte, wie die Luft von der Nasenspitze an den Innenseiten der Nasenflügel entlangstrich. Spürte die kräftigen Finger der Polizistin über die Stiefel streichen, jeden Zentimeter Leder betasten und befühlen.

Die Beamtin richtete sich auf. »Ziehen Sie bitte die Stiefel aus.«

Chagits Herz schlug wild. Sie bückte sich, zog die Stiefel aus und reichte sie der Polizistin, die sie ihr jedoch nicht abnahm, sondern mit der Hand erst in den einen, dann in den anderen Stiefel fuhr und sich mit den Fingern bis zur Spitze vortastete. Chagit spürte, wie das Blut aus ihrem Gesicht wich. Am Ende hörte sie die Polizistin wie aus großer Entfernung sagen: »Sie können sich wieder anziehen und zurück in die Küche gehen.«

Die Mitarbeiter der Nachmittagsschicht waren bereits eingetroffen, standen verlegen am anderen Ende des Flures und verfolgten das Geschehen in der Küche. Ein Polizist, der vor ihnen stand, blockierte den Durchgang. Endlich waren alle Mitarbeiter in die Küche zurückgekehrt und warteten dort, bis die letzten Polizisten die Redaktion verlassen hatten, bepackt mit Computern, unterschiedlichen Festplattenlaufwerken und CD-ROMs. Sie meinte, darunter auch Daniels Laptop erkannt zu haben. Der Beamte in Zivil tauschte sich erneut mit Jochanan aus, der nickte und sich an die Belegschaft wandte.

»Okay. Der Zirkus ist beendet. Alle zurück an die Arbeit.«

»Aber was ist mit den Computern, die sie mitgenommen haben?«

Jochanan kratzte sich am Kopf. »Die AVID-Schnittcomputer haben sie nicht mitgenommen. Und mit dem Rest werden wir uns arrangieren. Alle Producerinnen – zu mir an den Desk. Jetzt.«

»Und was ist mit denen, die ihre Schicht beendet haben?«, fragte eine der Redakteurinnen. »Ich muss den Jungen aus dem Kindergarten abholen.«

Jochanan fuhr herum und warf einen Blick auf die Mitarbeiter der zweiten Tagesschicht, die noch immer am Ende des Flures warteten. Er dachte einen Moment lang nach und sagte dann: »Niemand bewegt sich von hier weg ohne meine Erlaubnis. Alle bleiben.«

Es vergingen noch drei Stunden, bis Jochanan endlich überzeugt war, eine Nachrichtenausgabe zusammenzuhaben, und die Mitarbeiter der Morgenschicht entließ. Über die mit Abstand interessanteste Nachricht jedoch, die Durchsuchung der Redaktionsräume, war ihnen untersagt zu berichten. Ein Anruf, der, wenige Minuten nachdem die Polizei das Gebäude verlassen hatte, einging, setzte sie davon in Kenntnis, dass auch die Nachrichtenredaktion des Konkurrenzsenders einen ähnlichen Besuch erhalten hatte.

Mutmaßungen und Spekulationen erfüllten die Redaktionsräume. Es musste etwas Wichtiges sein, sonst hätten sie nicht solch einen Aufwand betrieben. Andererseits schien die Polizei keine gezielten Informationen zu haben, nur eine grobe Richtung.

Dennoch hatten sie gepokert und eine Durchsuchung durchgeführt. Das Ganze wirkte wie der Versuch, eine sehr ernste undichte Stelle zu stopfen.

Jochanan hatte auch die Korrespondenten zu sich bestellt. Hatte wissen wollen, ob einer von ihnen eine Ahnung hatte, wonach die Polizei suchte. Alle hatten verneint. Keiner von ihnen arbeitete zurzeit an einer Geschichte, die groß genug gewesen wäre, um derartiges Interesse vonseiten der Behörden zu wecken.

Als sie endlich das Redaktionsgebäude verließ, empfand sie gewaltige Erleichterung, ja sogar Siegesfreude. Sie wusste nicht, was sich auf dem USB-Stick befand, den sie in ihrem Stiefel für Daniel rausgeschmuggelt hatte, aber es war ihr gelungen. Sie hatte die Polizisten überlistet, hatte kühlen Kopf bewahrt und nicht den geringsten Verdacht geweckt, so schien ihr zumindest. Aber hatte sie richtig gehandelt? Die Erleichterung wurde von Beklemmung verdrängt, als sie mit einem Mal verstand, wie tief sie schon in dieser Geschichte, von der sie nicht das Geringste wusste, drinsteckte. Die Angst verwandelte sich schon bald in Wut auf Daniel. Wie konnte er es wagen, sie so in Gefahr zu bringen?

Sie schaute über die Schulter. Vielleicht verfolgte man sie? Ein Mann in schwarzer Steppjacke, vielleicht fünfzig Meter hinter ihr, weckte ihr Misstrauen. Kaum hatte sie den Kopf gewandt, blieb er an einem Kiosk stehen. Kaufte er wirklich etwas, oder war er nur stehen geblieben, um genügend Abstand zu halten?

Sie ging weiter bis zur Bushaltestelle. Als sie es nicht mehr aushielt, drehte sie sich erneut um. Der Mann war dort, in genau demselben Abstand wie zuvor. Ihre Panik wuchs. Sie war jetzt an der Haltestelle angekommen und blieb stehen. Nach einer Minute traf auch der Mann ein, ein Gnom mit pockennarbigem Gesicht und wulstigen Lippen. Er blieb nicht an der Haltestelle stehen. Ihr Blick folgte ihm, bis er am Ende der Straße verschwunden war.

Mach dir nicht in die Hose, sagte sie sich. Niemand weiß etwas.

Sie bestieg den Bus und setzte sich auf einen der hinteren Plätze. An der Haltestelle vor ihrem Haus stieg sie nicht aus, sondern fuhr weiter in südliche Richtung. Das Ding konnte sie unmöglich zu Hause aufbewahren. Sie hatte einen Plan.

Raja freute sich wie immer über ihr Kommen. Wieder ihr pflichtschuldiges »Das-wäre-doch-nicht-nötig-gewesen«, begleitet von einem Lächeln unverhohlenen Entzückens. Doch mit einem Mal ging ihr auf, dass sie diesmal nichts mitgebracht hatte, nicht einmal die von der alten Frau so heißgeliebten Waffeln. Sie hatte überlegt, auf dem Markt eine Packung zu kaufen, war aber abgelenkt gewesen, als sie wahllos zwischen den Ständen umhergelaufen war, um zu kontrollieren, ob sie nicht doch jemand verfolgte. Sie war auf und ab gegangen, hatte Obst und Gemüse in Augenschein genommen, aber niemanden bemerkt, der verdächtig gewesen wäre. Am Ende hatte sie entschieden, dass es ihr ohnehin nicht gelingen würde herauszufinden, ob sie hier verfolgt wurde oder nicht. Es wimmelte nur so von Menschen, und für einen Verfolger wäre es ein Leichtes, in der Menge unterzutauchen. Rajas Straße hingegen war still, und sollte sie jemand verfolgen, war die Chance größer, dass er ihr dort auffiel. Aber niemand war zu sehen, als sie langsam die Straße entlangging. Sie erreichte Rajas Haus und ging weiter, um dann, als sei sie ganz durcheinander, die Nummer des Hauses zu überprüfen, vor dem sie stehen geblieben war, und wieder kehrtzumachen. Noch immer war niemand in Sicht.

»Tut mir leid, dass ich mit leeren Händen gekommen bin. Das ist so ein Spontanbesuch.«

»Also wirklich. Ich bin richtig empört. Setz dich, Mejdale, ich mache uns einen Tee. Und es gibt sogar Strudel.«

In dem Moment, in dem Raja in die Küche geschlurft war, zog Chagit ihren Stiefel aus. Nur mit größter Mühe gelang es ihr, den Absatz von der Sohle zu trennen – sie musste ihre Schlüssel als Hebel einsetzen. Sie hatte wirklich gute Arbeit geleistet.

Jetzt fingerte sie den kleinen Stick heraus und sah sich schnell um. Es blieb nicht viel Zeit zum Überlegen. Sie nahm einen Schemel zur Hand, der neben dem Bücherschrank stand, und stieg hinauf. Aus dem obersten Fach, an das Raja bestimmt nicht mehr herankam, zog sie einen dicken Band mit den gesammelten Schriften Brenners, legte den USB-Stick in die entstandene Lücke und stellte das Buch zurück an seinen Platz.

Danach schob sie auch den Schemel zurück und ließ sich auf das Sofa sinken, aber den Absatz hatte sie noch nicht wieder am Stiefel befestigt, als Raja zurück ins Zimmer kam.

»Was ist denn das? Ist er dir noch mal kaputtgegangen?«

»Ja. Ich hatte noch keine Zeit, ihn reparieren zu lassen. Habe ihn nur behelfsmäßig geklebt.«

»Nu, bring ihn endlich zum Schuster. Am Ende kriegst du noch nasse Füße und wirst krank.«

»Morgen früh«, versprach sie. »Morgen früh lasse ich das reparieren.«

16

DER WINTER MEINTE ES GUT mit Oberinspektor Levi. Seine Sondereinheit konnte einige durchaus nennenswerte Erfolge verzeichnen. Elemente auf der Linken hatten begonnen, sich von dem Schock der veränderten Machtverhältnisse zu erholen, und erste Anzeichen subversiver Umtriebe zeigten sich. Die beharrliche, langweilige Arbeit, der er sich in den vergangenen Monaten gewidmet hatte, die ermüdenden Vorladungen und Befragungen, begann Früchte zu tragen. Er hatte inzwischen ein hervorragendes Netz von Informanten und verfügte über ein genaues Bild der aufrührerischen Elemente. Die Informationen, die bei ihm aufliefen, stammten vor allem aus Kulturkreisen und betrafen Linke aus sämtlichen Bereichen. Und so fanden ihn deren wiedererwachende Aktivitäten nicht unvorbereitet. In den Augen seiner Vorgesetzten war er zu einer polizeilichen Autorität ersten Ranges zu diesem Thema geworden.

Dank seiner guten Kontakte hatte er gleich zwei Verschwörungen im Keim erstickt: die eine strebte danach, ausländischen Medien Informationen über das Geschehen auf den Fluren der Macht zuzuspielen, während die andere im Begriff gewesen war, einen subversiven Blog ins Netz zu stellen, der die israelische Öffentlichkeit mit alternativen Nachrichten versorgen sollte. Diese Erfolge hatten zwar keine mediale Aufmerksamkeit erfahren wie die versuchte Brandstiftung im Nationaltheater, waren aber innerhalb der Polizei – und dem Vernehmen nach auch beim ÜOK – auf viel Anerkennung gestoßen.

Die Zufriedenheit mit seiner Arbeit fand schließlich auch

greifbaren Ausdruck. Bei einem Treffen mit dem Abteilungsdirektor der Ermittlungsdezernate wurde ihm eröffnet, aufgrund seiner guten Arbeit und des wachsenden Aufgabenbereichs der Sondereinheit sei beschlossen worden, deren Existenz zu ordnen und auf eine solide Grundlage zu stellen. Von jetzt an werde sie eine eigenständige Einheit innerhalb der Ermittlungsabteilung sein, die Einheit zur Bekämpfung verbrecherischer staatsfeindlicher Umtriebe. Und er werde ihr vorstehen. »Der Dienstgrad des Befehlshabers wird der eines Vizekommandanten sein«, wurde ihm indirekt seine Beförderung in Aussicht gestellt. Als erster Befehlshaber der Einheit werde er vollkommen freie Hand bei deren Aufbau und der Wahl seines Stellvertreters genießen. Die Einheit werde in einem kleinen, zweistöckigen Gebäude am südlichen Ende der Achad-Ha'am in Tel Aviv ihren Sitz haben, einem Gebäude, das einer unlängst verbotenen linken Vereinigung gehört hatte und enteignet worden war.

»Wenn die zu Besuch kommen, werden sie sich gleich zu Hause fühlen«, witzelte der Kommandant noch.

»Wir werden alles tun, um ihnen ein gutes Gefühl zu geben«, gab der Oberinspektor zurück.

Schon als er von dem Treffen mit dem Kommandanten kam, der Titel »Vizekommandant Itzik Levi« noch süß in seinem Kopf nachklingend, wusste er, dass er den jungen Sergeanten Eres Wilner zu seinem Stellvertreter machen würde. Wilner geriet nicht gerade aus dem Häuschen vor Freude, als er von seiner Beförderung zum Inspektor hörte. Er dankte Levi für das Vertrauen, das er in ihn setze, und versprach sein Bestes zu geben. Seine erste Bitte war, an den Renovierungs- und Umbauarbeiten beteiligt zu sein, die an dem kleinen Gebäude der Einheit zur Bekämpfung verbrecherischer staatsfeindlicher Umtriebe vorgenommen werden würden, um es für die Polizeiarbeit geeignet zu machen.

Wilner interessierte sich nicht für die Büros der Mitarbeiter, sein Interesse galt den Verhörräumen. Er bekam von Oberinspektor Levi die Erlaubnis, den alten, geräumigen Luftschutzraum unter dem Gebäude in zwei Vernehmungsräume umzuwandeln, eine Aufgabe, die er mit Lust und Hingabe anging. Eigenhändig suchte er die Verstärkeranlage und Lautsprecher aus, die in den Wänden installiert wurden, die halb durchsichtige Spiegelscheibe, die er zusätzlich noch mit einer hermetisch schließenden Jalousie versah, und den geglätteten Beton, den er als Ersatz für die alten Fliesen wählte. Sogar die Klimaanlage suchte er in Eigenregie aus.

Es war eine gute Zeit für die Polizei – sie wuchs und gedieh, kam in den Genuss üppiger Etatmittel. Und die neue Einheit des baldigen Vizekommandanten Levi wurde dabei besonders bevorzugt behandelt. Es war zu spüren, dass man sich ganz weit oben ihrer annahm.

Wilner ging in den Umbauarbeiten auf, als renovierte er sein eigenes Haus. Als alles fertig war, präsentierte er Levi die ausgeklügelten Räume und zeigte dabei zum ersten Mal gegenüber seinem Vorgesetzten Stolz und sogar Ausgelassenheit.

In der Nacht nach Abschluss der Renovierungsarbeiten, als der Keller an das Stromnetz angeschlossen war, blieb Wilner allein in den neuen Räumen, die von seinen Kollegen in der Einheit bereits nur noch als »Wilnarium« bezeichnet wurden.

Den größten Teil der Nacht verbrachte er in der Mitte des größeren der beiden Räume sitzend, auf einem niedrigen Stuhl, den er für die zu Vernehmenden bestimmt hatte. Er wollte spüren, was sie zu spüren bekommen würden. Spätnachts, als er überzeugt war, dass niemand ihn durch sein plötzliches Auftauchen überraschen würde, fesselte er sogar eine seiner Hände an den Stuhl und drückte die Schelle so eng zusammen, bis er Schmerz empfand. Er lauschte angespannt, versuchte festzustellen, ob es ihm gelänge, irgendein Geräusch von der Straße zu empfangen, ein Motorengeräusch oder das Hupen eines Fahrzeugs. Die Stille war vollkommen. Die schallschluckenden Akustikplatten, die in die Wände eingelassen worden waren, taten das Ihre. Auch die Dunkelheit war vollkommen. Sogar nachdem er geraume Zeit auf dem Verhörstuhl gesessen hatte, hatten sich seine Augen noch nicht an die Dunkelheit gewöhnt, konnte er absolut nichts erkennen. Als er spürte, dass er dabei war einzuschlafen, nahm er die Schelle von der einen Hand und fesselte damit die andere, wobei er kräftig zudrückte. Der frische Schmerz hielt ihn vom Schlafen ab.

In seiner Jugend war Wilner ein eingeschworener Wissenschaftsfan gewesen. Sein Mikroskop und das Teleskop hatten ihm mehr bedeutet als jedes Spiel oder Spielzeug, und nachts hatte er viele schlaflose Stunden auf dem Dach ihres Hauses am äußersten Ende des Moschaws verbracht und den Nachthimmel durch das leistungsstarke Teleskop betrachtet, das er von seiner Mutter zur Bar-Mitzwa bekommen hatte.

Und jetzt, in der absoluten Dunkelheit, kam ihm das Bild des Nachthimmels in den Sinn. Er stellte seine Erinnerung auf die Probe, ging im Kopf einzeln die Sterne durch, zog von einem Sonnensystem zum nächsten. Er wusste noch alles ganz genau.

Nicht nur dass er die Sterne sah, ganz allmählich versank er sogar in dem Gefühl jener durchwachten Nächte. Er erinnerte sich an den warmen Wind, der den Duft der Orangen aus der an ihr Grundstück grenzenden Plantage mit sich trug, ja er konnte regelrecht spüren, wie er ihm übers Gesicht strich, hörte den Gesang der Zikaden, das ferne Rauschen der Autos auf der alten Überlandstraße wie das Säuseln der Wellen, bis ihn das Aufblitzen einer Sternschnuppe blendete.

Er öffnete die Augen und sah nichts. Die Finsternis traf ihn wie eine Wand. Sein Mund war trocken vor Grauen. Für einen Moment wusste er nicht, wo er sich befand, und wollte schnell vom Stuhl hochkommen. Die an die Armlehne des Stuhls festgemachte Handschelle schickte eine Welle stechenden Schmerzes seinen Arm empor. Mit dem Schmerz kam die Erinnerung, und mit ihr beruhigte sich der rasende Herzschlag. Er wühlte mit der freien Hand in der Hosentasche, holte den Schlüssel für die Handschellen heraus und befreite die andere. Der Schmerz war unvermindert heftig. Er tastete sich an der Wand entlang, bis er den Lichtschalter gefunden hatte, und drückte darauf. Seine Armbanduhr zeigte zehn vor fünf morgens. Er trat auf den Gang, wusch sich das Gesicht auf der Toilette, stieg hinauf ins Erdgeschoss und verließ das Gebäude.

Die Nacht war empfindlich kalt, aber nach dem Aufenthalt in dem hermetisch abgeschlossenen Raum tat ihm die Luft im Freien gut. In Gedanken ließ er die zurückliegenden Stunden Revue passieren. Der Raum war bereit für die Arbeit. Zufrieden konstatierte er für sich das Abgleiten in die Kindheitsfantasie. Er war überzeugt, dass die von ihm geschaffene Hülle daran Anteil gehabt hatte. Die vollkommene Dunkelheit und Geräuschlosigkeit hatten ihn mit solcher Macht in eine Art Innenschau geschickt, dass beinahe kein Widerstand möglich gewesen war. Und das war gut.

Als ihm einfiel, dass sein Mund trocken gewesen war, kam ihm der Gedanke, den Raum noch mit einem Luftbefeuchter auszustatten, der zusätzliche Kontrolle über die Luftfeuchtigkeitswerte liefern würde. Er fischte sein Mobiltelefon aus der Hemdtasche und machte sich eine Notiz.

Das Bild des Nachthimmels seiner Kindheit flackerte erneut in seinem Kopf auf. Er richtete den Blick zum Himmel, aber der war bewölkt und nicht ein Stern war zu sehen. Der Himmel in Tel Aviv war immer derart armselig, nichtssagend.

Ihre neuen Dienstgrade erhielten Inspektor Wilner und Vizekommandant Levi bei der Feierstunde zum Stapellauf der neuen Einheit, die in dem frisch renovierten Gebäude abgehalten wurde.

Wilner suchte schnell das Weite. Er mochte keine Zeremonien. Vizekommandant Levi dagegen genoss das Ereignis. Seine Familie war gekommen und hatte stolz zugesehen, wie der Kommandant ihm die neuen Rangabzeichen anheftete. Er nahm einen letzten Schluck aus dem Plastikbecher, in dem noch ein Rest Weißwein war, und betrachtete wohlgefällig sein neues Imperium. Nach allem hatte sein vorheriger Chef doch recht behalten. Die Aufgabe, die er anfangs so verabscheut hatte und die ihm wie ein Abstellgleis und Hemmschuh auf seinem Weg erschienen war, war zu einer Schnellstraße nach oben geworden. Er war jetzt verantwortlich für ein sich entwickelndes Aufgabengebiet, das sogar bei höchsten Regierungsstellen Interesse weckte. Endlich hatte es das Glück auch einmal mit ihm gut gemeint.

17

DREI WOCHEN GING SIE RAJA nicht besuchen. Ein paar Tage nachdem sie den Stick bei ihr versteckt hatte, rief sie von einer öffentlichen Telefonzelle aus an und teilte ihr mit, sie werde in nächster Zeit nicht kommen, da sie Joav auf einer Konzerttournee ins Ausland begleite. Auch mit Daniel hatte sie es nicht eilig zu sprechen. Sie sah ihn am Tag nach der Durchsuchung bei der Arbeit, aber er sprach sie nicht an, und sie beschloss, sich nicht auf eigene Initiative an ihn zu wenden.

Drei Tage nach der Durchsuchungsaktion kam er in der Mittagspause zu ihr und schlug ihr vor, mit ihm zu Mittag zu essen. Daran war nichts Ungewöhnliches. Schon oft waren sie in den Humusimbiss neben dem Sendergebäude gegangen, um dort zusammen etwas zu essen.

Dennoch, jetzt war alles anders. Eine Aktion, ein kleines Gerät, versteckt im Absatz eines Stiefels – und die Welt stand kopf und drohte, jeden Augenblick um sie herum aus den Fugen zu geraten. Die Leute auf der Straße sahen ihr verdächtig aus. Jeder von ihnen konnte zu einem polizeilichen Observierungsteam gehören. Immer hatte sie den gemeinsamen Gang zu dem Humusimbiss genossen, die Gespräche und den flachsenden Bürotratsch, den sie unterwegs austauschten, die Stichworte und Codes alter Freunde, die Aura des attraktiven, die Blicke auf sich ziehenden Mannes, der neben ihr ging, ja sogar die schwache sexuelle Spannung, die unter ihrer Freundschaft am Werke war. Jetzt war all das wie weggeblasen. Jetzt waren sie Komplizen bei einem Verbrechen, von dem sie nicht wusste, was es war, und das dennoch greifbar und störend in der Luft hing wie Benzingeruch. Was sie ärgerte, aber auch erregte.

»Ist er an einem guten Ort?«, fragte er leise, als sie auf der Straße waren.

»Ja.«

»Bist du sicher?«

»Ja.«

Er fragte nicht, wo sie den USB-Stick versteckt hatte, und auch wenn er gefragt hätte, hätte sie es ihm nicht verraten, um Raja nicht in Gefahr zu bringen.

»Am besten wird sein, ein paar Tage nichts zu unternehmen«, sagte er. »Die Dinge sich beruhigen lassen. Sobald ich kann, werde ich dich davon befreien. In Ordnung?«

»Okay.«

Weiter sprachen sie nicht darüber. Das Reden fiel ihnen ohnehin schwer. Ihre Unterhaltung im Humusimbiss, die sonst immer unbeschwert und fröhlich verlief, bestand diesmal vor allem aus Schweigen. Sie konzentrierten sich auf ihr Essen und wechselten kaum einen Blick. Von außen wirkten sie wie ein Paar, das gerade aufgehört hatte zu streiten, sich aber noch nicht wieder versöhnt hatte.

Joav erzählte sie nichts davon. Das heißt, sie hatte ihm von der Durchsuchung der Redaktion erzählt, nicht aber von Daniels Bitte und davon, was sie im Absatz des Stiefels versteckt hatte. Erstaunt stellte sie fest, wie leicht das war. Genau genommen, dachte sie, war das so, wie jemanden zu betrügen. So mussten sich Menschen fühlen, die ihre Lebensgefährten betrogen, die einen Teil ihres Lebens im Dunkeln ließen, vor den Augen ihrer Partner verborgen. Was interessant war. Es verschaffte ihr eine neue Sicht auf ihn, einen Blickwinkel, der ihn einerseits in lächerlichem Licht erscheinen ließ und andererseits bei ihr ein Gefühl der Wärme ihm gegenüber weckte. Er war ganz auf sich selbst konzentriert, das hatte sie schon immer gewusst, aber jetzt sah sie dies noch klarer.

Er war in einer guten Phase. Der Kreis seiner wohlhabenden Verehrer, der sich ihm dank der Segals eröffnet hatte, wuchs stetig. Ein- oder zweimal im Monat spielte er jetzt in Nobelvororten, in den Häusern von Millionären. Außerdem hatte er zwei neue Schüler aus vermögenden Elternhäusern, für deren Unterricht er einen stattlichen Preis verlangte. Die finanzielle Notlage der zurückliegenden Monate war überstanden. Das Geld, das hereinkam, hatte sowohl seinem Selbstbewusstsein als auch seiner Stimmung beträchtlich geholfen. Es gelang ihm, sein Übungspensum zu erfüllen, was wiederum seinem Selbstwertgefühl und seinem Wohlbefinden förderlicher als alles andere war. Seine verbesserte Stimmungslage brachte zudem noch ein paar andere kleine Geschenke mit sich. Ihr gegenüber war er aufmerksamer und weniger leicht verärgert. Und er kümmerte sich sogar mehr um den Haushalt. In seinen dunklen Phasen hatte er die Wohnung ebenso vernachlässigt wie sich selbst, und jetzt fiel ihm mitunter ein, den Abwasch zu besorgen oder die Waschmaschine anzustellen, Erledigungen, die er stolz kundtat, als handelte es sich dabei um Heldentaten.

Er war zufrieden und blind, hatte nicht den Anflug einer Ahnung davon, was sie bewegte. Manchmal stellte sie sich vor, sie würde ihm von ihrer Tat erzählen, und versuchte, sich seine Reaktion auszumalen. Er wäre sicher sehr verängstigt. Aber sie würde es ihm nicht erzählen. Nicht nur, um seine zerbrechliche Glückseligkeit nicht zu gefährden, sondern vor allem, weil sie nicht sicher war, ob es ihm auch gelingen würde, das Geheimnis für sich zu behalten. Ganz gewiss nicht, sobald man Druck auf ihn ausübte. Insgeheim hatte sie schon immer gewusst, dass ihr Mann aus weichem Material gemacht war, aber in der Vergangenheit hatte sie das nie gestört. Das Wissen hatte sie sogar noch mehr Zuneigung für ihn empfinden lassen. Seine Weichheit war in ihren Augen

Teil seines Zaubers. Jetzt aber betrachtete sie ihn mit einem anderen, praktischen Blick, wie ein Mensch, der sich einen wackligen Stuhl mit loser Rückenlehne beschaut: Lässt sich darauf noch sitzen, oder könnte der Versuch mit einem Zusammenbruch enden? Und er seinerseits registrierte, trotz aller Blindheit, zuweilen den neuen und sonderbaren Blick, der für Momente in ihre Augen trat.

»Warum siehst du mich so an?«

»Wie denn?«, fragte sie ertappt.

»Na so. Wie du jetzt gerade geguckt hast. Woran hast du gedacht?«

»Ach. An gar nichts. Ich hab geträumt.«

Manchmal, im Bett, in den rätselhaften Gedanken vor dem Einschlafen, stellte sie sich eine Erstürmung der Wohnung durch die Polizei vor. Die Polizisten fegen Bücher von den Regalen, schlitzen die Matratze auf, stürzen den Flügel um. Joav auf Knien, vor den Trümmern des Instruments. Ein Polizist legt ihr Handschellen an und führt sie zu einem Streifenwagen. Danach sitzt sie auf einem Stuhl in einem Vernehmungsraum, geblendet von einer grellen Lampe, wie im Film. Ein Polizist beugt sich über sie. Sie wissen bereits alles, wissen Bescheid über Daniel, über Raja. Der Gedanke an Raja zündete einen Feuerball in ihrem Magen, der sie sich krümmen ließ. Doch noch immer, auch wenn sie die Augen schloss und sich das fürchterliche Bild vorstellte, sah sie sich selbst schweigen. Ungebrochen. Sie dachte sich ihr Geheimnis als weiße, kleine Mandel, die tief in ihrem Bauch wie ein Baby ruhte, und alle Stürme, alles Schreien und Drohen konnten ihr nichts anhaben. Das Ganze war ein Wettstreit, für den sie bestimmt war, eine Gelegenheit, etwas ein für alle Mal unter Beweis zu stellen. Ein Sieg, nach dem sie vielleicht endlich zur Ruhe kommen konnte. Sonderbare Gedanken wie diese wirbelten in ihrem Kopf umher, bis sie erschrocken über sich selbst die Augen aufschlug.

Es vergingen fast drei Wochen, bis Daniel sie bat, ihm den USB-Stick zurückzugeben. Alles in allem war sie zufrieden mit ihrem eigenen Verhalten in dieser Zeit. Joav hegte keinen Verdacht und an Daniel hatte sie sich nicht einmal gewandt. In der Redaktion behandelte sie ihn wie immer. Niemand hätte die Veränderung in ihrer Beziehung bemerken können. Selbst als sie allein im Schneideraum saßen, wechselten sie kein Wort über die Sache, als wäre von einem verbotenen Kuss die Rede, angetrunken auf einer Betriebsfeier, der besser verdrängt und vergessen sein wollte.

Als er sie bei einem weiteren mittäglichen Ausflug zu dem Humusimbiss endlich bat, ihm den Stick zurückzugeben, und anfing, ihre Kaltschnäuzigkeit in den letzten Wochen zu preisen, unterbrach sie ihn abrupt.

»Wie möchtest du, dass ich ihn dir übergebe?«

»Am besten nicht in der Redaktion. Morgen arbeitest du nachmittags, oder?«

Sie nickte.

»Dann triff mich vor deiner Schicht hier im Humusimbiss. Wir machen es hier.«

Zu Rajas Freude rief Chagit an und sagte, sie werde am nächsten Tag so um die Mittagszeit bei ihr vorbeischauen. Sie wusste zwar, dass, wenn Daniel den USB-Stick zurückverlangte, die Gefahr offenbar vorüber war, wollte aber dennoch die Zeitspanne, in der sie das Gerät bei sich trug, so kurz wie möglich halten. Bis jetzt hatte sie alles mit Verstand und Vorsicht bewältigt und wollte nicht ausgerechnet im allerletzten Moment nachlässig werden.

Den Stick zog sie hinter dem dicken Band mit Brenners Werken in dem Augenblick hervor, in dem Raja losgeschlurft war, in der Küche einen Tee aufzusetzen. Wenig später ließ sie ihn unter dem Tisch im Humusimbiss bereits in Daniels Hand gleiten. Ihre kleine Hand, zusammengeballt wie zu einer Faust, grub sich unter dem Tisch in seine große, warme Hand, ehe ihre Finger sich langsam öffneten und den kühlen Stick herausgleiten ließen. Die kurze, intime Berührung schickte einen angenehmen Schauder durch ihren Körper. Eine Minute später stand sie mit geröteten Wangen bereits wieder draußen in der Kälte auf dem Bürgersteig. Sie hatte es hinter sich.

Dennoch hatte sich etwas verändert. Das kleine Speichermedium, für das sie einige Wochen lang verantwortlich gewesen war, wirkte wie ein starker Elektromagnet, der in ihrem Bewusstsein für eine neue Windung in der üblichen neuralen Route ihrer Gedanken sorgte, eine Art kleiner Bauch, der sich mit sonderbaren Überlegungen gefüllt hatte. Bislang war ihre ganze Aufmerksamkeit während der Arbeit im Schneideraum allein auf das Aneinanderfügen der Bilder und die Anlage der Tonspur gerichtet gewesen, und jetzt begann sie, den Sprechern zuzuhören, sich Gedanken zu machen über die Worte der Interviewten und des Reporters, insbesondere bei Beiträgen, die sich mit polizeilichen Ermittlungen befassten. Was sie ärgerte. Dennoch konnte sie sich nicht zwingen, damit aufzuhören. Mehr als einmal im Verlauf der Arbeit ertappte sie sich dabei, zu überlegen, wie sie sich anstelle der Straftäter verhalten hätte, von denen die Rede war.

Eines Tages schnitt sie einen Beitrag über einen Bankdirektor, der des Betrugs überführt worden war. Die Sache war aufgeflogen, weil er das Konto eines betagten Verwandten benutzt hatte, um die Gelder zu transferieren. Die Tochter dieses Mannes, die mit dem Bankdirektor im Clinch lag, hatte zufällig die verdächtigen Kontobewegungen festgestellt und den Direktor angezeigt. Dieser Trottel, dachte Chagit. Er hatte die Grundregel nicht beachtet – Verbrechen und Familie immer schön säuberlich zu trennen. Kannte er die etwa nicht? Und während sie die Bilder zusammenschnitt, meinte sie laut und vernehmlich: »Dieser Idiot!«

Der Korrespondent für Kriminaldelikte, der neben ihr im Schneideraum saß, sah sie verwirrt an.

»Wer ist ein Idiot?«, fragte er.

»Was? Na, dieser Direktor!«

»Warum ist er ein Idiot?«

Sie wusste, dass es Unsinn war, dass ihr nichts passiert wäre, auch wenn sie ihm geantwortet hätte, aber sie spürte in jenem Augenblick einen starken Impuls, ihm ihre Gedanken nicht anzuvertrauen. Etwas hatte sie erschüttert, als sei sie unmittelbar davor gewesen, diesem Kollegen ihre Tat zu gestehen. Sie befürchtete, rot geworden zu sein.

»Nur so. Er hat so ein Gesicht«, beeilte sie sich abfällig zu sagen.

Der Korrespondent bemerkte ihre Aufregung nicht. Er quittierte die Bemerkung mit einem Achselzucken, und sie arbeiteten weiter. Aber dieser überraschende Augenblick, dieser winzige Kontrollverlust, belastete sie noch eine ganze Weile.

Und ein weiterer Gedanke meldete sich von neuem: sie hatte wieder angefangen, über ein Kind nachzudenken. Die Gefahr, der sie so kaltschnäuzig getrotzt hatte, erzeugte neue Sicherheit bei ihr und gebar die Idee, die sich klammheimlich in ihr einnistete. Sie hatte diese Probe so bravourös bestanden, vielleicht war ja die Zeit reif, die Befürchtungen und praktischen Erwägungen einmal beiseitezulassen und es einfach zu tun. Sie würden schon klarkommen.

Als sie schließlich mit Joav darüber sprach, war es ein sehr gut vorbereitetes, ja sogar raffiniert eingefädeltes Gespräch. Ort und Zeitpunkt waren von ihr mit Bedacht gewählt. Sie wartete mit der traditionellen Flasche Wein am nächtlichen Küchentisch auf ihn, als er von einem Recital zurückkam, das er in einer Villa in Kfar Shmarjahu gespielt hatte. Sie merkte gleich, dass er bester Laune war. Das Recital war gut gelaufen. Das Adrenalin des Auftritts strömte noch durch sein Blut, und Dinge, die ihm sonst Angst machten, konnten jetzt leichter seine Zustimmung finden. Er erzählte von den Stücken, die er gespielt, den Menschen, die er getroffen hatte. Es war ein bedeutsamer Abend mit vielen wichtigen Leuten im Publikum. Sogar die Geliebte von Meni Schamai sei, so war ihm zugeflüstert worden, da gewesen. Wer weiß, welche Türen sich ihm jetzt öffnen würden! Während er ihr von den Geschehnissen des Abends erzählte, lächelte sie und nickte an den richtigen Stellen, aber selbst er bemerkte, dass sie zerstreut wirkte.

»Was? Langweile ich dich mit meinen Geschichten?«

»Überhaupt nicht. Ich denke, das ist wunderbar, was mit dir gerade passiert. Das kann dir wirklich helfen, all diese Kontakte.«

»Und das alles nur dank Usi und Hagar. Erinnerst du dich noch, wie du mir Panik gemacht hast, als ich ihnen begegnet bin?«

»Okay. Diesmal habe ich mich geirrt. Ich gebe es zu.«

»Nein, ich glaub nicht, dass ich diese Worte aus deinem Mund gehört habe«, lachte er. »Wärst du bereit, eine Sekunde zu warten? Ich muss das mit meinem Smartphone aufnehmen. Ich möchte das als Klingelton, wenn du mich anrufst.«

Sie lächelte. Das war der richtige Augenblick für das Gespräch. »Aber es stimmt, dass ich an etwas anderes gedacht habe. Ich wollte mit dir reden.«

»Tatsächlich? Worüber?«

Sie holte tief Luft und sagte es ihm.

Er war überrascht, ließ sich aber Zeit mit einer Antwort. Nahm einen Schluck Wein und überlegte.

»Darüber sollte man nachdenken«, meinte er schließlich. »Vielleicht ist es ein guter Zeitpunkt. Vielleicht ist die Zeit reif. Auf jeden Fall«, fügte er hinzu und kam von seinem Stuhl hoch, »hat mir dieses Thema Lust gemacht, ins Bett zu gehen. Kommst du?«

Im Kopf rechnete sie schnell nach. Das Timing war heikel. Sie war unmittelbar vor dem Eisprung, vielleicht hatte er sogar schon begonnen. Sie zögerte nur einen Moment noch, verzichtete dann aber auf das für solche Augenblicke reservierte »heute-geht-es-nicht«. Wie vorsichtig sollte sie denn noch sein?

Sie nahm seine Hand und folgte ihm ins Schlafzimmer.

18

SCHON BALD WAR ES ZUR FESTEN Angewohnheit geworden. Immer donnerstags ging er am Nachmittag bei den Segals »üben«. Der alte Steinway diente nur als Vorwand. Faktisch glich das Ganze mehr einem privaten Recital. Wenn er kam, war Usi noch nicht zu Hause und Hagar empfing ihn, saß dann in einer Ecke des Raumes, in dem er übte, und zeichnete mit Bleistift oder Kohle. Da es ihm unangenehm war, in ihrer Gegenwart Tonleitern und Etüden zu üben, spielte er einfach die meiste Zeit. In der Regel Chopin, den Hagar liebte.

Schostakowitsch hingegen spielte er nie dort, beschäftigte sich aber auch zu Hause nicht mehr mit diesem. Sein Interesse an dem schwermütigen Russen war erloschen. Er war mit kleinen, aber einträglichen Recitals in den Häusern der Reichen beschäftigt, die ihm jetzt Arbeit und ein gutes Auskommen sicherten. Dort mochte man vor allem Mozart, Bach, Chopin und vielleicht noch ein wenig Ravel. Schostakowitsch tauchte auf der Wunschliste der wohlhabenden Damen nicht auf.

Der Abend im Anschluss an das Üben folgte einem beinahe immer gleichen Schema. Usi kehrte aus dem Büro zurück und Hagar und Joav kamen herunter, um im Garten oder in der Küche einen Wein mit ihm zu trinken. Dann fragte Usi Hagar, wer denn am Abend bei ihnen »vorbeischauen« würde. An den Donnerstagabenden pflegten die beiden die Tradition eines offenen Hauses – das 19. Jahrhundert ergoss sich aus dem Klavierzimmer am Nachmittag in den abendlichen Salon, mit Usi und Hagar in der Rolle der Mäzene. Das offene Haus war eine scheinbar spontane Sache, eine Augenblickentscheidung des Abends, aber mit der Zeit kam Joav dahinter, dass das Paar im Gegenteil einiges an Überlegungen und Mühe auf ihre Donnerstagabende verwandte – wen man einladen sollte, wie der Abend kulinarisch zu gestalten war und welche Musik gespielt werden würde. Alles war minutiös geplant. Und dennoch war ihnen, aus irgendeinem Grund, die vorgebliche Spontaneität wichtig.

Unter den Gästen war ein fester Kern, der sich jede Woche einfand, um die exquisiten Alkoholika und die gereichten kleinen Köstlichkeiten zu genießen. Das Grüppchen, dem er zum ersten Mal an jenem Abend im »Pessoa« begegnet war, trat mit schöner Regelmäßigkeit an – David, der Philosoph, und seine sauertöpfische Frau Annabelle, Anna, die melancholische Malerin, und der ältliche Gammler Mosche. Daneben gab es noch zwei, drei weitere feste Gäste – eine Schauspielerin, die auch dann noch Theater spielte, wenn sie nicht auf der Bühne stand, ein Verlagslektor, der alle verabscheute und von dem nicht klar war, warum er Woche für Woche aufs Neue ihre Gesellschaft ertrug, und eine alte Freundin von Hagar, die eine Art Seherin oder Medium war. Und immer waren noch ein oder zwei zusätzliche Gäste eingeladen, in der Regel Menschen, deren Name in jenem Monat mindestens ein-, zweimal in der Zeitung gestanden hatte. Modedesigner, Schauspieler, junge Literaten, Akademiker. Usi bevorzugte junge Kulturschaffende. Für die allermeisten von ihnen blieb es bei dem einen Besuch.

In der Regel verlor Usi, je weiter der Abend voranschritt, sowohl Geduld als auch Manieren. Anfangs lauschte er noch den Ausführungen seiner Gäste mit interessierter oder amüsierter Miene, nahm die Neuen ein wenig ins Verhör, interessierte sich für ihre Tätigkeitsfelder. Doch je später es wurde und je mehr Gläser geleert waren, desto ausschweifender wurde seine eigene Rede, geriet sein Ton zunehmend apodiktisch und seine Stichelei bösartig.

Die erste Adresse für seinen Unmut war zumeist Mosche, dem er mit Seitenhieben zusetzte, die von dem Gast mit Gleichmut hingenommen wurden. Joav gelang es nicht, das Wesen der sonderbaren Beziehung zwischen den beiden zu verstehen, und am Ende gewöhnte er sich schlicht an Usis Grobheiten gegenüber dem ältlichen Bonvivant. Die nächste Stufe des abendlichen Niedergangs bestand für gewöhnlich in einer pseudo-philosophischen Diskussion, in die Usi David verwickelte. Auch hier war eine feste und zugleich absonderliche Dynamik zu beobachten. Ganz offensichtlich meinte es Usi mit seiner Argumentation nicht ernst, versteifte sich auf diesen oder jenen Standpunkt, wie lächerlich dieser auch sein mochte, hauptsächlich weil er wusste, dass er David damit ärgern und in Rage bringen konnte. Und David seinerseits nahm die Diskussion völlig ernst, schien den Spott seines Kontrahenten nicht im Mindesten wahrzunehmen, ereiferte sich immer mehr, bis Usi die Debatte schließlich mit einer kühlen Bemerkung abbrach. Denn das war der Zeitpunkt, an dem er sich jemand anderem zuwandte, nicht selten Merav, der Schauspielerin.

Auch mit ihr spielte Usi sein Spielchen, aber auf andere Art. Joav brauchte ein paar Wochen, um zu verstehen, was alle wussten: die beiden hatten eine Affäre miteinander – eine Konstellation, die ihren Scharmützeln zusätzliche Giftigkeit verlieh. In aller Regel machte sich Usi lustig über ihre Begriffsstutzigkeit und Unwissenheit bei den verhandelten Themen, während sie mit verbitterter Aufrichtigkeit gegen seine zwanghafte Neigung stichelte, das letzte Wort haben zu müssen und die Meinungen aller anderen nicht gelten zu lassen. Dabei war es Merav, wie Joav bemerkte, erlaubt, Usi Dinge zu sagen, mit denen jeder andere der Gäste unweigerlich den Bannstrahl auf sich gelenkt hätte.

Besonders merkwürdig war in Joavs Augen Meravs Verhältnis zu Hagar. An einigen Abenden kicherten und flüsterten die beiden miteinander wie zwei Pennälerinnen, und bei anderer Gelegenheit verging ein ganzer Abend, ohne dass sie auch nur einen Blick gewechselt hätten. Aber nach ein paar Wochen war seine anfängliche Fassungslosigkeit verflogen, hatte er sich an die Kabalen im Hause Segal gewöhnt.

Im Vergleich zu den übrigen Gästen ging Usi pfleglich mit ihm um. Zumeist waren keine Pfeile gegen ihn gerichtet, und geschah dies doch einmal, dann sehr viel launiger und nachsichtiger als bei den alteingesessenen Gästen. Dennoch gab es eine Sache, mit der Usi Joav mit wachsendem Vergnügen aufzog – Schostakowitsch. Usi genoss es offensichtlich, für sich zu reklamieren, dass Joav Schostakowitsch aufgegeben hatte, und wenn er ihn einem neuen Gast vorstellte und diesem gegenüber von Joavs Chopininterpretationen schwärmte, konnte er sich nicht verkneifen, wie nebenbei eine Bemerkung fallen zu lassen, etwas wie: »In letzter Zeit hat er sich in den Kopf gesetzt, ausgerechnet Schostakowitsch zu spielen. Eine spinnerte Idee, aber ich hab sie ihm ausgetrieben.«

Joav pflegte im Gegenzug verlegen zu schweigen oder sich mit einem gemurmelten, schwachen Protest zu begnügen.

Mitunter, am Ende des Abends, wenn er vollkommen betrunken war, verpasste Usi ihm den Namen des russischen Komponisten. »Schostakowitsch, warum sagst du nichts?« »Schostakowitsch, gib mir mal den Whiskey rüber.«

Auch darauf reagierte Joav mit schweigender Verlegenheit.

Und einmal, als Anna ihm mit der Bemerkung, »wenn er Schostakowitsch ist, dann bist du offensichtlich Stalin«, zu Hilfe kam, entgegnete Usi halb spaßend und halb drohend: »Anna, nimm dich in Acht, dass ich dich nicht in den Gulag schicke.« Aber für den Rest des Abends ließ er Joav in Ruhe.

Zwischen Joav und Anna entwickelte sich so etwas wie eine Koalition ohne Worte. Mit Blicken, die sie wechselten, brachten sie einander ihre Meinung zum Ausdruck über irgendeine Geschmacklosigkeit oder Banalität, deren Zeuge sie gerade geworden waren, was beiden Erleichterung verschaffte. Viele Male wollte er sie fragen, was sie eigentlich immer wieder zurück in diesen Salon trieb, doch er traute sich nicht, vor allem, weil er die Antwort kannte. Sie war genau wie er. Auch sie war auf irgendeine Weise von den Segals abhängig. Wahrscheinlich halfen sie ihr, ein Auskommen zu haben, genau wie sie es bei ihm taten. Ihre Kontakte waren für eine Malerin ebenso von Nutzen wie für einen Musiker. Sie musste diese Abende genauso ertragen wie er.

Einmal, nach wiederholtem Drängen von Hagars Seite, brachte er Chagit mit. Usi zeigte den ganzen Abend über kein Interesse an Chagit, doch zu seiner maßlosen Überraschung interessierte sich auch Hagar, einmal abgesehen von dem, was die Grundregeln der Höflichkeit verlangten, nicht für sie. Chagits Urteil auf dem Nachhauseweg war klar und eindeutig. Das sei ein Haufen von Speichelleckern. Sie wolle damit nichts zu tun haben.

»Ich verstehe, dass du da hinmusst, aber ich war das erste und letzte Mal dort. Er ist einfach ein Widerling, dieser Usi.«

Und dann legte Chagit ihm detailliert all die Schwächen und kleinen Jämmerlichkeiten dar, die sie im Verlauf des Abends wahrgenommen hatte. Die Einzige, die ihr von den Anwesenden gefallen hatte, war Anna. »Die Ärmste. Sie wäre auch lieber nicht dort gewesen«, urteilte sie. Chagits gute Meinung über Anna bestärkte ihn in seinem Gefühl für die junge Malerin.

Einige Donnerstagabende später wurden Anna und er zu Leidensgenossen. Usi waren die freundschaftlichen Bande, die sich zwischen ihnen entwickelt hatten, und die verstohlenen Blicke, die sie tauschten, nicht entgangen und er begann zu frotzeln und sie zu drängen, »ihre Liebe zu verwirklichen«.

»Vielleicht gibst du deiner Cutterin endlich den Laufpass und folgst deinem Herzen?«

»Meinst du, man sieht deine verschleierten Blicke nicht, Anna?«

Sowohl Anna als auch er taten seine Worte ab, machten sich insgeheim lustig über ihn. Dennoch waren sie ein Ärgernis, schwang in seinem Ton etwas Unangenehmes mit, eine Art Eifersucht. Seine immer wiederkehrenden Frotzeleien vermochten, ihre Beziehung zu beschmutzen und einen Schatten von Verschämtheit auf sie zu werfen.

Zwar entbehrten seine Sticheleien nicht jeglicher Grundlage – romantische Gedanken in Bezug auf den anderen waren beiden schon gekommen, aber ebenso war beiden klar, dass sich nichts daraus entwickeln würde. Und dennoch war ihre Freundschaft Usi ein Dorn im Auge. In seiner Nähe duldete er keine Intimität, die ihn nicht mit einbezog. Nicht in seinem Königreich.

Eine andere Sache, in der Usi begann, Joav immerzu und mit vollem Ernst zuzusetzen, ohne auch nur ansatzweise zu Späßen aufgelegt zu sein, war Saint-Saëns. In Usis Kopf hatte sich die Idee festgesetzt, Saint-Saëns Concerti für Klavier seien bei Joavs unangestrengter Technik und seiner Vorliebe für französische Komponisten wie gemacht für ihn. Und obgleich Joav niemals mit Usi über eine solche Vorliebe gesprochen hatte, wurde diese in dem Augenblick, in dem Usi sie zum ersten Mal benannte, zu einer gegebenen, nicht diskutablen Tatsache. Es begann mit einem arglosen Vorschlag, begleitet von Lobeshymnen auf Joavs Virtuosität, setzte sich fort mit Andeutungen Usis, die Joav abwegig klangen, er könne seine Kontakte spielen lassen und ein namhaftes Orchester organisieren, um eines der Concerti einzuspielen, und endete mit unverhohlenem Groll darüber, dass Joav es nicht eilig hatte, sich für die Idee zu erwärmen, und bissigen Bemerkungen zu dessen Arbeitsethos und Borniertheit.

Joav hatte nichts gegen Saint-Saëns, mochte ihn aber auch nicht besonders. Im Grunde genommen ließen ihn dessen Concerti in aller Regel gleichgültig. Andererseits war es unmöglich, Usis Drängen gegenüber gleichgültig zu bleiben. Anfangs dachte er noch, die Sache würde einschlafen und sich von selbst geben, aber das war ein Irrtum. Die Sticheleien und Boshaftigkeiten gewannen nur noch an Schärfe. Er erwog sogar schon, seine Besuche bei den Segals einzustellen, und versprach sich in Momenten der Erniedrigung und ohnmächtigen Wut, nie wieder in ihr Haus zurückzukehren. Aber wenn er allein zu Hause war, zwei oder drei Tage nach einem weiteren qualvollen Donnerstagabend, rief er sich seine verzweifelte Lage in Erinnerung, bevor er das Haus der Segals betreten hatte, und überzeugte sich, Zurückhaltung zu wahren. Nach allem war Saint-Saëns ja kein übler Komponist. Selbst ein eingeschworener Chopinjünger wie Rubinstein hatte eines seiner Concerti in Auftrag gegeben und gespielt. Vielleicht war ja trotz allem etwas dran an Usis Worten. Immerhin war dieser Mann, bei all seiner kompromisslosen Vulgarität, mit einer scharfen Auffassungsgabe gesegnet und verstand auch etwas von klassischer Musik. Vielleicht sah er wirklich etwas, was Joav entgangen war? Und vielleicht war sein angedeutetes Versprechen eines Konzerts mit Orchester nicht bloß eine leere Floskel?

Über all das verlor er Usi gegenüber nicht ein Wort, aber beim nächsten Mal, als er bei den Segals übte, spielte er ganz am Ende den Auftakt zu Saint-Saëns Concerto No. 2. Als Hagar Joav vorschlug, sich doch zu ihr und Usi, der gerade nach Hause gekommen sei, auf ein Glas Wein in die Küche zu gesellen, sagte er, er werde gleich nach unten kommen. Als sie das Übungszimmer verlassen hatte, ließ er die Tür offen stehen und spielte wieder und wieder die ersten, fröhlichen Takte vom Anfang des zweiten Satzes, das Allegro Scherzando. Beinahe eine halbe Stunde blieb er bei den wenigen Noten – was sicher eine Qual sein musste für jeden, der gezwungen war, ihm zu lauschen.

Als er endlich nach unten kam, versagte sich Usi jegliche Bemerkung zu dem Werk, das er eingeübt hatte, aber Joav spürte, dass er höchst zufrieden war. An jenem Abend hörten die Schikanen auf, nicht nur in Bezug auf Saint-Saëns, sondern auch im Zusammenhang mit Anna. Usi kehrte wieder zurück zu seinen üblichen Opfern und ließ ihn endlich in Ruhe.

19

AUF DIESE ERMITTLUNG HATTE Vizekommandant Levi gewartet. Er hatte seine eigene Einheit, hatte sogar ein eigenes Gebäude, aber eine solche Ermittlung hatte er nicht mehr gehabt, seit sie ihn aus der nationalen Ermittlungseinheit für Betrugsdelikte geworfen hatten. Endlich wieder echte Polizeiarbeit, und er war fest entschlossen, erfolgreich zu sein, wo seine Vorgänger gescheitert waren.

Die vertrauliche Einweisung erhielt er direkt durch den Abteilungsdirektor der Ermittlungsdezernate, und nicht einmal von ihm bekam er alle Details. Die Geschichte war hochbrisant, da einer der Hauptbeteiligten Lior Schamai war, auch »Junior« genannt, der Sohn von Generalmajor Meni Schamai. Man habe versucht, ihm eine Vergewaltigung anzuhängen.

Junior war kein Kind von Traurigkeit. Er pflegte mit einer Clique durch die Stadt zu ziehen, die wie er aus Söhnen ranghoher Offiziere bestand, er trank und zockte, galt als notorischer Schürzenjäger und nahm auch ab und an Drogen, aber den Worten des Abteilungsdirektors der Ermittlungsdezernate zufolge war er gewiss kein Sexualstraftäter. Es habe eine stille, aber gründliche Ermittlung stattgefunden. Die Möglichkeit, er habe eine Frau sexuell angegriffen, sei ausgeschlossen und der Fall zu den Akten gelegt worden. Diejenige, die versucht habe, ihm die Sache anzuhängen, sei eine gewisse Hilla Levin, eine gestörte junge Person. Sie hatte Selbstmord begangen. Zuvor aber habe sie sich selbst gefilmt und dabei Schamais Sohn der Vergewaltigung bezichtigt. Aufgrund eines Tagebuchs, das sich auf ihrem Computer befunden habe, sei die Befürchtung aufkommen, die sich dann durch eine technische Überprüfung der Festplatte leider bestätigt habe, dass sie eine Kopie von dieser Datei gemacht und sie auf einem USB-Stick an jemanden aus den Medien weitergegeben hatte, allem Anschein nach ein Kriminalreporter in der Nachrichtenredaktion eines der Fernsehsender. Ein Mann oder eine Frau mit dem Decknamen »Schmetterling«.

Wenige Stunden nach dem Selbstmord, als der Leichnam und das Tagebuch entdeckt wurden, sei der Versuch unternommen worden, den USB-Stick zu finden, bevor die Spur erkaltet war, vor allem jedoch noch ehe jener »Schmetterling« von dem Selbstmord erfahren hätte. Es sei eine Blitzdurchsuchung der Nachrichtenredaktionen mehrerer Fernsehsender angeordnet worden, vor allem bei den Polizeireportern und Kriminalberichterstatter, aber die Suche habe nichts erbracht. Der »Schmetterling«, so dieser denn tatsächlich existierte und nicht nur von Levin erfunden worden war, um Schamai junior in Panik zu versetzen, war offenbar sehr vorsichtig. Noch sei kein Faden gefunden, der ihn mit Levin in Verbindung brächte – kein Telefongespräch, keine E-Mail, nichts. Im Nachhinein müsse man wohl sagen, die Durchsuchungsaktion war ein Fehler, der der Ermittlung geschadet hatte, denn es sei durchaus möglich, dass der »Schmetterling« so erst erfahren habe, dass die Polizei in Kenntnis des Materials war, das man ihm zugespielt hatte.

»Das war das Kalkül der bisherigen Sonderermittlungseinheit, oder genauer gesagt das von Rico, der es in dem Moment versaut hat und auf die Schnauze gefallen ist«, meinte der Abteilungsdirektor der Ermittlungsdezernate säuerlich. »Beim ÜOK war man alles andere als angetan von seiner Vorgehensweise. Zu überstürzt. Also ist entschieden worden, dass Sie die Ermittlungen von jetzt an übernehmen sollen. Auf jeden Fall ist das Material noch nirgendwo aufgetaucht.«

»Was schon mal gut ist«, bemerkte Vizekommandant Levi. »Wer auch immer das ist, das ist kein Anfänger.«

»Ich muss Ihnen nicht erklären: Wenn diese Sache auffliegt, ist das eine Waffe in den Händen von destruktiven Elementen hier im Lande wie auch im Ausland, die versuchen, Schamai zu stürzen und die allgemeine Ordnung und Sicherheit hier bei uns zu erschüttern. Mit einem toten Mädchen lässt sich schwerlich diskutieren. Antiisraelische Elemente werden sich auf die Geschichte stürzen, auch wenn das Ganze erstunken und erlogen ist. Und wenn sie die Öffentlichkeit davon überzeugen, dass Schamai die Sache unter den Teppich gekehrt und seinen Vergewaltigersohn geschützt hat, dann kann das für ernsthafte Empörung in der Bevölkerung sorgen. Womit wir richtig Scherereien bekämen.

Sie werden den Schmetterling aufspüren, werden das Material wiederbeschaffen und sicherstellen, dass nichts davon in Umlauf geraten ist. Nicht ein Pixel. Das ist keine normale Ermittlung. Alles ohne Papierkram und überflüssige Bürokratie. Sie können Ihre Leute einsetzen und auch Unterstützung von den anderen Einheiten erhalten, falls erforderlich. Aber niemand sollte das Gesamtbild so kennen wie Sie. Wenn Sie etwas brauchen – fragen Sie und Sie bekommen es. Nur liefern Sie Ergebnisse, und zwar schnell.«

Das Gespräch beendete der Kommandant mit einem nebulös gehaltenen Ansporn.

»Sie sollten wissen, dass man beim ÜOK die Arbeit Ihrer Einheit schon seit einiger Zeit genauestens verfolgt. Aus dem Umfeld von Meni Schamai selbst wurde die Bitte geäußert, dass Sie den Fall übertragen bekommen. Sie werden wohl selbst verstehen können, was das bedeutet.«

Diejenige, die als Erste und Einzige von Vizekommandant Levis Beteiligung an der Aufklärung eines sensiblen Falls wusste, war

Orit, seine Frau. Nicht, dass er ihr etwas erzählt hätte, aber er musste ihr auch nichts erzählen. Sie kannte ihn und spürte gleich seine erhöhte Anspannung. Noch am Abend nach seiner Unterredung mit dem Kommandanten brach er zu einem flotten, ausgiebigen Spaziergang auf mit Gipsy, ihrem Schäferhund, und das nächtliche, immer länger werdende Gassi-Gehen wiederholte sich fortan jeden Tag. Was sowohl ein erwiesenes Indiz dafür war, dass er mit etwas Wichtigem befasst war, als auch ein Quell der Glückseligkeit für seinen allmählich in die Jahre kommenden vierbeinigen Begleiter. Und sie hatte noch weitere Indizien. Dinge, die ihn in der Regel auf die Palme brachten – das wilde Herumtoben der Söhne zum Beispiel –, liefen jetzt an ihm vorbei, ohne dass er es überhaupt bemerkt hätte. Er war gleichmütig, ja sogar zerstreut in allem, was mit zu Hause zu tun hatte. Vor allem aber schien er in einem Zustand von Heiterkeit gefangen, die zwar so gut wie verborgen und für einen Außenstehenden nicht wahrnehmbar, aber von einer Art war, die sie kannte und sehr wohl registrierte. Sie wusste, woher diese Beschwingtheit rührte. Er hatte eine saftige Ermittlung am Haken.

Sie stellte keine Fragen, fürchtete, wenn sie anfinge zu fragen, würde er das Gefühl haben, nicht diskret genug gewesen zu sein, worunter seine Hochstimmung leiden musste. Und sie hatte noch weitere gute Gründe, keine Fragen zu stellen. In solchen Phasen war es einfacher, ihn für alle möglichen Veränderungen zu gewinnen, die sie am Haus vornehmen wollte. Und deshalb hoffte sie, dass er diesen Fall nicht allzu schnell lösen würde. Das war eine gute Gelegenheit, ein paar Möbel zu ersetzen. Und vielleicht sogar ein bisschen zu renovieren.

Allein Inspektor Wilner, seinen jungen Stellvertreter, weihte Levi ein. Er brauchte einfach jemandem, mit dem er seine Gedanken und Pläne austauschen konnte, jemanden, der ihm einen zusätzlichen Blickwinkel ermöglichte. Wilner war dafür der ideale Mann. Er war abgeklärt, professionell und vor allem diskret und loyal. Gemeinsam gingen sie Hunderte von Seiten und Dutzende Stunden Tonaufnahmen und Telefonmitschnitte durch, die sie von Vizekommandant Ofer »Rico« Feldmann ausgehändigt bekamen. Vizekommandant Levi nutzte die Unterstützung, die ihm zugesichert worden war, und dehnte mithilfe der nationalen Überwachungseinheit den Kreis der Abhörmaßnahmen aus. Von angezapften Telefonen ging er dazu über, Abhöranlagen auch in den Häusern und sogar in den Fahrzeugen prominenter Polizeireporter installieren zu lassen, Leute, über die das verbotene Material auf seinem Weg nach draußen zu irgendeinem Zeitpunkt fließen musste. Noch aber hatte er nichts Greifbares.

Wilner und er waren zu der Annahme gekommen, dass der »Schmetterling« eine Person sein musste, die Hilla Levin bereits zuvor gekannt hatte. Die Tatsache, dass kein Telefonat und keine E-Mail von Levins Computer zu einer Verdachtsperson führten, brachte sie zu der Überlegung, dass Levin offenbar spontan Kontakt zu dem »Schmetterling« aufgenommen hatte, weshalb es allem Anschein nach bereits eine Form der Bekanntschaft zwischen ihnen gegeben haben musste, die Levin ausreichte, um auch ohne vorheriges Nachfragen darauf zu vertrauen.

Zwar hatte ihm der Kommandant unmissverständlich klargemacht, dass er nicht in der ad acta gelegten Vergewaltigungssache zu wühlen hatte, aber je länger die Ermittlung andauerte, umso mehr begriff Levi, dass er gar keine andere Wahl hatte, als den Bekanntenkreis von Hilla Levin zu durchleuchten und vor allem die Tatbestände zu klären, die zu dem Selbstmord geführt hatten. Zum Beispiel gab es keinen Weg, die Möglichkeit auszuschließen, so wenig plausibel diese auch sein mochte, dass der »Schmetterling« selbst Zeuge des Zwischenfalls geworden war, der am Ende zu dem Selbstmord geführt hatte, ein Zwischenfall, zu dem Vizekommandant Levi lediglich einige allgemeine Informationen erhalten hatte. Sie konnten sich nicht erlauben, in allem, was mit der Nacht zusammenhing, die die ganze Affäre hervorgebracht hatte, weiter im Dunkeln zu tappen, insbesondere dann nicht, wenn ihre Ermittlungen in Bezug auf die Polizeireporter keinen Schritt vorankamen.

»Wissen Sie was«, bemerkte Wilner, als sie bei einem nächtlichen Gedankenaustausch im Büro saßen. »Ich denke, ich weiß, warum der Schmetterling das Material noch nicht öffentlich gemacht hat. Er will Beweise. Wenn er vorhat, Schamai senior ernsthaft zu beschädigen, und irgendetwas plant, das für mächtig Wirbel sorgen dürfte und Schamais Regierung bedroht, dann kann er nicht nur mit der Aussage einer Selbstmörderin kommen. Er braucht hieb- und stichfeste Beweise, dass das, was Levin erzählt, sich tatsächlich so abgespielt hat. Dass es eine Vergewaltigung gegeben hat. Er muss eine eigene Ermittlung durchführen zu dem, was in jener Nacht passiert ist. Aber er ist zu schlau. Er weiß, dass wir ihn suchen, und er weiß, dass, wenn er anfängt, über Junior oder die Ereignisse jener Nacht herumzuschnüffeln, wir ihn ganz schnell haben. Deshalb wartet er einfach, bis wir den Kopf hängen lassen, bis wir glauben, es passiert nichts mehr. Und dann fängt er an zu graben.«

»Und wie lange wird er Ihrer Meinung nach warten?«, fragte Levi.

»Wer weiß? Meine Vermutung ist so gut wie die Ihre. So wie ich ihn einschätze, kann er Jahre damit warten, zwei, drei mindestens. Er ist geduldig und klug, und wenn er wirklich Polizeireporter ist, dann weiß er auch sehr genau, wie wir arbeiten. Wahrscheinlich hat er sogar seine Quellen innerhalb der Polizei. Vielleicht ist es ihm deshalb gelungen, die Durchsuchung zu überstehen.«

»Ich denke, Sie übertreiben. Nicht viel, aber dennoch. Trotzdem, es hat einen Kontakt gegeben, das heißt: zwischen der Levin und Schmetterling, und auf irgendeine Weise, irgendwo, auf irgendeinem Computer oder irgendeiner Überwachungskamera, ist das festgehalten. Heutzutage ist alles dokumentiert, und am Ende werden wir es finden, auch wenn es sich auf dem Mobiltelefon eines achtjährigen Mädchens verbirgt, das seine Freundin beim Überqueren der Straße fotografiert hat. Irgendwo existiert dieses Zusammentreffen.«

»Das ist kein Schmetterling, das ist ein Maulwurf«, bemerkte Wilner in einem für ihn gänzlich untypischen Anfall von Humor. »Und so wie wir ihn riechen, riecht er uns auch.«

»Haben Maulwürfe denn überhaupt einen Geruchssinn?«, fragte Levi lächelnd.

»Sicher.« Wilner hat wieder seine gelangweilte Miene aufgesetzt. »Sie sind ja so gut wie blind. Verlassen sich auf ihren Geruchssinn, um Würmer zu finden.«

Schmetterling oder Maulwurf – Wilners Analyse war messerscharf. Daniel Ben-Dor spürte die Ermittler förmlich. Und er hatte nicht vor, sich mit der Geschichte zu rühren, nicht in den nächsten Wochen und Monaten, wenn er überhaupt noch mal in Erwägung ziehen würde, dieses hochexplosive Material anzurühren und Beweise für die Geschichte auf dem USB-Stick zu suchen, eine Geschichte, die er klugerweise auf keinen Computer kopiert, sondern nur, wie ein Maulwurf, an einem sicheren Ort vergraben hatte – die Geschichte der Vergewaltigung Hilla Levins durch Junior, den Kronprinzen.

20

VIZEKOMMANDANT LEVIS BITTE, Einsicht in die Ermittlungsakte zum Selbstmord von Hilla Levin zu erhalten, zog ein weniger angenehmes Gespräch mit dem Kommandanten nach sich.

»Hatte ich Ihnen nicht klargemacht, dass Sie sich auf den zweiten Teil der Geschichte konzentrieren sollen? Auf den USB-Stick? Dass der erste Teil bereits ermittelt und abgeschlossen ist? Muss ich Ihnen das noch einmal erklären?«

»Nein, Sie hatten mich hervorragend instruiert«, pflichtete Levi bei. »Und das ist auch genau, was ich versuche zu tun. Aber ich brauche noch mehr Informationen. Ich taste mich voran wie ein Blinder, und Sie wissen besser als ich, wie sehr mich das in meiner Ermittlungsarbeit behindert.«

»Ich werde das prüfen. Sie erhalten dann Antwort.«

Zu einem weiteren Gespräch mit dem Kommandanten aber kam es nicht. Stattdessen erhielt er einen Anruf von einem alten Bekannten – eben jener, der ihn schon über die Ermittlungen zu dem verschwundenen USB-Stick ins Bild gesetzt hatte, nachdem man ihm den Fall abgenommen hatte: Vizekommandant Ofer »Rico« Feldmann. Itzik Levi brauchte einen Moment, um zu verstehen, was ihm die Ehre dieses Anrufes verschaffte, ehe auch bei ihm der Groschen gefallen war: Rico hatte den ganzen Fall unter sich gehabt, von Anfang an, nur dass er auf Anweisung dieser Schurken von oben es nicht für nötig befunden hatte, ihn, Levi, als er ihm den Fall übergeben hatte, auch über die Einzelheiten jener Nacht in Kenntnis zu setzen, die die Geschichte mit dem USB-

Stick hervorgebracht hatte. Die Hälfte aller Puzzleteile, die Levi brauchte, war bei Rico verblieben.

»Itzik! Wie geht's dir, Mann?«

»Was hab ich gewonnen, Rico?«

»Ich weiß nicht, ob du was gewonnen hast. Dazu kommen wir noch. Wie geht es deiner bezaubernden Frau? Sag, stimmt das, was ich gelesen habe? Jasmine ist Schauspielerin geworden?«

»Was kann man machen?«, erwiderte Levi. »Alle sind wohlauf, Gott sei Dank.« Beim letzten Mal, als er etwas von dem anderen gehört hatte, war Ricos Frau mit den beiden Kindern gerade auf und davon, um bei ihrem Gynäkologen einzuziehen. Er wollte nicht an alte Wunden rühren und beließ es bei einer unverbindlichen Frage. »Und wie steht's mit dir?«

»Ausgezeichnet. In Bestform. Ich bereite mich auf einen Halbmarathon vor. Bin jeden Morgen am Strand. Komm doch auch mal, lauf eine Runde mit, ist gut für die Gesundheit. Morgen um sieben an der Marina, was sagst du?«

Vizekommandant Levi verstand das Ziel der Einladung.

»Nette Idee, Rico. Morgen um sieben an der Marina.«

»Komm in Laufsachen. Ich mein's ernst.«

Zwei Männer marschierten am Strand in zügigem Tempo Richtung Süden. Der eine redete, der andere hörte zu und konzentrierte sich darauf, mit seinem Partner Schritt zu halten.

»Hör zu, das ist nicht weiter kompliziert, was da passiert ist. Diese Levin war kein böses Mädchen, aber ein bisschen hin- und hergerissen. Einerseits war sie dabei, ihren Magister in Politikwissenschaften zu machen, und andererseits hat sie ein bisschen zu viel Party gemacht. Hat sich ein paar Nasen und einige Pillen zu viel gegönnt. Sie war Chef de Service im ›Cloë und Dafni‹, dem Restaurant der Oligarchen im Hafen. Kennst du den Laden?«

Vizekommandant Levi nickte.

»Also, es ist Montag. Nachts um zwei. Das Restaurant hat eigentlich schon zu. Keine neuen Gäste mehr. Sie ist dabei, ihre Schicht zu beenden. Der Sohn von Schamai ist mit zwei Freunden noch im VIP-Room, man will noch nicht gehen. Sie laden sie auf einen Drink ein, und sie gesellt sich zu ihnen. Rotwein für fünftausend Schekel. Die Tür ist zu, niemand geht rein und niemand raus. Ein halbe Stunde später kommen sie Arm in Arm durch die Küche raus und gehen gleich zum Parkplatz. Du weißt, er gehört dort fast zur Familie, macht was er will, zahlt, wann es ihm passt. Zusammen mit seinen Kumpels steigen sie in den Jeep.

Von dort fahren sie, Juniors Aussage zufolge, zu seinem Penthouse am Rothschild-Boulevard. Sie bietet ihnen Ecstasy an, aber die anderen haben keine Lust. Also wirft sie alleine was ein. Dann steigt eine Orgie. Am Morgen, als sie aufwacht, verhält sie sich sonderbar. Beschuldigt ihn, sie unter Drogen gesetzt zu haben. Er meint, sie sei nicht ganz richtig im Kopf, vielleicht sei das Ecstasy gepanscht gewesen oder sonst was. Sie dreht vollkommen durch dort, wirft mit Sachen nach ihm, und er verteidigt sich. Sie balgen ein bisschen und beide tragen ein paar Schrammen davon. Sie knallt die Tür zu und geht nach Hause. Von da an kennst du die Geschichte. Zwei Tage später kommt sie nicht zur Arbeit. Man findet sie in ihrem Bett mit einer ungesunden Mischung aus Ecstasy, Kokain und Schlaftabletten im Blut.«

»Und das ist alles verifiziert?«

»Klar doch. Es gibt einen Hilfskoch, der in der Küche war, so eine wasserstoffblondierte Schwuchtel. Er hat sie Arm in Arm rauskommen sehen. Ich habe ihn selbst vernommen. Und Juniors Kumpel erzählen alle dieselbe Geschichte. Die Orgie, der Streit am Morgen. Und es gibt einen Augenzeugen, der Inhaber des Kiosks gegenüber von ihrer Wohnung in der Bograschov, der gesehen hat, wie sie morgens nach Hause gekommen ist. Es gibt keine Lücken. Dafür gibt es nicht einen Zeugen, dem sie erzählt hätte, was sie da auf dem USB-Stick erzählt. Niemand hat sie in den zwei Tagen auch nur aus dem Haus kommen sehen. Der Pathologe hat einen Haufen Sperma in ihr gefunden, von mehr als nur einem Hähnchen, aber ohne besondere Anzeichen von Gewalt. So ist es gelaufen, Levi. Dieser Schamai ist ein ziemliches Früchtchen, aber es gibt keinen Grund zur Annahme, dass er ein Vergewaltiger ist, und auch keinerlei Beweise in diese Richtung. Yallah, genug warm gemacht, lass uns mal Gas geben.«

Vizekommandant Feldmann zog das Tempo an und fiel in Laufschritt. Levi unternahm gar nicht erst den Versuch mitzuhalten. Sollte er ruhig rennen. Als sich Feldmann zu ihm umdrehte, winkte er ihm zu, er solle weiterlaufen, und ließ stattdessen seinen Gedanken freien Lauf. Man schmierte ihn an, so viel war klar. Das Gerede von dem abgeschlossenen Fall war zu enthusiastisch, zu eindeutig. Er hatte eine Geschichte voller Löcher, die irgendjemand mit ganz großer Kelle zugeschmiert hatte. Er musste nur ein bisschen weiterbohren, nur noch ein wenig am Putz kratzen, und die klaffenden Löcher würden sich ohne jeden Zweifel auftun. Ein-, zweimal Klopfen, und das ganze Konstrukt krachte zusammen. Aber er wusste, täte er das, würde er gegen den ausdrücklichen Befehl des Kommandanten verstoßen. Was nichts als Ärger einbrächte. Dennoch vermochte er nicht, seine Wut in den Griff zu bekommen. Die Dreistigkeit, ihn derart für dumm zu verkaufen, grenzte an Verhöhnung. Sie hätten sich wenigstens mehr Mühe geben können.

Er würde doch noch ein wenig schnüffeln, beschloss er. Würde noch eine Nacht darauf verwenden. Nicht um die große Welle zu machen, nur für seine eigene Ermittlung. Um ein klareres Bild zu bekommen. Er würde es vorsichtig angehen, sodass sie nicht einmal davon erführen. Und danach, versprach er sich, würde er die Finger davon lassen. Was auch immer wäre.

In jener Nacht nahm er Wilner mit zum Hafen. Sie saßen in Zivil in einem Mietwagen vor dem Hinterausgang des »Cloë und Dafni«. Sie hatten keinen Haftbefehl, aber Vizekommandant Levi wusste, das würde nicht sein Problem werden. In den letzten Monaten, seit die Notstandsverordnungen in Kraft getreten waren, hatte sich das Verhältnis der Bürger zur Polizei spürbar verändert. Levi hatte diese Veränderung immer wieder in seinem Verhörraum beobachten können. Das war schon nicht mehr die alte generelle, mit Aversion einhergehende Furchtsamkeit, die sich in Ergebenheit ausdrückte, vermischt mit nur mühsam unterdrückter Aufsässigkeit. Jetzt war es echte Angst. Die Polizei hatte Mittel und Unabhängigkeit bekommen, wie sie sie noch nie gehabt hatte, und machte naturgemäß begeistert davon Gebrauch. Für korrupte Polizisten oder einfach nur Sadisten war die neue Situation das Paradies. Manche Leute machten unliebsame Erfahrungen. Schlimme Dinge, über die man sich bei niemandem beschweren konnte. Die Botschaft kam überraschend schnell in der Öffentlichkeit an: Mit der Polizei legte man sich besser nicht mehr an. Wie die meisten Polizeibeamten glaubte auch Levi, der Ertrag sei größer als der Verlust und dass die verbesserten polizeilichen Möglichkeiten, die erhöhte Effektivität und der Rückgang der Verbrechenszahlen den Schaden mehr als aufwogen, den die wenigen faulen Äpfel anrichteten.

Wie auch immer, auf der Habenseite fand sich auch das Wissen, dass ein kurzes Winken mit der Dienstmarke genügen würde, jeden – auch den Hilfskoch, auf den sie jetzt warteten – zu überzeugen, sich für ein ehrliches, offenes Gespräch zu ihnen in den Wagen zu setzen. Einen Haftbefehl brauchte es nicht. Davon war die Öffentlichkeit bereits entwöhnt.

Um kurz nach eins trat durch den Hinterausgang des Restaurants der Hilfskoch, auf den die Beschreibung von Vizekommandant Feldmann passte – ein hagerer, schmächtiger Bursche mit wasserstoffblondem, fast weißem Haar. Wilner hielt ihm schnell seine Marke hin und ließ sie wieder in der Tasche verschwinden, noch ehe das Jüngelchen den Namen darauf zu lesen vermochte.

»Wir gehören zum Ermittlerteam von Vizekommandant Feldmann«, sagte Levi. »Und wir hätten da noch ein paar Fragen an Sie. Zur Vervollständigung unserer Angaben.«

»Was wollt ihr denn noch von mir?«, fragte der junge Mann. Er war offenbar sehr verängstigt. »Ich habe euch doch schon alles gegeben. Ihr habt diktiert und ich hab's unterschrieben. Feldmann hat mir versprochen, man lässt mich in Ruhe, dass es vorbei ist.«

Wilner und Levi wechselten einen schnellen Blick. Genau wie er gedacht hatte. Einmal antippen und schon kam alles zum Vorschein, was faul war.

»Solange Sie sich kooperativ zeigen«, sagte Levi, »haben Sie nichts zu befürchten. Es geht nur um eine kleine Vervollständigung der Ermittlungsergebnisse. Sollten Sie aber vorhaben, Probleme zu machen …« Er schaute zu Inspektor Wilner, und Wilner bedachte den Burschen mit einem eisigen Blick. »Dann könnte es sehr unangenehm für Sie werden.«

»Was wollen Sie wissen?«

»Wo wohnen Sie?«, erkundigte sich Levi in besänftigendem Ton.

»Im Viertel Florentin«, murmelte der junge Mann.

»Kommen Sie. Keine Angst, wir bringen Sie nach Hause. Eine kleine Unterhaltung unterwegs, und dann haben Sie es wirklich hinter sich.«

»Komm, Schmetterling«, meinte Wilner zu ihm.

»Wie haben Sie mich genannt?«, fragte der junge Mann erstaunt.

»Achten Sie gar nicht drauf«, sagte Vizekommandant Levi. »Jeder hat so seinen eigenen Humor. Helfen Sie mir eben, wie heißen Sie noch gleich?«

»Janiv«, stieß der Jüngling hervor und bedachte Wilner halbherzig mit einem verächtlichen Schnauben.

Sie stiegen ein. Wilner fuhr, Levi und der Hilfskoch nahmen im Fond Platz.

»Also Janiv, ich brauche von Ihnen eine genaue Schilderung: Was haben Sie gesehen, als Schamai und Hilla aus dem VIP-Room kamen.«

»Bei aller Hochachtung, aber ich verstehe nicht, warum ich das alles noch mal wiederholen muss«, protestierte der junge Mann. »Ich habe doch Feldmann schon alles erzählt.«

»Das ist eine innerpolizeiliche Sache. Bürokratie, verstehen Sie. Und beruhigen Sie sich, der Fall ist wirklich schon abgeschlossen. Sie müssen keine Aussage mehr machen und gar nichts. Vorwärts, vergeuden wir nicht unsere Zeit. Erzählen Sie's mir einfach.«

»Das, was ich in der Aussage unterschrieben habe, oder das, was ich Feldmann erzählt habe?« Der Bursche war offenkundig verwirrt.

»Also wirklich, Janiv. Das was Sie gesehen haben. Aber ganz genau.«

»Sie sind zu dritt mit ihr aus dem Raum gekommen. Eliram, der Besitzer des ›Tiffany's‹, hatte sie auf dem Arm. Ich hab sie vom Ende des Flurs gesehen.«

»Auf dem Arm. Das heißt, sie ist nicht selbst gegangen.«

»Nein.«

»War sie wach?«

»Soweit ich gesehen habe, nein. Sie wirkte weggetreten, bewusstlos.«

»Und was ist dann passiert?«

»Sie haben mich gesehen. Einer von ihnen, nicht Junior, so ein großer Kerl, den ich nicht kenne und weiß Gott auch nicht kennenlernen möchte, ist zu mir gekommen. Er hat mir gesagt, sie habe zu viel getrunken, und sie nähmen sie jetzt mit, um draußen frische Luft zu schnappen. Und er hat mir gedroht, niemandem davon zu erzählen, damit sie nicht gefeuert würde. Außerdem hat er noch gesagt, wenn ich den Mund aufmache, findet er mich und macht mich fertig. Und ich hatte nicht den Eindruck, als spaße er.«

»Kommt Junior oft in den Laden? Hatte er etwas mit ihr?«

»Er hätte gern, so viel ist sicher. Er vögelt ja alles, was sich bewegt. Mindestens alle ein, zwei Wochen schaut er vorbei, und nach dem, was ich gehört habe, hat er immer mit ihr geflirtet. Aber nicht nur mit ihr, mit allen. So ist der Mensch.«

»Ist er mal gewalttätig geworden?«

Der Hilfskoch zögerte. »Am Ende fällt das auf mich zurück. Woher weiß ich denn, dass Sie nicht so sind mit ihm?«

»Vielleicht würden ein paar Tage in Haft dich überzeugen?«, mischte sich Wilner ein. »Aber du solltest es nicht drauf ankommen lassen. Für Leute von deinem Schlag kann das zu einer sehr traumatischen Erfahrung werden.« Er gab ein hämisches Kichern von sich und richtete den Blick wieder auf die Straße.

»Wie ich schon sagte«, Vizekommandant Levi ließ erneut eine Streicheleinheit folgen, »es geht um eine polizeiinterne Angelegenheit. Alles, was Sie mir jetzt erzählen, verlässt diesen Wagen nicht.«

»Hören Sie, es gab eine Kellnerin, die haben sie vor drei Monaten entlassen. Julia. Sie hat lange hier gearbeitet. Und die hat gesagt, er habe sie angesprungen, habe sie von hinten umarmt oder so was in der Art. Die Geschäftsführung hat ein klärendes Gespräch veranlasst, er hat alles abgestritten und sie haben sie vor die Tür gesetzt. Und das war's.«

»Einfach so? Bei Aussage gegen Aussage?«

»Wem hätten Sie denn geglaubt? Einer russischen Kellnerin oder dem Sohn des heldenhaften Führers unseres Staates?«

»Und wo ist diese Julia heute?«, fragte Levi.

»Woher soll ich das wissen? Ist verschwunden.« Der Hilfskoch spreizte dramatisch die Finger wie ein Zauberer, der zeigen will, dass sich die Taschentücher nicht mehr in seiner Hand befinden.

»Okay. Noch eine Kleinigkeit wäre zu klären. Wie gut kannten Sie Hilla?«

»Ziemlich gut.« Trauer mischte sich in die Stimme des jungen Mannes. »Sie war so zauberhaft. Ich bin jetzt schon zwei Jahre im ›Cloë und Dafni‹, und sie hat die ganze Zeit auch hier gearbeitet. Als ich angefangen hab, war sie noch Kellnerin und danach Chef de Service. Und sie war immer korrekt zu mir.«

»Sie war schwer auf Drogen, was?«

»Drogen? Hilla? Überhaupt nicht. Die hat kaum mal einen Joint angefasst. Hat maximal ein Glas Wein getrunken.«

»Ist Ihnen das nicht komisch vorgekommen, die ganze Situation? Warum haben Sie nichts unternommen?«

»Was denn? Etwa die Polizei rufen?« Der zynische Unterton fiel deutlicher aus, als von dem Hilfskoch beabsichtigt. Er spürte dies zu spät und schaute die beiden Polizeibeamten furchtsam an.

Wilner warf einen schnellen Blick in den Rückspiegel, aber Levi bedeutete ihm, ruhig zu bleiben.

Der Hilfskoch registrierte Levis besänftigenden Blick und wagte erneut, sein kleines, aufsässiges Schnauben von sich zu geben, wie ein Pinscher, der einen Rottweiler anknurrt. Er war wirklich ein kleiner, frecher Bengel. Aber alles andere als ein Feigling.

»Schauen Sie«, sagte er. »Ich habe sie ab und an von zwei, drei Gläsern Wein betrunken werden sehen. Habe gedacht, genau das sei passiert. Dass sie ein Glas zuviel hatte. Außerdem, ganz ehrlich. Ich hatte Angst. Das ist der Sohn von Schamai, for christ's sake, und ich hatte nicht die geringste Lust, Scherereien mit dem zu bekommen.« Er verstummte für einen Moment. »Und mit euch auch nicht«, fügte er dann hinzu. »Ich weiß nicht, was genau ihr so macht, aber mir scheint nicht, dass der Wahrheit auf die Spur zu kommen euer Kerngeschäft ist, oder?«

Levi gab Wilner einen kurzen Blick und der hielt mit quietschenden Reifen an. Sie waren auf der Allenby, Ecke Achad Ha'am.

Levi beugte sich über den Hilfskoch und öffnete schwungvoll die Tür. Sein Ton war jetzt ein anderer. »Yallah, geh mir aus den Augen, bevor ich es mir anders überlege«, bellte er den jungen Mann an und ließ seinen Worten einen unsanften Stoß folgen. Der Hilfskoch stürzte aus dem Wagen auf den Asphalt, Levi warf die Tür zu und bedeutete Wilner, Gas zu geben.

Er hatte noch zwei Besuche, die er für diese Nacht geplant hatte. Er wies Wilner an, zu wenden und in die Bograschov zu fahren, zu Hilla Levins Adresse. Dort wollte er ein paar Worte mit dem Kioskbesitzer wechseln, der Levin nach Hause hatte kommen sehen. Aber als sie die Adresse erreicht hatten und Wilner bereits abbremste und dabei war, vor dem Laden zu halten, änderte Vizekommandant Levi seine Meinung. »Fahren Sie, sehen Sie zu, dass wir hier wegkommen. Geben Sie Gas«, befahl er Wilner.

Wilner beschleunigte erneut. »Was ist los?«

»Wir müssen nicht halten. Ich hab gesehen, wer das ist. Den Besitzer dieses Kiosks kenne ich zu gut. Sie können sicher sein, dass auch seine Zeugenaussage maßgeschneidert ist.«

»Warum? Wer ist das?«

»Simion. Eine Koryphäe. Einer der Koks- und Ecstasydealer, die schon lange im Geschäft sind. Eine Zeit lang war er auch nebenberuflich Stinker für die Polizei. Ich hatte sogar das Vergnügen, ihn in ferner Vergangenheit ein-, zweimal zu verhaften. Da regen sich schon fast nostalgische Gefühle«, grinste Vizekommandant Levi. »Ich würde mich nicht wundern, wenn er sich um den Drogennachschub für unseren Aristokraten kümmert. Wie auch immer, ich hoffe, er hat uns nicht bemerkt, denn sonst wird jemand sicher davon erfahren. Der Kerl ist eine echte Schlange.«

»Na gut, auch wenn wir extra zu ihm gekommen sind, könnten wir alle möglichen Gründe haben«, meinte Wilner. »Zumal, wenn er so talentiert ist, wie Sie ihn beschrieben haben.«

»Ja, aber er ist eine Schlange«, wiederholte Levi. »Er ist wie eine Hexe mit seinem sechsten Sinn. Nicht von ungefähr hat er so lange überlebt. Was soll's, yallah, eine letzte Station für heute Nacht. Sie werden im ›Tiffany's‹ einkehren«, teilte er Wilner mit, »und ich gehe schlafen.«

Sie fuhren auf der King-George in Richtung Süden.

»Sagen Sie, warum haben Sie den Burschen mit ›Schmetterling‹ angesprochen? Was ist Ihnen denn da durch den Kopf gegangen?«

»Nur so, ich hab ihn mir angeschaut, und plötzlich klang mir das nach einer passenden Bezeichnung für so eine Schwuchtel, also hab ich ihm den hingeworfen, um zu sehen, wie er reagiert. Na ja, wild spekuliert eben.«

»Das war keine gute Idee«, erwiderte Levi. »Wir dürfen uns nicht in die Karten schauen lassen. Der ist wie Sprengstoff, dieser Name, den deponiert man nicht mal eben so.«

Wilner diskutierte nicht. Dabei war Levi durchaus zufrieden mit ihm. Er hatte zwar keine Erfahrung mit Ermittlungen im Milieu, war aber bereit zu lernen, und im Verhörraum war er ein echtes Genie. Dort würde er noch von großem Nutzen sein.

»Also, wie sehen Sie das Bild, das sich uns heute Abend darstellt?«, wandte er sich erneut an Wilner. Die Frage war auch ein Versuch, den anderen versöhnlich zu stimmen und die vorherige Bemerkung vergessen zu machen.

»Na ja, noch lässt sich das nicht mit Bestimmtheit sagen. Klar ist, dass hier etwas stinkt. Das Mädchen ist nicht auf eigenen Beinen aus dem Restaurant gekommen. Kann sein, dass sie sich danach wieder erholt hat. Ebenso gut ist aber möglich, dass sie sie schon im Restaurant unter Drogen gesetzt und sie dort vergewaltigt haben, oder später in Schamais Penthouse. Was am meisten zu denken gibt, ist, dass die Schwuchtel sagt, sie habe keine Drogen angerührt. Vielleicht wusste er nichts davon, aber das ist eher unwahrscheinlich. Und wenn er doch recht hat, wieso stirbt dann eine, die nichts mit Drogen am Hut hat, an einer Überdosis? Andererseits, wie gut kannte er sie wirklich? Es soll ja auch Zeitgenossen geben, die im Job bestens funktionieren, und nur in ihrem Privatleben die schlimmsten Junkies sind. Sicher, davon gibt es nicht viele, das ist ein besonderer Typ, aber es gibt sie. Was sich mir aber am allerwenigsten erschließen will, sind die gefilmte Aussage und der USB-Stick. Angenommen, die Kleine ist tatsächlich vergewaltigt worden und nach Hause zurückgekehrt. Was dann? In einem solchen Zustand filmt sie sich selbst und macht eine Aussage, geht los und gibt es jemandem, den sie kennt? Ist das plausibel, dass eine, die ein solches Trauma erlebt hat, das als Erstes macht?«

»Das ist nur unter einer Bedingung plausibel«, erwiderte Vizekommandant Levi. »Nämlich dass das Mädchen Todesangst hatte. Dass sie gedacht hat, sie würden sie umbringen. Wissen Sie, was ich denke? Dass der USB-Stick überhaupt nichts mit Rache zu tun hatte, sondern ein Versicherungsschein für sie war. Verstehen Sie, nehmen wir mal an, es hat eine Vergewaltigung gegeben, und am Morgen ist es der Kleinen irgendwie gelungen, aus Schamais Penthouse zu fliehen. Oder vielleicht waren die dort alle noch so zu und haben wie tot geschlafen, dass sie einfach rausspaziert ist. Sie überlegt, dass sie sich besser nicht an die Polizei wendet, weil er nun mal Schamai ist, vielleicht hat er ihr das im Laufe der Nacht sogar auch unmissverständlich klargemacht. Sie läuft nach Hause, macht schnell eine Aufnahme von sich und speichert das Ganze auf dem USB-Stick. Dann schreibt sie in ihrem Computertagebuch, dass sie das gemacht hat, dass sie die ganze Geschichte aufgezeichnet und jemandem aus den Medien gegeben hat, ohne seinen Namen zu nennen, um ihn nicht in Schwierigkeiten zu bringen. Und das alles macht sie, damit, falls jemand ihre Wohnung auf den Kopf stellt, wenn sie nicht da ist, derjenige weiß, dass sie sich eine Lebensversicherung organisiert hat. Von dort geht sie dann zu diesem Jemand aus den Medien, den sie kennt, zu dem Schmetterling. Sie erzählt ihm die Geschichte und gibt ihm den Stick. Jetzt ist sie etwas beruhigter. Sollte sie unliebsamen Besuch erhalten, kann sie dem sagen, gesetzt den Fall, ihr stößt etwas zu, fliegt ihnen die ganze Geschichte in der Presse um die Ohren. Danach kehrt sie nach Hause zurück. Vielleicht hat sie sogar schon vor, ein paar Sachen zu packen, hat vielleicht beschlossen, irgendwohin zu fahren, wo sie sich sicherer fühlen kann. Aber zu Hause wartet man schon auf sie, Schamai oder irgendeiner von seinen Jungs. Sie erledigen die Arbeit und bestellen von offizieller Seite, wen auch immer es braucht, um hinter ihnen sauber zu machen, einen Polizeibericht anzufertigen, einen Selbstmord vorzutäuschen und einen Abschiedsbrief zu fabrizieren. Diese Leute sind inzwischen mächtig genug, um sogar ein pathologisches Gutachten fälschen zu lassen.«

»Aber warum hat er sie erledigt? Wenn es abgelaufen ist, wie Sie denken, hat sie ihm bestimmt von dem Stick erzählt, um ihn zu stoppen.«

»Kann sein, dass sie keine Gelegenheit mehr dazu hatte. Vielleicht hat er sie in der Sekunde, in der sie zur Tür herein ist, kaltgemacht. Dass im Bericht des Gerichtsmediziners steht, es seien Schlaftabletten gewesen, besagt gar nichts. Aber wissen Sie was? Ich denke, sie hat es ihm doch erzählt, und daher wissen sie auch nur von dem USB-Stick, nicht aus irgendeinem Tagebuch oder

Poesiealbum. Und wissen Sie, warum er das getan hat? Einfach, weil er konnte. Ich sage Ihnen, sie hat es ihm erzählt, und trotzdem hat er sie umgebracht, aus Spaß. Das alles macht Sinn. Schauen Sie sich die Situation jetzt an, irgendjemand verfügt über das Material, kann damit aber nichts anfangen, und am Ende werden sie ihn aufspüren, entweder Schamai selbst oder …« Levi grinste mit einem Mal bitter. Das Bild klarte sich ihnen beiden auf einen Schlag auf.

»Oder wir«, vollendete Wilner den Satz. »Wir sind Teil der Aufräumtruppe.«

»Genau so ist es«, bestätigte Levi. »Wenn sie ihn sich greifen, okay. Und wenn wir ihm auf die Schliche kommen, auch gut. Man arbeitet einfach mit zwei Teams. Wissen Sie was? Ganz sicher werden wir auch jetzt gerade observiert.«

»Und die ganze Geschichte mit dem Schmetterling? Woher kommt das?«

Levi überlegte einen Moment. Der Groschen fiel bei ihm jetzt wie in einem Geldspielautomaten. »Ich sage Ihnen was. Ich denke, die spielen seit dem ersten Augenblick mit uns. Ich denke, die wissen ganz genau, wer den USB-Stick hat und wer dieser Schmetterling ist. Ich denke, Hilla hat ihrem Mörder, bevor sie umgebracht wurde, den Namen des Mannes genannt, oder vielleicht haben sie sie sogar beschattet und zugeschaut, als sie sich mit ihm getroffen hat. Ihnen ist einfach lieber, wenn wir ihn finden. Das ist sauberer. Befördert die ganze Geschichte noch einen Schritt weiter weg von ihnen. Und ich sage Ihnen noch was, offenbar ist das jemand mit zu großer Kragenweite, jemand, den man aus welchen Gründen auch immer nicht einfach so ausschalten kann. Jemand, der besser streng nach Vorschrift verhaftet wird, den man gehörig einschüchtert und gut. Ich sage Ihnen, dieser Hinweis, den sie uns mit dem Namen hingeworfen haben, ist nicht einmal allzu kompliziert. Noch ein, zwei Tage Ermittlungsarbeit in ihrem Bekanntenkreis und wir haben den Menschen. Und noch etwas sage ich Ihnen. Sie werden jetzt nicht ins ›Tiffany's‹ gehen. Das können wir uns sparen. Sie werden ins Bett gehen genau wie ich.«

21

DER HERRSCHSÜCHTIGE BASTARD hatte recht gehabt. Joav war überrascht festzustellen, wie sehr er es genoss, an Saint-Saëns Concerto No. 2 zu arbeiten.

Es war sogar mehr als bloßes Vergnügen. Für ihn kam es einer spektakulären Entdeckung gleich. Schon vor Langem hatte er sich, ohne näher darüber nachzudenken, die gängige Ansicht zu eigen gemacht, Saint-Saëns Werk sei bestimmt durch ein Übermaß an Rationalismus und sogar eine gewisse Oberflächlichkeit. Und angefangen, an dem Concerto zu arbeiten, hatte er nur, um Usis nicht enden wollenden Sticheleien zu entgehen. Bei der Arbeit an dem Werk aber hatte er Farben und Tiefen entdeckt, deren Existenz er niemals vermutet hätte. Im Unterschied zur Arbeit an Schostakowitsch, die langsam und unter Qualen voranging, war seine Verbindung zu Saint-Saëns spontan und augenblicklich.

Usi strahlte vor Behagen. Die Salongespräche an den Donnerstagabenden landeten jetzt ein ums andere Mal bei Saint-Saëns: wie passend dessen Werk für Joav sei; wie genau Usis Gespür war, der Joav regelrecht »genötigt« hatte, »den Kopf freizukriegen« und es mit dem Franzosen aufzunehmen. Joav nahm die Lobeshymnen, mit denen sein Spiel überhäuft wurde, mit ergebenem Lächeln hin, ebenso wie den Lorbeer, den Usi sich großzügig selbst wand. Er hatte alle Berechtigung dazu. Diesmal hatte er wirklich Erfolg vorzuweisen.

Dieser Erfolg kam nicht nur Joavs Stellung im Haus der Segals zugute und ließ ihn erneut zum Lieblingsziehsohn werden, er hatte auch überraschenden Einfluss auf Usi selbst. Zum ersten Mal seit seiner Jugend zeigte er eine Anteilnahme an Musik, die über die eines bloßen Zuhörers hinausging. Es begann an einem Donnerstagnachmittag, als Usi seinen Arbeitstag im Büro früher als sonst beendete und nach Hause kam, als Joav noch übte. Er schlüpfte ins Zimmer und setzte sich leise in eine Ecke, ohne dass Joav ihn bemerkte.

Erst ein Klopfen in seinem Rücken ließ Joav mit einem Mal zusammenschrecken. Er drehte sich um und entdeckte, dass Usi dort stand und mit den Händen zum Takt dirigierte, den sein Mund formte.

»Pa-pa-pa-pa-pam. Pa-pa-pa-pa-pam! Du musst an die Pauke denken, die den Satz eröffnet. Der gesamte Rhythmus, die ganze Atmosphäre des Scherzos, insbesondere des ersten Themas, sind auf diesem Takt aufgebaut. Fang noch mal an, pa-pa-pa-pa-pam!«

Joav gehorchte. Er wandte sich wieder dem Flügel zu und spielte erneut den Auftakt des Scherzos. In seinem Rücken hörte er Usi ihm begeistert und mit überraschender Präzision antworten, hörte ihn mit seiner tiefen Stimme die Antwort der Geigen und Flöten improvisieren. Er spielte weiter und Usi antwortete ihm. Er hielt keine Partitur in der Hand, wusste die Einsätze aller Einzelstimmen auswendig. An der Stelle, an der die Celli einsetzten, unterbrach er Joav erneut und summte ihm die Melodie vor.

»Das ist wie ein Flussdelta, hier verbreitert es sich und alles wird langsamer und strömt gemächlich dahin, spürst du das? Ta-da-di-di-da-da-di-da-da.« Er ließ die Hände in großen, langsamen Bewegungen kreisen.

»Interessant, Dov hat mir etwas ganz Ähnliches gesagt.«

»Wer?«

»Dov Katzir, mein Lehrer am Konservatorium.«

»Na, siehst du«, meinte Usi stolz. »Ich erzähl dir nicht nur Quatsch.«

Sie machten weiter bis zum Ende des zweiten Satzes. Ab und

an unterbrach Usi ihn und machte Bemerkungen – teilweise banal und teilweise von überraschender Genauigkeit – und die restliche Zeit summte er die verschiedenen Einzelstimmen des Orchesters. Als Joav das Scherzo fertig gespielt hatte, klopfte Hagar an die Tür und lud sie ein, auf ein Glas Wein in den Garten zu kommen, ehe die ersten Gäste einträfen.

»Hol den Château Margaux raus, wir trinken ihn draußen«, ordnete Usi an. »Heute gönnen wir uns etwas.«

Sie ließen sich in den weißen Gartensesseln nieder, am Rand des erleuchteten Pools, und kosteten den Wein.

»Weißt du, warum ich sicher war, dass du Saint-Saëns spielen musst? Die Idee ist mir schon gekommen, als du damals im ›Pessoa‹ zu uns gestoßen bist, erinnerst du dich? Das heißt, eigentlich schon vorher, nach dem Recital, war mir klar, dass du Komponisten spielen solltest, die selbst virtuose Pianisten waren, wie Chopin, Liszt oder Rachmaninow. Denn mir war klar, das sind die Bereiche, auf denen du brillierst. Du hast nun mal eine reine Pianistenseele. Wirst niemals nach dem Komponieren schielen wie Bernstein oder nach dem Dirigieren wie Barenboim. Du bist auf die Welt gekommen, um deine Finger auf die Tasten zu legen. Ein Singvogel eben.«

»Ich denke nicht, dass es überhaupt möglich ist, mich mit den Namen zu vergleichen, die du gerade erwähnt hast.«

»Schschsch, nicht gleich aufregen. Du bist zu bescheiden. Wie auch immer, es geht hier nicht um Namen. Was ich versuche, dir zu sagen, ist, dass ich dich damals im ›Pessoa‹ mit Anna habe reden sehen. Ihr wart sehr angetan voneinander, habt ein langes Gespräch geführt und überhaupt nicht mehr mitgekriegt, was um euch herum passierte, aber ich habe euch beobachtet und etwas in dir gesehen, das ich nicht erwartet hatte. Schon damals habe ich gewusst, du bist ein Virtuose, aber bei unserer ersten Begegnung bist du mir wie ein verängstigter Junge vorgekommen. Und plötzlich dort, im ›Pessoa‹, sehe ich, wie du sie fesselst, wie du sie zum Lachen bringst, wie so ein smarter, ungezwungener Charme aus dir hervorsprudelt. Genau genommen hat sie dir den entlockt. Und in dem Augenblick ist mir die Eingebung gekommen, diese Kombination von Charme und Virtuosität – er muss Saint-Saëns spielen, er wird ihn interpretieren, wie es sich gehört.«

»Du hast ins Schwarze getroffen, das muss ich zugeben. Es überrascht mich selbst, welche Verbindung ich jetzt zu diesem Concerto habe.«

»Vielleicht kommt ja noch etwas Gutes dabei heraus. Vielleicht hörst du mir endlich mal zu, wenn ich versuche dir zu helfen.«

»Wobei?«

»Bei deiner Zeitvergeudung. Ich meine haargenau, was ich gesagt habe. Das ist nicht einfach so aus dir herausgekommen, sie hat es dir entlockt. Anna. Mir war vom ersten Moment an klar, dass ihr beiden zusammengehört. Ich weiß, ich habe dir hier und da zugesetzt, aber so bin ich nun mal, ich bin das Bürschchen, das gerne an Zöpfen zieht. Und euch habe ich an den Zöpfen gezogen, damit ihr endlich aufwacht und das begreift. Das ist kein Zufall, dass du mir damals bei dem Recital wie ein Junge vorgekommen bist, und neben ihr im Restaurant wie ein Mann ausgesehen hast. Deine Frau …«

»Sie heißt Chagit.«

»Sie ist wie deine Mutter. Sie umhüllt dich, kastriert dich aber auch, macht dich zum Kind. Ein echter Künstler schert sich um niemanden, Joav, er geht, wohin ihn der Geist treibt, wohin ihn sein Trieb führt. Du musst aufhören, ein Angsthase zu sein. Man hört das auch in deinem Spiel, das solltest du wissen.«

Diese letzte Bemerkung traf ihn wirklich.

»Usi, ich schätze sehr, was du alles für mich tust, ehrlich. Aber hier gehst du zu weit. Du hast keine Ahnung, weder von Chagit noch von unserer Beziehung. Und du kommst mir mit Klischees, ein echter Künstler und all das. Wenn jemand auf der Welt mir Freiheit gegeben hat, dann Chagit und niemand sonst. Du weißt nicht, was sie alles mit mir durchgemacht hat.«

»Schon gut. Pluster dich nicht auf. Komm, ich mildere mein Urteil ab. Vielleicht bist du kein Angsthase, vielleicht bist du einfach nur blind. Ich versuche bloß, dir die Augen zu öffnen, ich sehe nicht gern, wie Leute ihre Zeit verplempern.« Er steckte sich eine Zigarre an und fuhr dann in versöhnlicherem Ton fort. »Zumindest mit Saint-Saëns vergeuden wir keine Zeit. Nur dass du es weißt, ich rede nicht einfach so daher. Ich habe gute Freunde in der Schweiz, aus dem Freundesverein des Symphonieorchesters in Bern. Wichtige Spender. Ich habe ihnen gegenüber schon deinen Namen erwähnt. Du wirst das Concerto dort schon noch spielen, mein Wort.«

»Aber was ist mit der Ausreisegenehmigung? Du weißt, dass mir das die Tournee verhagelt hat, auf der ich jetzt sein sollte. Die machen mich fertig mit ihrer Bürokratie.«

»Kein Sorge. Wir kriegen das hin. Im schlimmsten Fall nehmen wir die Apassionata.«

Joav bedachte ihn mit einem erstaunten Blick. Offenbar war der andere schon wieder betrunken.

»Was hat das mit der Apassionata zu tun, Usi? Wenn wir ihnen sagen, dass ich Beethoven spiele, beschleunigt das etwa die Genehmigung?«

Usi setzte ein spitzbübisches Grinsen auf. »Wer hat denn etwas von Beethoven gesagt?«

»Du!« Joav wurde langsam ungehalten. »Du hast gesagt, ich soll die Apassionata spielen.«

»Ich habe gesagt, wir nehmen die Apassionata. Das mag zwar ein Sonett von Beethoven sein, ab es ist auch die Jacht von Usi Segal. Eine Jacht, die in der Marina am Gordon-Beach liegt, genau zwanzig Minuten von hier.«

»Du schlägst vor, ich soll das Land illegal verlassen? Ich soll flüchten?«

»Wenn keine andere Wahl bleibt, dann ja. Was hast du denn hier? Recitals bei allen möglichen neureichen Damen, die Bach nicht von Offenbach unterscheiden können?«

»Weißt du, nebenbei gesagt, dass man das über Saint-Saëns' Concerto gesagt hat, dass es anfängt wie Bach und aufhört wie Offenbach?«

»Sicher weiß ich das. Beleidige mich nicht, Joav.«

»Ich glaube nicht, dass ich so etwas tun könnte. Chagit würde nicht einwilligen, das Land so zu verlassen. Keine Chance.«

»Schon wieder Chagit? Dann nimm Anna mit, du Idiot.«

Usis Impertinenz kannte offenbar keine Grenzen mehr. Diesmal war Joav schon drauf und dran, ihm seine Unverschämtheit nicht durchgehen zu lassen, aber genau in dem Augenblick bemerkte er Hagar und Anna, die den Weg hinunter zum Pool kamen. Er verstummte und errötete, und die beiden Frauen, die sich zu ihnen gesellten, ließen ihren Blick zwischen Joavs geröteten Wangen und seinem gesenkten Blick und Usis dröhnendem Lachen hin und her wandern.

22

TROTZ ALLER GEDULD, aller Vorsichtsmaßnahmen und Abgeklärtheit fand sich Daniel Ben-Dor auf einem niedrigen Stuhl sitzend wieder, in der Mitte eines fensterlosen Raums. Eines Vernehmungsraums. Noch saß er alleine dort, vor einem Tisch und einem leeren Stuhl. Eine halbe Stunde war vergangen, vielleicht ein bisschen mehr, seit sie ihn in diesen Raum gebracht hatten. Er hatte beim Eintreten nicht auf die Uhr geschaut, was er jetzt bedauerte.

Man hatte ihn höflich und zuvorkommend behandelt. Die Polizisten, die am Morgen bei ihm zu Hause erschienen waren, hatten ihm keine Handschellen angelegt und ihm auch nicht mitgeteilt, er sei festgenommen. Er war lediglich gebeten worden, sie zu begleiten und ein paar Fragen zu beantworten, um bei einer wichtigen Ermittlung behilflich zu sein. Als sie bei dem kleinen Gebäude in der Achad-Ha'am eingetroffen waren, hatte man ihm Kaffee angeboten, hatte ihn dann in diesen Raum gelotst und ihn gebeten zu warten.

Er kannte diese Spielchen von seiner Arbeit als Armeereporter. Hinter der dunklen Glasscheibe saß bestimmt irgendein oberschlauer Ermittler und beobachtete ihn, analysierte seine Körpersprache, versuchte, seine Gemütslage nachzuempfinden. Er bemühte sich, gelassen zu bleiben, versuchte sogar, auf seinem Smartphone im Internet zu surfen, aber in diesem Keller gab es keinen Empfang. Als er nach längerem Warten schließlich beschloss aufzustehen, die Tür zu öffnen und sich höflich zu erkundigen, wo denn der Beamte bleibe, der mit ihm habe sprechen wollen, stellte er zu seiner Überraschung fest, dass die Tür verschlossen war. Sie spielten mit ihm. Gut, wenn es sein musste.

Er setzte sich wieder. Obgleich er versuchte, sich dagegen zu wehren, setzte in seinem Kopf ein Prozess der Selbstprüfung und Sondierung ein. Was hatte er falsch gemacht? Wo einen Fehler begangen? Er versuchte, nicht daran zu denken, als könnten seine Gedanken für den Beobachter sichtbar werden, weshalb er sie hier nicht anstellen durfte, aber sie ließen ihm keine Ruhe. Wie zum Teufel waren sie auf ihn gekommen? Den USB-Stick hatte er seit dem Augenblick, in dem er ihn von Chagit zurückerhalten hatte, nicht aus seinem Versteck geholt. Er hatte sich das Material darauf genau ein einziges Mal angeschaut, auf einem Laptop, den er danach sofort unbrauchbar gemacht hatte, und war seither nicht der Versuchung erlegen, sich die Datei noch einmal anzusehen. Und er hatte niemandem davon erzählt, Jochanan nicht und sogar seinem Vater nicht. Und Chagit? Waren sie auf sie gekommen? Diese Möglichkeit verwarf er sogleich. Auf Chagit konnten sie erst kommen, wenn sie bei ihm gelandet wären. Einen anderen Weg gab es nicht, es sei denn, sie hatte sich verplappert, aber er kannte sie so gut, dass er nicht an eine solche Möglichkeit glaubte. So etwas passte einfach nicht zu ihr. Er war sicher, sie hatte mit niemandem gesprochen, und selbst wenn, was hätte sie sagen können? Hatte sie sich das Material auf dem USB-Stick etwa selbst angeschaut? Als sie ihm den Stick zurückgegeben hatte, hatte er sie so verstanden, dass sie nichts wusste und auch nichts wissen wollte. Aber war es dennoch möglich, dass sie sich nicht hatte beherrschen können und trotz allem einen Blick darauf geworfen hatte? Auch diese Frage verneinte er mit Nachdruck. Das sah ihr einfach nicht ähnlich. Er war sich da zu einhundert Prozent sicher. Oder besser gesagt zu neunundneunzig Prozent. Hatte man es mit Menschen zu tun, war da immer dieser eine, nicht zu kalkulierende Prozentpunkt, der Menschen einerseits so interessant machte, und einem andererseits, wenn man auf einem niedrigen Stuhl in einem Verhörzimmer saß, ein flaues Gefühl in der Magengegend bescheren konnte.

Und es gab noch eine weitere Möglichkeit. Seine Quelle, der Freund bei der Polizei, der ihn wenige Minuten vor der Durchsuchung gewarnt hatte. Aber der hatte nichts von Daniels Beteiligung an der Sache gewusst. Die Durchsuchung war in mehreren Redaktionen parallel erfolgt, aber sein Name stand auf einer allgemeinen Liste, und so hatte der Freund ihm eine Warnung zukommen lassen, ohne zu wissen, ob diese überhaupt relevant für ihn war. Aber auch wenn seine Quelle aufflöge und den Tipp gestehen würde, den er ihm gegeben hatte, dann belastete ihn das noch immer nicht, denn es besagte noch lange nicht, dass er über etwas verfügte, etwas versteckt hielt oder etwas wusste.

Jetzt flackerte in seinem Bewusstsein für eine Sekunde eine dritte Möglichkeit auf. Vielleicht hatten sie ja von Anfang an Bescheid gewusst? Vielleicht war das Ganze nur ein Spiel, das sie mit ihm spielten? Aber dieses Aufflackern entwickelte sich nicht zu einem klaren Gedankengang. Irgendein Spiel war hier im Gange, zumindest in der letzten halben Stunde, in der man ihn hier in diesem Raum schmoren ließ, aber er wusste nicht, welche Art von Spiel.

Wie auch immer, verbrochen hatte er ja nichts. Letztendlich hatte er bloß seine Aufgabe als Journalist erfüllt. Er hatte Material erhalten, das geprüft werden musste, und bislang hatte er in höchst verantwortungsvoller Weise Stillschweigen darüber bewahrt. Richtig, die Zeiten hatten sich geändert, und was noch vor Kurzem als gängige Praxis akzeptiert war, galt jetzt vielleicht nach irgendeiner obskuren Notstandsverordnung als Straftat. Es war schwierig, die roten Linien, die jeden Tag verschoben wurden, im Blick zu behalten. In den letzten Monaten hatte die Erde gebebt, und wer sich nicht rechtzeitig genug anpasste, konnte sich leicht in einer der Verwerfungen wiederfinden und verschwinden. Aber nicht er. Nicht der Sohn von Ben-Dor. Er wusste nicht, wer auf der anderen Seite der Glasscheibe saß und ihn beäugte wie ein Insektenforscher, aber wer immer das auch sein mochte – besser, er sah sich vor. Er hatte es mit dem Sohn von Ben-Dor aus dem Verteidigungsministerium zu tun, und ganz sicher war er sich dessen wohl bewusst. Die Tatsache allein, dass man ihn hier so lange warten ließ, war bereits eine bodenlose Unverschämtheit. Und für diese Frechheit würde der andere noch bezahlen.

Nein, Daniel Ben-Dor war eine solche Behandlung nicht gewohnt. Schon immer war er der Sohn von Ben-Dor gewesen. Ben-Dor, der Held, der wagemutige hohe Offizier, und später Ben-Dor aus dem Verteidigungsministerium, der Mann, der mit sensibelsten Fragen befasst war, der sich im Geheimen um die Sicherheit des Staates verdient machte. Er gehörte zur Aristokratie. Sein Ärger und seine Empörung wuchsen mit jeder weiteren Minute Warten, aber er war intelligent genug zu begreifen, dass genau dies der Absicht des Mannes entsprach, der ihn hier unter Beobachtung hatte – ihn aus dem Gleichgewicht zu bringen und in einen Zustand des emotionalen Kontrollverlustes zu versetzen.

Es machte keinen Sinn sich aufzuregen, im Gegenteil, er musste gelassen bleiben. Wenn der Mann ihn hier festhielt, dann war er allem Anschein nach dazu in der Lage. Jemand erlaubte ihm das. Und wenn er dazu in der Lage war, war von einem ernst zu nehmenden Gegner die Rede. Der Ausgangspunkt auf jeden Fall unterschied sich, solange sich nicht das Gegenteil herausstellte, nicht von anderen Fällen, mit denen er es in der Vergangenheit zu tun gehabt hatte. Man versuchte, ihm seinen geschützten Bereich als Journalist zu nehmen, und er würde sich dem ruhig, aber energisch widersetzen. Er war nicht nur der Sohn von Ben-Dor aus dem Verteidigungsministerium. Er selbst war auch ein Ben-Dor. Der Ben-Dor aus den Nachrichten. Er dachte an all die Gelegenheiten, bei denen sein Vater, aber vor allem seine Mutter ihm stolz erzählt hatten, wie man sie als die Eltern von dem Ben-Dor aus den Nachrichten erkannt hatte. Er, der jahrelang »der Sohn von« gewesen war, hatte seine Eltern zu »Eltern von« gemacht, und sie genossen es, diesen Erfolg mit ihm zu teilen. Nein, sie würden ihn so schnell nicht einschüchtern. Im schlimmsten Fall (immerhin war von Schamais Sohn die Rede, und bei dem sah man sich sogar als der Sohn von Ben-Dor besser vor) würde er einen Deal mit ihnen machen. Er hatte schließlich den USB-Stick. Er würde ihnen eine Verschwiegenheitserklärung unterschreiben, oder so etwas in der Art. Chagit würde er auf jeden Fall nicht erwähnen. Sie war nicht so geschützt wie er, mit ihr könnten sie verfahren, wie es ihnen passte. Er musste sie aus der Sache raushalten.

Und was, wenn der Mann hinter der Glasscheibe über sie Bescheid wusste? Der Gedanke schoss ihm durch den Kopf. Nein, entschied er. Niemand wusste von ihr, und niemand würde je etwas erfahren.

Der Mann hinter der Scheibe war nicht Vizekommandant Itzik Levi. Itzik Levi lag jetzt unter einer angenehm warmen Daunendecke, las einen hervorragenden Krimi von George Simenon und schlürfte von seinem Lemongras-Tee mit Zitronenaroma, den Orit ihm gemacht hatte. Der Krankenstand, den er am Tag nach der nächtlichen Vernehmung im Hafen angetreten hatte – sein erstes krankheitsbedingtes Fehlen seit Jahren –, stellte sich als wahre Wohltat heraus. Orit machte sich wirklich Sorgen um ihn. Noch nie hatte sie ihn so gesehen wie an jenem Morgen, als er mit gequältem Gesichtsausdruck über heftige Kopfschmerzen klagte. Nicht einmal aufstehen wollte er. Sie hörte, wie er mit seiner Sekretärin telefonierte und ihr sein Fehlen mitteilte. Danach führte er ein längeres Gespräch mit Wilner, seinem Stellvertreter. Zu Ehren dieses Telefonats mühte er sich sogar aus dem Bett und schloss sich im Badezimmer ein. Danach legte er sich wieder hin. Ihrem Drängen, er möge zum Arzt gehen und sich untersuchen lassen, verweigerte er sich energisch. Auch Medikamente zu nehmen lehnte er ab. Überrascht stellte sie fest, dass ihr Mann, den sie schon seit Ewigkeiten nicht mehr krank gesehen hatte, offenbar nicht mehr an Untersuchungen und Arzneien glaubte.

»Das ist einfach ein Virus, den ich mir eingefangen habe. Da braucht es keine Ärzte und kein gar nichts. Nur ein bisschen Ruhe wird helfen.«

Es war sonderbar, das Wort »Ruhe« aus seinem Mund zu hören. Ihr Mann war ein Mensch, der Untätigkeit auf geradezu zwanghafte Weise hasste, dem sogar ein Wochenendtrip Verdruss bereitete. Und jetzt fiel er ins Bett und weigerte sich, sich zu rühren?

Natürlich hatte er nach dem ersten Tag schon genug vom Im-Bett-Liegen und begann im Haus herumzuschleichen, vor allem im Garten, beschnitt Büsche und harkte. »Das ist gut für mich, draußen zu sein, wegen des Eiters, die Sonne trocknet ihn aus«, verkündete er, als er den verwunderten Blick seiner Frau sah. Sie brauchte nicht mehr als einen Tag, um zu verstehen, dass kein Grund zu ernsthafter Sorge um seine Gesundheit bestand und es keinen Sinn machte, ihn zu einem Arztbesuch zu drängen. Wenn das so weiterging, würde er vielleicht am Ende einen Psychologen brauchen, aber erst einmal ließ sie ihn in Ruhe. Ihr war klar, er hatte beschlossen, aus irgendeinem unbestimmten Grund zu Hause bleiben zu müssen, und sie setzte genug Vertrauen in ihn, um ihn nicht ins Kreuzverhör zu nehmen und ihm deshalb zuzusetzen. Da er ihr aber in der neuen Konstellation ständig in seinem grauen Jogginganzug zwischen den Beinen herumlief, sah sie zu, mehr Zeit außer Haus zu verbringen. Sie traf sich mit Freundinnen auf einen Kaffee, fuhr nach Tel Aviv zum Shoppen oder schaute auf einen Sprung in der IKEA-Filiale in Rischon Letzion vorbei. Ihr Itzik setzte derweil seine Spaziergänge zwischen Bett und Garten fort. Am sonderbarsten war, dass er plötzlich, nach Jahren, wieder anfing, Bücher zu lesen. Neben seinem Bett fand sie ein Buch von Simenon, dann ein weiteres von dem französischen Autor und schließlich noch eines. Er verschlang sie mit atemberaubender Geschwindigkeit. Sie wusste nicht, woher plötzlich all diese Simenons kamen – offenbar hatte er eine ihrer Abwesenheiten von zu Hause zu einem Abstecher ins örtliche Einkaufscenter genutzt, um sich einen ganzen Vorrat davon zuzulegen. Es gab ja jetzt tatsächlich fantastische Rabattaktionen auf Bücher.

Itzik Levi fühlte sich gut, zumindest in körperlicher Hinsicht, wenn auch sein Empfinden alles andere als gewohnt war. Er hasste die Position, in die er geraten war, in die man ihn manövriert hatte, und je mehr er darüber nachdachte, desto mehr hasste er es. Er war bloß ein Werkzeug in dem Spiel, und das brachte ihn zum Kochen. Mehr als alles andere erzürnte ihn die Erkenntnis, dass ihm kein Manövrierspielraum mehr geblieben war. Sie wussten, dass er Bescheid wusste, oder mussten zumindest annehmen, dass gute Chancen bestanden, er würde dahinterkommen, und dennoch waren sie so arrogant, waren sich ihrer Sache so sicher, dass er seine Aufgabe bis zum Ende erfüllen würde, egal, ob er nun begriffen hatte oder nicht.

Und das Frustrierende war, dass ihre Einschätzung exakt zutraf. Er war zwar ein sauberer und unbescholtener Polizeioffizier, ja war sogar für diese Eigenart bekannt – nicht zuletzt wegen seiner Anständigkeit hatten sie ihn aus der Ermittlungseinheit für Betrugsdelikte geworfen, als er sich darauf versteift hatte, unbedingt auf den falschen Baum zu klettern –, aber genau deshalb war er auch für diese Ermittlung ausgewählt worden. Das Ganze war ein Probelauf. Machte Itzik Levi mit bei ihrem Spiel, würde keiner mehr zögern, sich nach der neuen Marschroute auszurichten. Das machte ihn wahnsinnig, aber er wusste, was der Preis sein würde, weigerte er sich, auf Linie zu schwenken. Diesmal würde es nicht mit der Versetzung auf irgendein gottvergessenes städtisches Revier abgehen. Diesmal konnte es wirklich böse enden. Sie waren zu allem fähig, das war ihm immer klarer geworden, je mehr er sich in die Sache vertieft hatte. Diese Affäre hatte ihn gelehrt, wie die Dinge künftig laufen würden, und das war offenbar genau, was sie wollten. Bei sich ging er die Möglichkeiten durch für den Fall, dass er sich für den Weg des Widerstands entschied: Im leichtesten Fall, wenn er sich einfach weigerte, diese lächerliche Ermittlung zu Ende zu bringen, würde es wohl mit einer Entlassung enden oder mit einer donnernden Degradierung, zur Abschreckung gewissermaßen. Alles, was er darüber hinaus unternähme, würde mit zunehmend schärferen Sanktionen geahndet werden: Streichung seiner Pensionsansprüche, dem Versuch, ihm irgendeine faule Sache anzuhängen, Rufmord, Drangsalierung seiner Söhne, die ihren Militärdienst in Eliteeinheiten ableisten wollten, einer Kampagne gegen seine Tochter, die ihren Traum von einer Schauspielkarriere vergessen könnte. Nein, das war keine gute Idee, die Linien zu überqueren und auf die Seite der Befragten zu wechseln, die er zu Hunderten in seinem Büro hatte Platz nehmen lassen. Selbst wenn er wollte, jetzt war nicht der richtige Zeitpunkt. Es würde ihm nicht gelingen, irgendetwas zum Guten zu ändern, und auch ernsthaften Schaden würde er kaum anrichten. Einmal abgesehen natürlich von dem an seiner Familie. Auch wenn er etwas gegen *die* unternehmen wollte, war er gezwungen, geduldig abzuwarten. Einige Monate, Jahre vielleicht. Wobei es sehr gut sein konnte, dass sich ihm die Gelegenheit nie bieten würde.

An dem Morgen, an dem ihm diese Erkenntnisse gekommen waren, war der Entschluss, zu Hause zu bleiben und sich krankzumelden, beinahe spontan gefallen. Aber je länger er darüber nachdachte, desto mehr gefiel ihm dieser Krankenurlaub. Die ganze

Affäre war reinster Sprengstoff. Umso weniger er darin verwickelt wäre, umso weniger er von dem Dreck, der sich noch unter der Oberfläche verbarg, mitbekam, umso besser. Glücklicherweise hatte er Wilner. Er beschloss, der klügste Schritt würde sein, seinen Stellvertreter aus der Ferne zu steuern. Wilner juckte nicht, ob er nun für diese oder jene Seite arbeitete. Er hatte nur eine echte Leidenschaft – die Begeisterung für seinen Vernehmungsraum, die Freude an der Gelegenheit, in der Seele des Verhöropfers zu bohren und ihr Geheimnisse zu entlocken, sei es wie ein Chirurg, der mit einem Skalpell ein Geschwür entfernt, oder wie ein Eber, der in der Erde wühlt und mit seinen Hauern Kartoffelwurzeln ausreißt. Das Bohren jedoch war es, was ihn antrieb, und wenn man ihn machen ließ, konnte man auf sein Engagement und seine Professionalität vertrauen. Bitte sehr, sollte er die Bonuspunkte aus diesem Geschäft einheimsen. Vielleicht würden sie so verstehen, dass Itzik Levi nicht ihr Mann für schmutzige Aufgaben war. Itzik Levi war ein Berufener, der seinem Beruf nachgehen wollte, der Kriminalistik. Er würde nicht aufbegehren, würde nicht sinn- und nutzlos Krawall schlagen, würde sogar mit Rat behilflich sein, wenn er gebeten wurde. Aber er würde nicht ihre Putzfrau sein. Er nicht.

Wilner wurde seinen Erwartungen absolut gerecht. Er setzte die Ermittlung gründlich und professionell fort und schien nicht im Mindesten beunruhigt durch die Tatsache, dass er allem Anschein nach dabei war, eine fabrizierte Spur zu entschlüsseln. Der von ihnen beiden festgelegten Vorgehensweise folgend, fuhr er fort, systematisch den Bekanntenkreis Hilla Levins zu durchleuchten. Die Lösung des Rätsels fand sich schließlich ziemlich leicht, genau so, wie es Vizekommandant Levi vorhergesehen hatte. Und zwar mithilfe von Facebook. Als Wilner sich Levins Facebookseite noch einmal vornahm, stieß er auf alte Nachrichten von einer gewissen Rina, einer offenbar schwer gelangweilten Person, die sich hauptsächlich mit ihrer beider gemeinsamen Vergangenheit beschäftigte. Sie schien ihm eine zu sein, die alles über alle wusste und was mit jedem Einzelnen passiert war. Sie waren Freundinnen auf der Grundschule und dem Gymnasium gewesen, und jetzt organisierte Rina lächerliche Facebookgruppen, die mit der »alten Bande« zusammenhingen. Zudem arbeitete sie, kräftig unterstützt von zwei weiteren Freundinnen, an einem Jahrgangstreffen ihrer Grundschulklasse, aus Anlass des siebzigjährigen Jubiläums der Schulgründung. Wilner beschloss, sie einmal für ein Hintergrundgespräch zu besuchen.

Die umtriebige Ameise war sehr überrascht, als sie die Tür öffnete und einen Polizeioffizier davor fand. Ja, sicher hatte sie von Levins Selbstmord gehört. Ja, gewiss doch, sie würde ihm alles erzählen, was sie über die Ärmste wusste.

Und das war viel. Viel Belangloses, Todlangweiliges, das sie das Bedürfnis hatte, mit dem geduldigen Polizeioffizier zu teilen. In ihrem endlosen Geplapper fand sich nichts, was ihm hätte helfen können, und Wilner war schon kurz davor aufzugeben, als ihm einfiel zu fragen, ob sie nicht Andenken aus der Schulzeit aufbewahrte, Poesiealben, Jahrgangsbücher, solche Sachen. Die Frage des Inspektors führte dazu, dass ein randvoller Karton in der Mitte des Wohnzimmers landete. Und Rinas Geschnatter schwoll wieder an, als er in den Papieren und Büchern blätterte.

Und dort war es, im Jahrgangsbuch der Grundschule. Der Junge auf dem Foto war bildhübsch, sicher einer der Beliebtesten an der Schule. Und unter seinem lächelnden Foto stand …

»Dani Schmetterling ist Murmelkönig und bereit
zu helfen jedem jederzeit.
Schreibt in der Zeitung in Geschichten und Versen,
ist stets umringt von Freunden diversen.«

Und da stand auch der vollständige Name des Jungen – Daniel Ben-Dor.

Wilner konnte nur mit Mühe den Aufschrei unterdrücken, der sich aus seiner Kehle brechen wollte. Er erinnerte sich genau, dass dieser Name auf einer seiner Listen stand. Das Rätsel war gelöst.

»Sagen Sie, dieser Junge, dieser Ben-Dor, war das ein guter Freund von Hilla?«

»Dani Schmetterling? So wie bei allen, wissen Sie. Sie war populär, er war populär. Er war nicht mit uns in einer Klasse, er war in der Parallelklasse, aber sie sind mal kurz miteinander gegangen, in der Fünften. Vielleicht für zwei Wochen, ich erinnere mich nicht genau. Ich weiß noch, dass sie bei der Party von Udi Gonen zusammen waren, und nach der Klassenfahrt schon nicht mehr, denn ich erinnere mich, dass ich ihn auf dem Zimmer erwischt habe, wie er mit Barak Tellman geknutscht hat. Es hat weniger als einen Monat gehalten, meiner Meinung nach. Warum, ändert das was?«

»Nein, überhaupt nicht. Bloß eine Frage, weil mir der Name bekannt vorkommt.«

»Sicher kommt der Ihnen bekannt vor. Er ist ein berühmter Journalist. Ein Celeb. Antwortet nie auf Facebook. Ich hab ihm zigmal Mitteilungen geschickt. Glückwünsche zum Geburtstag. Nichts. Er ist einfach zu wichtig«, resümierte sie verbittert.

Wilner grinste. Er hatte noch eine kleine Rache in petto an dieser Person, für die öde Zeit, die er in ihrer Gesellschaft verbracht hatte.

»Gut. Vielen Dank. Ach ja, das hier muss ich leider mitnehmen.« Er winkte mit dem Jahrgangsbuch.

»Was? Warum? Das ist das einzige Exemplar, das ich habe. Das kann ich Ihnen nicht geben.«

»Ich bedaure sehr. Es geht um eine Polizeiangelegenheit. Aber ich verspreche, Sie bekommen es zurück.«

Jetzt, seit einer halben Stunde schon, betrachtete Wilner Dani Schmetterling, der groß und zum Starreporter Daniel Ben-Dor geworden war. Ihm war klar, hier würde Geduld erforderlich sein. Ehrlich gesagt zog er es so auch vor. Vizekommandant Levi hatte ihn bei ihrem Telefongespräch angewiesen, behutsam und vorsichtig mit dem Burschen umzugehen. Levi selbst war nicht überrascht gewesen, als er den Namen des Verdächtigen hörte. Er passte exakt in sein Profil, einmal abgesehen von der Tatsache, dass Ben-Dor Korrespondent für Armeebelange und nicht Kriminalreporter war, was sein Aufspüren ein wenig verzögert hatte. Ein hochrangiger Medienvertreter, der wegen seiner familiären Herkunft zudem schwierig zu belangen war. Es war so, wie er gedacht hatte – sie hatten ihm den Fall aufgehalst, um Sicherheitsabstand zu wahren. Er impfte Wilner ein, die erste Vernehmung dürfe nicht mehr als ein Kennenlernen sein.

»Diese Geschichte«, meinte Levi am Telefon zu ihm, »muss mit irgendeinem Deal enden. Die Hauptsache, die unbedingt sichergestellt sein muss, ist lediglich, dass das Material zu niemandem durchgesickert ist.«

Dennoch konnte Wilner sich nicht gänzlich beherrschen. Er ließ Ben-Dor eine halbe Stunde warten, nur um ihn ein bisschen aus der Fassung zu bringen und zu testen, aus welchem Material er gemacht war.

Als er schließlich den Raum betrat, entschuldigte er sich sogleich. Er tat dies, um Ben-Dor dazu zu verleiten, seiner Wut freien Lauf zu lassen, wollte ihm das Gefühl geben, er, Ben-Dor, sei von ihnen beiden der Starke, der Geschützte. Vielleicht würde er so weniger vorsichtig sein.

»Inspektor Eres Wilner.« Er trat an den Tisch und reichte Ben-Dor die Hand. »Ich hatte darum gebeten, Sie für elf Uhr dreißig herzubestellen, und aus irgendeinem Grund hat man Sie schon um elf hier reingeführt. Ich entschuldige mich für die Wartezeit.«

Daniel hielt sich zurück, eine zu zynische Bemerkung zu machen, wollte aber auch nicht devot erscheinen. »Fehlende Abstimmung bei der israelischen Polizei«, bemerkte er lächelnd. »Ich denke nicht, dass ich es schaffen werde, diese Geschichte noch in die heutige Sendung zu bekommen.«

Wilner rang sich ein knappes Lächeln ab, das sogleich wie ausgewischt war, um klarzumachen, dass er den Witz zwar verstanden hatte, Ben-Dors Humor aber nicht besonders schätzte.

»Da ich tatsächlich nun schon seit einer halben Stunde hier sitze«, sagte Daniel in leicht verärgertem Ton, »und ich heute noch einiges zu erledigen habe, wäre ich Ihnen wirklich dankbar, wenn Sie mir gleich sagen könnten, womit ich Ihnen behilflich sein kann.«

»Sicher, sicher«, erwiderte Wilner. Er verspürte Befriedigung ob der Nervosität, die der Mann demonstrierte, und beschloss, dessen Geduld so weit als möglich zu strapazieren. »Ich weiß, wie beschäftigt Sie sind, glauben Sie mir. Ich kenne die Arbeit, die Sie leisten, und schätze sie sehr. Ich hatte sogar mal selbst überlegt, mich mit investigativem Journalismus zu befassen. Na ja, alles in allem ist das ja auch nicht so weit von dem entfernt, was ich jetzt tue. Aber Sie machen das sogar auf eine noch anspruchsvollere Art, als einsamer Wolf, nicht wahr? Oder haben Sie ein Team, das für Sie arbeitet?«

»Ich nehme an, Sie haben mich nicht herbestellt, um eine Lektion in Sachen Journalismus zu erhalten«, stieß Daniel hervor. Er spürte seinen wachsenden Ärger. Dieser Polizeioffizier gefiel ihm nicht. Sein kalter Blick passte nicht zu seinem freundlichen Plauderton. Aber er musste sich beruhigen, dachte er. Diese negativen Energien nutzten ihm nicht. In gelassenerem, freundlicherem Tonfall setzte er neu an. »Sie wissen sicher, wenn Sie meine Arbeit verfolgen, dass ich keinen investigativen Journalismus im eigentlichen Sinne betreibe. Ich bin Korrespondent für Sicherheitsbelange. Natürlich fallen mir hin und wieder auch Lagebesprechungen und Untersuchungen in die Hände, und dann verhalte ich mich wie ein investigativer Journalist. Und wenn Bedarf besteht, stellt man mir einen Kollegen oder eine Kollegin aus der Redaktion für die Recherche zur Seite, obwohl ich in aller Regel tatsächlich lieber alleine arbeite, insbesondere wenn von sensiblem Material die Rede ist, und in meinem Bereich ist das Material zumeist sensibler Natur. Wenn solche Sachen anstehen, ziehe ich es in der Tat vor, so zu arbeiten, wie Sie sagen, als einsamer Wolf.«

Okay, jetzt hatten sie sich also dem Thema immerhin angenähert, in Andeutungen.

»Das ist wirklich spannend«, sagte Wilner. »Wissen Sie, ich hatte noch nie Gelegenheit, mit einem so prominenten Journalisten zu sprechen. Ehrlich, das ist ein Metier, das mich interessiert.«

»Möchten Sie, dass ich Ihnen ein Vorstellungsgespräch organisiere?« Daniel gab sich alle Mühe, wie jemand zu klingen, der aufgeräumt spaßte, dennoch hörte er aus seiner Stimme noch immer die Abneigung heraus und wusste, dass auch der Inspektor diese wahrnahm.

»Nein, nein«, lachte Wilner. »Mir geht es gut da, wo ich bin. Wissen Sie, ich treffe auch hier interessante Menschen. Ich werde Sie auch nicht über Gebühr belästigen. Sicher werden Sie ständig belästigt. Bekommen bestimmt jede Menge Anfragen aus der Öffentlichkeit.«

»Das kommt mit der Arbeit. Bekäme ich keine Anfragen, wäre das ein Zeichen, dass ich meinen Job nicht so mache, wie es sich gehört.«

»Ja, aber Sie bekommen sicher auch Hinweise und Anfragen, die überhaupt nichts mit Ihrem Tätigkeitsbereich zu tun haben.

Bestimmt betrachtet man Sie als die richtige Adresse für alles, vom Nachbarn, der seinen Balkon unerlaubterweise zugemacht hat, bis hin zum Geschäftspartner, der Steuern hinterzieht.«

»In dem Fall reiche ich die Anfrage weiter an jemanden, der zuständig ist. Ich bin ja nicht der einzige Reporter in der Redaktion, wissen Sie.«

»Und wie haben Sie es mit der Anfrage von Hilla Levin gehalten?« Wilner kam unversehens zur Sache, aber ohne Aggressivität, in trockenem, interessiertem Tonfall, den Blick auf Ben-Dors Gesicht geheftet.

Daniel Ben-Dor verstummte, aber nicht vor Schreck. Er hatte sich ausgemalt, dass so etwas kommen würde, und war vorbereitet. Er wusste genau, was er antworten würde, antwortete aber nicht überstürzt. Er bedachte Wilner mit festem, gelassenem Blick und zeigte die Verachtung nicht, die er für den vor ihm sitzenden Kommis, diesen Diener korrupter Herren, empfand.

»Der Fall Hilla Levin ist mir bekannt«, sagte er schließlich ruhig. »Näheres werde ich aus Gründen der journalistischen Schweigepflicht dazu aber nicht ausführen.«

»Ich hoffe, Sie sind sich bewusst, dass im Zuge der Notstandsverordnungen das Argument einer journalistischen Schweigepflicht keinerlei Berechtigung hat, wenn von der Sicherheit des Staates die Rede ist«, erwiderte Wilner. Er war genauso ruhig und gelassen wie sein Opponent, nur dass in seiner Stimme der Abscheu fehlte, der unüberhörbar in Daniels lag. Aus seiner Sicht war das Ganze eine rein professionelle Angelegenheit. Eine Sache, die er entschlossen war, zum gewünschten Ende zu bringen.

»Ich habe es nicht nötig, dass Sie mir Vorträge über die Sicherheit des Staates halten. Die Sicherheit des Staates habe ich zu Hause mit der Muttermilch aufgenommen. Ich bin damit groß geworden. Vierundzwanzig Stunden am Tag lebe und atme ich das in meinem Beruf.«

»Bei aller Hochachtung«, gab Wilner zurück. »Sie bestimmen nicht, was die Sicherheit des Staates betrifft und was nicht. Dafür gibt es zuständige Instanzen, die über uns beiden stehen. Und nach Ansicht dieser Organe ist das fragliche Material geschaffen, erheblichen Schaden anzurichten, sollte es in die falschen Hände geraten. Und jetzt hören Sie gut zu, Ben-Dor. Das Spiel-Ende hier ist ganz einfach. Ich muss sicherstellen, dass Sie mir jede Kopie des Materials, über die Sie verfügen, aushändigen und nichts davon zurückhalten. Und dass Sie mich in Kenntnis setzen über jede weitere Person, die in irgendeiner Form mit dem Material in Berührung gekommen ist. Anderenfalls würde das sehr ernste Konsequenzen nach sich ziehen, sowohl für die Sicherheit des Staates wie auch für Sie persönlich.«

»Sie drohen mir?«

»Ich übermittle Ihnen in hoffentlich klarer Form den offiziellen Standpunkt. Wenn Sie tatsächlich nicht vorhaben, die Sicherheit des Staates zu gefährden, dürfte es kein Problem für Sie sein, mir das Material und alle Informationen anzuvertrauen, um die ich gebeten habe. Ich sollte darauf hinweisen, dass allein die Tatsache, dass Sie nicht von sich aus gekommen sind und uns das Material übergeben haben, Ihnen bereits zum Nachteil gereicht. So etwas weckt Befürchtungen. Im Moment aber lässt sich noch davon ausgehen, dass lediglich von fehlender Einsicht die Rede ist, oder sogar von unzureichender Kenntnis des besagten Materials oder alternativ der betreffenden Notstandsverordnungen. Sollten Sie aber weiterhin bei Ihrer Weigerung bleiben, mit den Sicherheitsorganen zu kooperieren, würden die Befürchtungen und Verdachtsmomente zunehmen und auf natürliche Weise Bestätigung erfahren.«

Wilner verstummte. Er war zufrieden mit seiner Formulierung. Die Drohung war elegant und unmissverständlich.

Daniel dachte einen Augenblick lang nach, ehe er antwortete.

»Es geht hier um eine juristische Frage, die geklärt werden muss. Da die Notstandsverordnungen relativ neu sind, handelt es sich womöglich um einen Präzedenzfall. Ich bin durchaus bereit, das überprüfen zu lassen, aber nur gegenüber einer ranghöheren Instanz, als Sie es sind, und in Gegenwart eines Rechtsanwalts.«

Wilner überging die in dieser letzten Bemerkung enthaltene Beleidigung.

»Die juristische Sachlage ist klar und meine Anweisungen sind es auch. Vielleicht begreifen Sie das Ausmaß des Schlamassels nicht, in dem Sie sich befinden, aber zu Ihrer Information, ich habe Rückendeckung, Sie bis zum Abschluss der Ermittlungen in Haft zu nehmen, bis diese Affäre nach meiner Auffassung und der meiner Vorgesetzten aus der Welt ist.«

»Und trotzdem werden Sie mich nicht verhaften«, meinte Daniel lächelnd und kam von seinem Stuhl hoch. »Aus meiner Sicht ist das Gespräch hiermit beendet. Ich habe nichts mehr hinzuzufügen. Also nehmen Sie mich jetzt fest oder wenden sich bitte an die Rechtsabteilung meines Senders und vereinbaren mit ihr einen Termin, an dem wir die Angelegenheit weiter erörtern können.«

»Beruhigen Sie sich, für den Moment habe ich nicht vor, Sie verhaften zu lassen. Ich gebe Ihnen ein paar Tage zum Nachdenken, damit Sie begreifen, dass es sich für Sie lohnt zu kooperieren. Und ich rate Ihnen sehr, keine weiteren Personen innerhalb der Redaktion oder außerhalb davon zu involvieren. In dem Augenblick, in dem Sie das tun, bleibt mir keine andere Wahl, als Sie in Haft zu nehmen, und dann wird kein guter Wille oder der Herr Papa im ÜOK Sie mehr schützen. Sie verstehen, dass das alles ist, was Sie noch von einer Verhaftung trennt?«

»Wenn Sie nicht vorhaben, mich hierzubehalten, dann öffnen Sie jetzt die Tür. Dieses Gespräch ist beendet.«

Wilner drückte auf einen Knopf und die Tür öffnete sich. Alles in allem war er zufrieden. Er hatte Daniel unmissverständlich klargemacht, dass sie ihm auf den Fersen waren, und jetzt wollte er ihn ein bisschen an der frischen Luft herumlaufen lassen, um zu sehen, an wen er sich wenden und mit wem er Kontakt aufnehmen würde. Alles verlief nach Plan.

»Die Zeiten haben sich geändert, Schmetterling, vergiss das nicht!«, rief er dem Mann nach, der sich auf dem Flur entfernte.

Daniel wandte kurz den Kopf. In seinem Blick war Überraschtheit, in die sich – endlich – auch ein Anflug von Angst mischte.

23

DIE WOHNUNG VON AMICHAI und Davida Ben-Dor wirkte wie die Behausung zionistischer Beamter von einst – eine Mischung aus Bescheidenheit, Funktionalität und Zufallsprinzip. Sie waren nicht reich, aber zweifelsohne wohlhabend. Die Sicherheitsberatungsgeschäfte, die Amichai in den Phasen, in denen er nicht im Verteidigungsministerium beschäftigt gewesen war, aufgebaut hatte, verschafften ihnen ein schönes Einkommen und wirtschaftliche Sicherheit für den Rest ihres Lebens. Auch Davidas Einkünfte aus ihrer Ingenieursberatertätigkeit waren nicht unbeträchtlich. Aber sie wedelten nicht mit dem Geld, im Gegenteil, es bestand eine große Kluft zwischen ihrem Einkommensniveau und dem Erscheinungsbild ihrer Wohnung. Die Bilder waren seit den siebziger Jahren des vergangenen Jahrhunderts nicht mehr ausgetauscht worden, Drucke, die irgendwann einmal willkürlich ausgewählt worden waren, um der Konvention Genüge zu tun, die da verlangte, dass man etwas an die Wände hängen musste. Auch das Mobiliar war alt, obgleich gut gepflegt. Nur Amichais moderner Fernsehsessel, den er einige Jahre zuvor zu seinem fünfundsechzigsten Geburtstag von seinen Kindern geschenkt bekommen hatte, war relativ neu und hob sich durch seine fremdartige Präsenz ab. Die Küche war zwar etwas zeitgemäßer als die übrigen Teile der Wohnung, aber auch dort ließ sich, unter neueren Geräten, eine gut zwanzig Jahre alte Küchenmaschine finden, die zu ersetzen »kein Grund besteht, die ist so gut wie neu«.

Eine ähnliche Diskrepanz bestimmte auch das Erscheinungsbild Amichais. Schwerlich hätte man erraten können, dass der schmächtige und stille, kahl gewordene Mann mit Brille ein ausgewiesener Held Israels, Träger einer Auszeichnung für beispielhafte Tapferkeit unter feindlichem Feuer war. Er sah aus wie ein pensionierter Versicherungsangestellter, ganz gewiss aber nicht wie jemand, der in die gewagtesten Kommandoaktionen des Staates eingeweiht war.

Jetzt, da er neben seinem Sohn auf dem braunen Sofa im Wohnzimmer saß, mit einem Teller Knabberzeugs auf dem quadratischen Glastisch vor ihnen, schien es, als seien all die Kraft und Begeisterung, die der in die Jahre gekommene Mann immer hinter seinem unscheinbaren Äußeren verborgen hatte, in seinem geliebten, schönen und berühmten Sohn zum Vorschein gekommen.

Davida werkelte in der Küche. Re'ut, die ältere Tochter, war mit ihrem Mann und den Kindern noch nicht da. Daniel ließ sich in seinen Sessel sinken. Zum ersten Mal seit mehreren Tagen gestattete er sich, zur Ruhe zu kommen. Hier konnte ihm nichts passieren. Das Zuhause von Amichai und Davida war eine echte Festung, einer der geheimen Maschinenräume des taumelnden Staates. Daniel wusste, er würde seinem Vater heute Abend von der Affäre erzählen, in die er geraten war, und würde einen wohlüberlegten Rat von ihm bekommen. Sie würden bei ihrem traditionellen Spaziergang im Park darüber sprechen, am Freitag nach dem Abendessen. Das war noch eine von den spartanischen Gepflogenheiten seines Vaters – den Kalorien im Bauch nicht einen Moment Ruhe zu gewähren.

Hatte sein Vater schon von der Geschichte gehört? Wusste er von der Verwicklung seines Sohnes? Daniel konnte es nicht sagen. Sein Vater wahrte ohne Mühe einen gleichmütigen Gesichtsausdruck, auch wenn er größere Geheimnisse als dieses mit sich herumtrug. Doch bald würde er Klarheit haben. Bis dahin würden sie wie üblich über ein paar andere Geschichten aus den Nachrichten reden, vielleicht auch über eine neue wissenschaftliche Entdeckung. Sein Vater war ein begeisterter Anhänger wissenschaftlicher Neuerungen. Das war das Einzige, was ihm ehrliche Bewunderung entlocken konnte, egal, ob von einer unbemannten Raumsonde die Rede war, die einen fernen Planeten erforschte, oder von einem Mikroroboter, der den Blinddarm von innen untersuchte.

»Ich habe gesehen, ihr habt ein neues Bild im Flur aufgehängt«, sagte Daniel.

Sein Vater hob den Blick von der Wochenendausgabe seiner Zeitung und zog erstaunt die Augenbrauen hoch.

»Was?«

»Im Flur, neben deinem Arbeitszimmer. Das ist doch Meni Schamai auf dem Foto dort mit dir, oder? Ist das jetzt ein Regierungserlass oder was? Müssen jetzt Bilder des Führers zu Hause aufgehängt werden?«

Sein Vater lächelte bei dem Seitenhieb. »Ach das«, meinte er nur und gluckste verlegen. »Das hat deine Mutter neulich in einem alten Album gefunden und beschlossen zu rahmen. Ich weiß nicht, was sie da geritten hat.«

»Nun gut, es ist wirklich ein nettes Foto.« Daniel versuchte, seiner vorherigen Bemerkung die Spitze zu nehmen.

Es war ein Foto aus Armeetagen. Sein Vater, kurz bevor er im Rang eines Brigadegenerals aus dem aktiven Dienst ausgeschieden war, vor einem Wüstenpanorama über eine Landkarte gebeugt, die auf der Motorhaube eines Jeeps ausgebreitet liegt. Und neben ihm ein junger Offizier, ein Hauptmann mit kurz geschorenem Schopf, der mit sicherem Finger auf einen Punkt auf der Karte deutet. Der junge Offizier war Meni Schamai.

»Hast du ihn gleich erkannt?«, fragte Amichai.

»Sicher. Er hat sich nicht groß verändert.«

»Er hat mich damals bei dem Manöver beeindruckt. Mir war klar, dass er es weit bringen würde.«

»Dann bist du also in gewissem Maße für seine Beförderung verantwortlich.«

»Wir wollen mal nicht übertreiben. Ich hatte nicht direkt mit ihm zu tun. Zwischen uns lagen ein paar Jahre und einige Dienstgrade. Sagen wir, ich habe ihm keine Steine in den Weg gelegt«, sagte Amichai und gluckste abermals verlegen. Das Summen der Gegensprechanlage ließ ihn auf die Beine kommen. »Oh, deine Schwester«, sagte er und wandte sich zur Tür. Re'ut kam in die Wohnung mit ihren beiden Kindern, dem dreijährigen Omer und dem erst vor wenigen Monaten geborenen Itai, der friedlich in seinem Maxi-Cosi schlief.

»Opa! Fernsehen!«, krakeelte Omer und hüpfte an seinem Großvater hoch.

»Omer! Ruhe!« Seine Mutter brachte ihn mit aufgebrachtem Flüstern zum Schweigen. »Weck mir nicht Itai auf.«

»Fernsehen, Opa«, wiederholte der Kleine, der bereits an Amichais Hand hing, diesmal aber leiser und in beschwörendem Ton.

»Lauf, sag deiner Oma in der Küche Guten Tag, und dann komm wieder her und ich lasse dich etwas sehen«, wies der Großvater seinen Enkel an, und der stürzte los, um den Auftrag zu erfüllen.

Re'ut schnaufte abgekämpft und bot ihrem Bruder, der aufgestanden war, um ihr einen Kuss zu geben, ihre verschwitzte Wange dar.

»Waren wir auch mal so?«, fragte sie rhetorisch.

»Wo ist Ido?«, wollte Daniel wissen.

»Der parkt den Wagen. Er kommt gleich rauf.«

Das Gespräch am Esstisch verblieb innerhalb familiärer Grenzen – Omers neueste Lebensweisheiten, ein Bericht über Itais letzte Erkrankung. Die Diskussionen, die sie früher mal an diesem Tisch geführt hatten, waren endgültig mit dem letzten Krieg zum Erliegen gekommen. Das offene Gespräch, das in dem Staat, in dem sie lebten, zur Seltenheit geworden war, hatte einen ähnlichen Prozess auch in den eigenen vier Wänden erfahren. Es herrschte das Gefühl vor, als gäbe es nichts mehr zu sagen, oder genauer: dass die Dinge, die zu sagen wären, zu schrecklich waren, um ausgesprochen zu werden, und die Kettenglieder zu sprengen drohten, die die hier um den Tisch Versammelten miteinander verbanden. Dies traf insbesondere auf Re'ut und ihren Vater zu. Früher hatte sie ihm an diesem Tisch regelmäßig Vorhaltungen wegen der Besatzung gemacht, wegen der Machenschaften des »zionistischen Establishments«, jenes Geheimbundes, dessen hochrangiges Mitglied er war. Sein Vater hatte fast immer seine lächelnde Gelassenheit gewahrt, hatte ihre Vorwürfe mit einer stillen, zynischen Bemerkung abgetan, während Daniel zwischen ihnen vermittelt hatte – der journalistische Profi, der die Geschichte von beiden Seiten betrachtete.

Jetzt lag all dies außerhalb dessen, worüber gesprochen wurde. Die linken Gruppen, in denen Re'ut sich früher engagiert hatte, waren inzwischen verboten. Doch zur allgemeinen Erleichterung der Familie hatte es den Anschein, als hätte sie sich ohnehin frustriert von der Politik abgewandt. Sie hatte ihre Kinder und ihre Patienten, und das war es, was sie jetzt beschäftigte. Ihrem Vater war es einerlei, ob sie ihr linkspolitisches Engagement aufgegeben hatte, weil sie nicht mehr daran glaubte oder keine Möglichkeit mehr sah, irgendetwas zu verändern, oder einfach, weil sie Angst hatte. Sie hatte es drangegeben, und das war die Hauptsache.

Nach dem Essen konnten sie endlich ungestört miteinander reden. Sie marschierten schnellen Schritts Seite an Seite die dunkle Straße entlang, an deren Ende der Park begann.

»Ist schon irgendetwas über meine neue Geschichte bei dir angekommen?«

»Welche von den vielen denn?«, fragte Amichai zurück.

An der amüsierten Antwort seines Vaters konnte er deutlich spüren, dass er Bescheid wusste.

»Die Eskapaden des Kronprinzen.«

»Komm, erzähl mir jetzt mal ernsthaft, worum es da geht.«

Auf eine solche Einladung hatte er gewartet. Er wollte seinen Vater nicht involvieren, ohne von ihm ausdrücklich dazu aufgefordert zu sein. Wäre sein Vater überzeugt gewesen, dass es besser war, wenn er die Angelegenheit selbst regelte, ohne ihn damit zu behelligen, hätte er einen Weg gefunden, ihm dies vorsichtig anzudeuten. Nicht nur in dieser Hinsicht herrschte ein tiefes und schnelles Verständnis zwischen ihnen.

»Hör zu, das ist eine der faulsten Geschichten, mit denen ich je zu tun gehabt habe, und glaub mir, das sind nicht eben wenige. Der Sohn von Schamai, Lior Schamai junior, sicher bist du ihm schon mal begegnet?«

Sein Vater nickte.

»Er hat eine junge Frau vergewaltigt. Nicht irgendeine. Jemanden, den ich kenne, eine, die mit mir auf der Schule war. Ich habe eine selbst gefilmte Aussage von ihr. Sie hatte Angst, man bringt sie um. Und genau an dem Tag, an dem sie mir den USB-Stick mit ihrer Aussage anvertraut hat, hat man sie tot aufgefunden. Sie soll angeblich Selbstmord begangen haben, aber den Shit glaube ich nicht. Ich denke, man hat sie aus dem Weg geräumt. Und ich glaube, er, Junior, ist dafür verantwortlich, aber die Polizei ist auf seiner Seite. Seit dem Tag, an dem sie gestorben ist, sind sie hinter mir her. Haben die Redaktionsräume durchsucht und alles. Und jetzt haben sie mich. Ich war diese Woche zur Vernehmung. Sie wollen das Material zurück und verlangen, ich soll ihnen jeden nennen, der etwas über die Sache weiß.«

»Gibt es denn noch mehr Leute, die davon wissen?«

»Niemand. Es gibt eine Kollegin, eine Cutterin, der habe ich den USB-Stick zum Verstecken gegeben, als sie die Durchsuchung gemacht haben. Aber sie hat nicht gesehen, was darauf ist. Ich bin sicher, sie weiß nichts, was auch besser für sie ist.«

»Das ist es ganz sicher«, pflichtete sein Vater bei.

»Und jetzt? Da wären wir also? Muss ich das vertuschen? Die ganze Geschichte begraben? Ist es das, was aus unserem Staat geworden ist? Denn wenn dem so ist, dann können wir den Laden hier wirklich dichtmachen. Dann sind wir wie unsere lieben Nachbarn. Ein arabischer Staat.«

Amichai dachte einen Moment lang nach, ehe er antwortete. »Hör zu. Wir sind uns der Situation mit Schamais Sohn bewusst. Soweit ich weiß, ist die Geschichte nicht exakt so gelaufen, wie du sie schilderst, aber der Bursche ist, vorsichtig ausgedrückt, in der Tat höchst problematisch und kommt in Behandlung. Es gibt aber ein Problem, das im Augenblick an die große Glocke zu hängen. Der Schaden wäre größer als der Nutzen.«

»Was soll das heißen?« Daniel hatte die Stimme ein wenig gehoben. »Wenn der Bursche ein Vergewaltiger und Mörder ist, welcher Schaden soll daraus entstehen, ihn zu entlarven und vor Gericht zu bringen?«

»Wir haben keine normalen Zeiten im Augenblick, Daniel. Das ist alles nicht einfach so erlassen worden, die Ausnahmeverordnungen und all das. Wir befinden uns in einer echten Notsituation. Den letzten Krieg haben wir in einer Position der Unterlegenheit beendet, gelinde gesagt. Die Hunde ringsum haben Blut gewittert. Jede Demonstration von Schwäche, von innerem Zerfall – und sie springen uns abermals an die Kehle. Wir tun im Augenblick alles, um die nächste Runde herauszuzögern, um abzuschrecken und Zeit zu gewinnen. Meni Schamai ist zurzeit unsere Lebensversicherung. Er hat uns im Krieg gerettet. Er ist wirklich der starke Mann, und selbst wenn er ein bisschen ›meschugge‹ ist, dann im positiven Sinne des Wortes. Er ist einer der Hauptfaktoren, die die andere Seite dazu bewegen, es sich zweimal zu überlegen, ehe sie die nächste Runde einläutet. Diese Geschichte jetzt platzen zu lassen könnte dem Staat gewaltigen Schaden zufügen, vielleicht sogar irreparablen Schaden.«

»Und nun? Das Ganze einfach vergessen?«

»Fürs Erste sollte man es auf sich beruhen lassen. Glaub mir, in den verantwortungsvollsten Kreisen kümmert man sich bereits darum. Es wird eine Lösung gefunden werden, die den Knaben in die Schranken weist. Meni selbst weiß, dass er sich um ihn kümmern und ihn auf die eine oder andere Weise an die Kandare legen muss, und er wird davor auch nicht zurückschrecken.«

»Du sagst mir also, ich soll kooperieren?«

»Ganz genau. Und das ohne Wenn und Aber. Du darfst keine Kopie von dem Material behalten oder andere Schlaumeiereien dieser Art versuchen. Das ist der richtige Schritt. Ich werde für deine volle Kooperationsbereitschaft bürgen.«

»Wie sind wir in solch eine beschissene Lage geraten?« Seine verzweifelte Frage hallte in der klaren Nachtluft nach. Aber er erwartete keine Antwort, und sie kam auch nicht. Nur ihre Schritte waren zu hören, im Gleichklang auf dem Weg.

24

SIE STÜRMTEN DIE WOHNUNG um vier Uhr morgens, rammten die Tür mit einem Schlag aus den Angeln. Joav und Chagit richteten sich in perfekter Synchronizität im Bett auf, wie zwei Marionetten, die von einem unsichtbaren Puppenspieler jäh in die Luft geworfen wurden.

Noch ehe sie es aus dem Bett geschafft hatten, waren die Uniformierten bereits in ihrem Schlafzimmer, in den Händen Stablampen, deren Strahlen zu runden Flecken gebündelt hektisch über das Bett und die Zimmerwände irrten. Durch die gleißenden Lichtgarben, die ihre Augen blendeten, zeichneten sich allmählich vier dunkle Striche ab, vier Pistolenläufe, die auf sie gerichtet waren.

Joav war wie versteinert. Seine Muskeln verkrampften sich, seine Zunge verweigerte jede Bewegung, seine Stimme sträubte sich, aus dem Mund in das Zimmer entlassen zu werden, das zu einem sonderbaren Schlachtfeld geworden war, zum Schauplatz eines Albtraums. Die Reaktion seiner Lebensgefährtin, registrierte Inspektor Wilner bei sich, war eine andere. Nach einem Moment des anfänglichen Schocks sanken ihre Schultern herab und er nahm war, wie ein leichter, beinahe unhörbarer Seufzer über ihre Lippen kam.

Wilner trat zum Lichtschalter und drückte darauf.

»Was ist hier los? Was machen Sie hier?« Chagits vom Schlaf heisere Stimme drang in Joavs Kopf vor.

»Sie wissen, was wir hier machen«, antwortete Wilner mit kalter, gleichmütiger Stimme. »Sie wissen, was wir suchen. Möchten

Sie den Prozess abkürzen, oder sollen wir die Wohnung auf den Kopf stellen?«

»Ich habe keine Ahnung, wovon Sie reden. Wer sind Sie?«

»Die Feuerwehr«, blaffte Wilner verächtlich. »Vorwärts, aufstehen.«

Joav stand in seinen Boxershorts da, Chagit in ihrem Pyjama – einer Jogginghose und einem von Joavs alten Sweatshirts.

»Ich möchte einen Durchsuchungsbefehl sehen«, wandte sie sich an den jungen Polizeioffizier, der mit ihr gesprochen hatte.

»Einen was? Bitte sehr«, meinte der Polizist und schlug ihr mit der flachen Hand ins Gesicht, was ihr ein überraschtes Wimmern entlockte.

»Was machen Sie da?!« Joav hörte endlich, wie sich eine Stimme aus seiner Kehle brach. Eine fremdartige, schrille Stimme.

»Schnauze halten!«, brüllte der Polizeioffizier und deutete mit langem Finger auf ihn, einem Finger, der um seine Stimmbänder gewunden schien.

»Vorwärts, Jungs, die ganze Bude auf den Kopf stellen. Ihr wisst, wonach wir suchen.«

Sie legten ihnen Handschellen an und stellten sie im Wohnzimmer an die Wand, während sie ihre Wohnung zerlegten. Die Computer schleppten sie als Erstes heraus. Der unberechenbare junge Polizeioffizier hatte ihnen verboten, miteinander zu reden, ja sogar, sich anzuschauen.

Bücher wurden aus ihren Umschlägen gerissen und ausgeschüttelt, CDs aus ihren Plastikhüllen genommen und in einen großen Müllsack geworfen. Sie schlitzten die Polster auf und tasteten das Innenleben der Möbel ab. Ihre Finger wühlten in Ordnern voller Notenblätter herum, rissen heraus, warfen weg.

»Nein! Der nicht!«

Ein unkontrollierter Schrei brach sie aus Joavs Mund, als Inspektor Wilner den Deckel des Flügels hob. Wilner drehte sich mit neugierigem Blick zu ihm um. Das Urteil über das Instrument war gefällt. Wilner richtete den Blick wieder auf die Tasten, entlockte ihnen dann mit Leichtigkeit einige Takte eines Menuetts von Bach, wie man es Kindern gern beibringt. Joav betrachtete, wie die Finger des Polizeioffiziers über die Tasten schwebten. Einem sonderbaren Instinkt nachgebend, beurteilte und schätzte er das darin verborgene Potenzial ab. Es waren Finger, die durchaus zum Klavierspielen geeignet waren, lang und kräftig, die Finger eines Pianisten.

»Man könnte den Eindruck gewinnen, er möchte nicht, dass wir dort suchen«, sagte Wilner und drehte sich zu dem hinter ihm stehenden Polizisten um. »Auseinandernehmen, das Ding. Taste für Taste.«

»Sie werden dort nicht finden, was Sie suchen«, meinte Chagit mit tonloser Stimme.

Wilner hob die Hand, um den Polizisten zu signalisieren, sie sollten innehalten.

»Okay«, gab er gelassen zurück, ging drei Schritte auf sie zu und musterte ihr Gesicht von Nahem. »Wo finden wir denn dann, wonach wir suchen?«

»Nirgendwo. Ich weiß nicht, was Sie suchen, aber es ist nicht in unserer Wohnung. Woraus sich ergibt«, fuhr sie in einem Ton fort, dem nichts zu entnehmen war als bloße Verachtung, »dass es auch nicht im Flügel meines Mannes ist. Ihn zu zerstören wäre nichts weiter als niederträchtig. Er hat ihn seit seiner Kindheit«, setzte sie dann in sonderbarem Tonfall hinzu. In ihrer Stimme war weder Trauer noch Flehen. Sie sprach, als sinnierte sie laut vor sich hin, als betrachtete sie den Inspektor, wie man einen Nachtfalter von unbekannter Art betrachtet, der in die Wohnung geflattert ist, im Versuch herauszufinden, ob es sich dabei um einen Schädling handelt oder eine Kreatur, die man in Ruhe lassen kann.

»Bitte, tun Sie das nicht«, meinte sie noch zu dem Inspektor, flehte den Nachtfalter an, aus eigenem Antrieb wieder durch das Fenster nach draußen zu flattern, zurück in die Nacht.

Inspektor Wilner ließ die Hand zur Brusttasche seines Hemds wandern. Er schob Daumen und Zeigefinger hinein und brachte einen kleinen Schraubenzieher zum Vorschein. Ein zerstreutes Lächeln schien für eine Sekunde durch seine blauen Augen zu huschen. Er wandte sich dem Flügel zu.

Das überraschte Knirschen des zersplitternden Holzes wurde untermalt von einem tiefen Summton. Joav verspürte den unkontrollierbaren Drang, diesen Ton zu identifizieren. Es war irgendetwas zwischen a- und b-Moll, ein unklarer Vierteltton, ein Ton, der in der westlichen Musik nicht existiert.

25

EIN HELLER FRÜHLINGSMORGEN erhob sich über der verwüsteten Wohnung. Seit die Polizisten abgezogen waren, saß Joav in dem aufgeschlitzten Sessel mitten im Wohnzimmer. Das lähmende Entsetzen, das von ihm Besitz ergriffen hatte, hatte sich gelegt und einem Zustand der Halluzination Platz gemacht. Seine Gedanken wanden sich in eigentümlicher Weise. Jeder logische Gedankenstrang, an den zu klammern er sich versuchte, nahm früher oder später eine fantastische Wendung und zerplatzte in einem Traum. Verzweifelt versuchte er immer wieder, zu den Fakten der Situation zurückzukehren, in der er sich befand, um daraus irgendein Verständnis, einen Schluss zu ziehen. Was war jetzt zu tun? Chagit war nicht mehr da. Sie war in irgendetwas hineingeraten. Die Männer hatten hier etwas gesucht, etwas, von dem sie annahmen, sie habe es in der Wohnung versteckt. Sie hatten sie mitgenommen. Er wusste nicht wohin. Ihn hingegen hatten sie hier zurückgelassen. Warum? Auch das verstand er nicht. Genau genommen wusste er überhaupt nichts. Wie war der Name der Beamten? Zu welcher Einheit gehörten sie? In welcher Angelegenheit waren sie gekommen? Er wusste nicht einmal, ob Chagit sich tatsächlich irgendeiner Sache schuldig gemacht hatte oder vollkommen unschuldig war. Er versuchte, sich zu konzentrieren. War in letzter Zeit etwas an ihr anders gewesen? Ungewöhnlich? Wenn überhaupt, dann war sie in außergewöhnlich guter Stimmung gewesen. Er konnte sich an keine Anzeichen von Furcht oder Anspannung erinnern. Was sollte er jetzt tun? Die 100 wählen? Der Beamtin in der Notrufzentrale erzählen, ein Trupp von

Polizisten in Uniform sei mitten in der Nacht in die Wohnung gestürmt und habe seine Frau mitgenommen?

»›Vielleicht können Sie mir sagen, wo ich sie finde?‹ Das willst du sagen?«, spottete in seinem Kopf die Posaune, die ihn in den letzten Wochen, als sich alles zum Besten zu entwickeln schien, in Ruhe gelassen hatte.

»Was soll ich dann tun?«

»Ganz sicher nicht die Polizei anrufen.«

Er versuchte zu erraten, wessen man Chagit beschuldigte, hatte jedoch nicht die leiseste Idee. Das Ganze war so wenig plausibel. Nein, es musste ein Irrtum sein. Ein dämlicher Fehler, der sich schnell aufklären würde. Eine Frage von ganz sicher nicht mehr als ein paar Stunden. Er musste nur hier zu Hause auf sie warten. Sich nicht von hier wegbewegen. Sie konnte jeden Augenblick zur Tür reinkommen und ihm alles erklären. Es war eine andere Chagit gewesen, nach der sie gesucht hatten, eine mit demselben Familiennamen, jemand aus einem anderen Stockwerk im Haus. Sie würden sich entschuldigen, würden sie unten auf der Straße absetzen. Würden versprechen, sie für die Möbel, die Gegenstände zu entschädigen, die zerstört worden waren, den Flügel … Er betrachtete, was von dem Instrument übrig geblieben war. Die herausgerissenen Tasten und Saiten lagen achtlos um den Leichnam verstreut, als sei der Flügel von innen explodiert, als sei ein Sprengsatz in seinem Bauch gezündet worden, eine Zeitbombe mit Uhr, die fünfundzwanzig Jahre zuvor gestellt worden war, um ausgerechnet an diesem Frühlingstag in die Luft zu fliegen, ausgerechnet in dieser Wohnung. Der riesige Holzleichnam in der Mitte des Raumes war das deutlichste Indiz, dass all dies kein Traum war, kein irrwitzig abstruser Albtraum, der genauso unverhofft wieder enden würde, wie er begonnen hatte. »Aber das ist kein Albtraum«, meldete sich die Posaune. »Das ist erst der Anfang. Du darfst nicht hierbleiben. Geh zu Usi. Wenn jemand dir und Chagit helfen kann, dann er.«

»Ich beweg mich nicht von hier weg. Chagit kann jeden Augenblick wieder da sein. Ich muss hier sein, wenn sie zurückkommt.«

»Chagit kommt so schnell nicht zurück. Hast du gesehen, wie die hier reingestürmt sind? Das ist nur deine Angst, die spricht. Du denkst nicht klar. Bist einfach verstört. Wenn du nicht auf mich hörst, wird es am Ende zu spät sein.«

»Ich rufe ihn an.«

»Nein, bloß nicht anrufen. Nicht am Telefon. Sieh zu, dass du hier wegkommst, geh los und finde Usi.«

Er zog schnell Jeans und T-Shirt an – das er, gedankenverloren, falsch herum überstreifte – und verließ das Haus. Als er die Bushaltestelle erreicht hatte, stellte er fest, dass er sein Portemonnaie zu Hause vergessen hatte. Er überlegte kurz und entschied dann, weiter zu Fuß zu gehen – er wusste ohnehin nicht, wo das Portemonnaie war, und die Wohnung in ihrem Zustand danach abzusuchen würde zu viel Zeit kosten. Er marschierte zügig. Ab und an, wenn ihm ein neuer Gedanke kam, debattierte er laut mit sich selbst, um den Einfall schließlich zu verwerfen und wieder schweigend zu marschieren. Einmal, als er eine Straße überquerte, wäre er beinahe überfahren worden. Das Hupen der Autos schreckte ihn auf und ließ ihn einen Satz zurück auf den Bürgersteig machen. Der Deserteur, der sich von seiner Einheit absetzt und durch den Wald flieht – Schostakowitschs Stück –, kam ihm plötzlich in den Sinn und setzte sich dort fest. Unbewusst summte er es wieder und wieder vor sich hin. Jetzt entdeckte er neue Züge an der Melodie. Spürte mit einem Mal, dass er das Stück nie so gespielt hatte, wie es gespielt werden musste, dass er den ersten Teil langsamer beginnen und von einem bestimmten Punkt an das Tempo forcieren musste. Die Entdeckung erfreute ihn. Er lachte und begann, die Komposition erneut von Anfang an zu summen, den neuen Rhythmus einzuüben. Ein Streifenwagen, der an einem Fußgängerüberweg an ihm vorbeirollte, durchtrennte den Faden seiner Gedanken.

»Idiot«, wies er sich zurecht. »Chagit ist verhaftet worden und du denkst über Interpretationen nach. Du bist ja nicht normal. Konzentrier dich.« Abermals beschleunigte er seine Schritte. Eine kräftige Frühlingssonne ließ ihm den Schweiß in Strömen über Gesicht und T-Shirt laufen. Endlich bog er von der Hauptstraße in die kleinen, ruhigen und gediegenen Sträßchen ab, die zur Villa der Segals führten. Bald stand er vor dem breiten, weiß lackierten Tor und drückte auf den Knopf der in die Mauer eingelassenen Gegensprechanlage. Er wartete eine ganze Weile. Es kam keine Reaktion. Erst nach dem vierten oder fünften Mal Schellen vernahm er eine Stimme aus dem Lautsprecher, eine weibliche Stimme mit starkem philippinischem Akzent.

»Yes?«

Er versuchte, sich an den Namen der philippinischen Hausangestellten zu erinnern. Martha? Maria? Nuria? Sie wechselten ständig.

»Hey, it's Joav Kirsch, the pianist. I need to see Usi.«

»Who is?«

»Who is what?«

»Who is?«, beharrte die kreischige Stimme in ihrem rudimentären Englisch ungeduldig.

»Is Joav! Is Joav piano!«, schrie er in die Box.

Die Stimme am anderen Ende verstummte.

»Hello??«

»Usi no home. Usi work.«

»So, Hagar?«

»Hagar no home.«

Er hörte ein metallisches Klicken, als sie auflegte. Er drückte noch mehrfach auf die Klingel und ließ sich schließlich resigniert auf dem Gehweg nieder. Nach einiger Zeit rappelte er sich auf.

Ein in seiner Klarheit überraschender Gedanke war ihm durch den Kopf gegangen. Wenn das philippinische Hausmädchen ihn tatsächlich nicht erkannte, konnte es gut sein, dass sie ihn für einen Einbrecher hielt. Sicher sah sie ihn durch die Überwachungskamera. Am Ende würde sie noch die Polizei rufen. Er entfernte sich von dem Haus. Durst begann ihn zu peinigen, seine Muskeln schmerzten, sein durchschwitztes T-Shirt klebte am Rücken und er spürte, dass er kurz vor einem Kollaps stand. Vielleicht sollte er sich einfach zu Boden sinken lassen? Aufgeben und sich wie ein Stein auf den Asphalt fallen lassen? Er wusste nicht, wohin er ging und welchen Sinn sein Marschieren noch machte. Glücklicherweise fand er sich wenig später am Eingang zu einer kleinen, beschatteten öffentlichen Parkanlage wieder. Er trat ein, um Schatten zu suchen, und fand einen Wasserhahn. Nachdem er in langen Schlucken getrunken hatte, benässte er Haare und Gesicht, ließ sich dann auf eine Bank sinken, die ganz in der Nähe unter einem hohen Baum mit ausladender Krone stand.

Ein angenehmer Windhauch strich ihm übers Gesicht und trocknete sein durchnässtes T-Shirt. Er legte sich auf den Rücken, zog die Beine an und setzte die Füße auf die Bank. Für einen Moment war sein Kopf gedankenleer – er folgte den Schrunden und Vernarbungen an dem mächtigen Stamm und schaute in das üppige Blattwerk, das über seinem Kopf in grüner Dünung wogte. Von Zeit zu Zeit tat sich ein kleines Loch in dem grünen Meer auf und ein Sonnenstrahl stahl sich für einen Moment hindurch und verschwand wieder. Das grüne Wogen ließ ihn abermals an die Melodie des Deserteurs im Wald denken – überrascht hob er den Kopf, als er begriff: er befand sich in dem kleinen Park in der Louis Marshall, ganz in der Nähe des Konservatoriums. Er stand auf und sein Kopf drehte sich wild. Goldgrüne Flecken tanzten vor seinen Augen. Er wartete, bis der Schwindel vorüber war, und verließ die Parkanlage.

Wenig später betrat er das Konservatorium, stieg hinauf in den zweiten Stock und ging zu Dovs Raum. Klavierspiel ertönte von dort. Aber es war nicht sein alter Lehrer, der dort spielte, es war das Spiel eines Kindes. Eines begabten Kindes, auch wenn es sicher nicht älter als zehn war. Es spielte Mozarts Fantasie in d-Moll. Das traf ihn wie eine Welle, die sich unvorbereitet über seinem Kopf brach, und die Hand, die bereits auf der Türklinke gelegen hatte, glitt herab und hing kraftlos am Körper nach unten. Er lauschte dem Spiel. Das Kind spielte mit hartem Anschlag, vor allem mit der linken Hand, und betonte den Rhythmus zu stark, akzentuierte ihn zu sehr. Er erinnerte sich, wie er selbst dieses Stück gespielt hatte, in genau diesem Raum, in einer anderen Welt und zu einer anderen Zeit. Er konnte sich Dovs Gesichtsausdruck vorstellen, seine Sitzhaltung auf der anderen Seite der Tür. Der Lehrer bat das Kind, noch einmal von vorne zu beginnen, und fügte einige Worte an, die Joav nicht verstehen konnte. Offenbar hatte er den Schüler auf den Rhythmus der linken Hand hingewiesen, der jetzt in runderer Form gespielt wurde. Plötzlich kam Joav eine sonderbare Idee. Das war er dort hinter der Tür. Er war das, zu beiden Seiten der Tür.

Die Musik endete. Seine Hand näherte sich wieder der Klinke und drückte sie nieder. Die Tür öffnete sich. Er stand da und Tränen rannen aus seinen Augen wie Tinte aus einem lecken Füller.

26

INSPEKTOR ERES WILNER WAR ZUFRIEDEN. Der Fall war jetzt auf den richtigen Gleisen, rollte gemächlich und wie von selbst über die Schienen. Zu übertriebener Eile bestand keine Notwendigkeit. Einige Köpfe würden unterwegs sicher noch vom Rumpf getrennt werden, hier und da müsste auch ein bisschen Blut spritzen, aber am Ende würde der Zug den Bahnhof erreichen. Jetzt galt es nur noch sicherzustellen, dass keine ungebetenen Fahrgäste mit an Bord waren. Wilner liebte diesen Teil der Arbeit. Gleichzeitig verspürte er Bedauern ob des nahenden Endes der Ermittlungen, wie ein Künstler, der mit Hingabe letzte Hand anlegt und sich nicht von seinem neuesten Werk trennen mag.

Soeben hatte er sein Telefonat mit dem Vizekommandanten beendet, in dem er diesen über die Fortschritte in Kenntnis gesetzt hatte. Die Frau, die Komplizin Ben-Dors, war verhaftet worden. Ihre Motive waren noch unklar. Vielleicht romantischer Natur? Sie verteidigte Ben-Dor, als sei sie in ihn verliebt, und weigerte sich zu kooperieren. Ihrem Mann hatte er Freigang gewährt, um zu sehen, was er anstellen würde. Als Erstes war er zum Haus eines wohlhabenden Paares marschiert. Segal. Leute ohne irgendeine Vergangenheit, aber er würde ihnen einen persönlichen Besuch abstatten. Danach war er zum Musikkonservatorium gegangen. Er sei Pianist. In seinem Bericht an Vizekommandant Levi unterschlug Wilner die Tatsache, dass ihm der Pianist im Konservatorium stiften gegangen war, sich vor dem schlafmützigen Kollegen, der ihn bis dahin beschattet hatte, in Luft aufgelöst hatte. Doch er war überzeugt, das war reiner Zufall. Der Bursche würde irgendwann in den nächsten Stunden wieder zu Hause auftauchen. Er hatte zwei Beamte dorthin geschickt, um die Wohnung im Auge zu behalten und die Beschattung wieder aufzunehmen, sobald er auf der Bildfläche erschien.

»An den Mann erinnern Sie sich vielleicht noch«, hatte er zu dem Vizekommandanten gemeint. »Er heißt Joav Kirsch. Sie hatten ihn mal zur Vernehmung da. Haben ihn im Zusammenhang mit der Genehmigung einer Auslandsreise befragt. Wie auch immer, allem Anschein nach ist Chagit, seine Frau, der Schlüssel, mit dem sich der Fall abschließen lassen wird.«

Sie verbarg noch etwas, das war ihm klar. Aber er würde es aus ihr herausholen. Langsam und mit viel Geduld würde er es ihr entlocken. Der Vizekommandant hatte ihm zu seiner guten Arbeit gratuliert und gesagt, er hoffe, in den nächsten Tagen wieder im Dienst zu sein. Noch sei nicht klar, was er habe, aber dran sterben werde er wohl nicht. Die Hauptsache bei einem Fall dieser Art sei, sicherzustellen, dass am Ende keine losen Enden blieben. Das sei am allerwichtigsten.

Lose Enden? Es würde nicht einmal ein winziges Fädchen mehr heraushängen. Dieser Fall sollte sein Sprungbrett werden. Die mysteriöse Erkrankung des Vizekommandanten hätte zu keinem passenderen Zeitpunkt kommen können. Viele wichtige Leute würden dankbar sein, um nicht zu sagen: Gefangene seiner Verschwiegenheit. Er würde ihnen den Fall vakuumverpackt überreichen, mit einer roten Schleife darum.

Ehrlich gesagt genoss er Chagits Schweigen. Er war Verhörspezialist und das Knacken eines Vernehmungsopfers war nun mal der Teil des Ganzen, den er am meisten liebte. Die ganze Arbeit darum herum, all die grauen Stunden öder Routinearbeit waren nur bestimmt, zu diesem Moment zu gelangen, die Kreatur zu betrachten, die auf der anderen Seite des Tisches wie ein lebendes Gemälde hingestreckt lag; die zarte Röte ihrer Wangen zu begutachten, die kleinen, unbewussten Gesten zu registrieren, die sie machte, wenn sie log oder die Wahrheit sagte; den Rhythmus ihrer Atemzüge zu studieren; ihren Blick; die Sitzhaltung. Langsam in ihr Bewusstsein einzudringen, bis sie irgendwann kapitulieren und sich ihm ausbreiten würde. Wenn er erst einmal richtig in ihr wäre.

Im vorliegenden Fall allerdings war er um einen Teil des Vergnügens gebracht worden. Chagit hatte er nicht eigenhändig der Seele dieses Ben-Dor entlockt. Der Bursche gehörte zur Aristokratie und durfte nicht geknackt werden, wie es sich gehörte. Der Werkzeugkasten blieb geschlossen. Man war ihm direkt aus dem Verteidigungsministerium behilflich gewesen, Chagit aufzuspüren, ein Tipp von ganz weit oben. Ein bisschen Arbeit war trotzdem noch zu erledigen gewesen. In der Amtshilfe war von einer Cutterin die Rede, die den USB-Stick versteckt hatte, während Daniels Redaktion durchsucht worden war, aber einen Namen hatten sie nicht. Er verbrachte Stunden damit, sich beschlagnahmte Aufnahmen der Überwachungskameras in der Nachrichtenredaktion vom Tag der Durchsuchung anzuschauen, bis er sie schließlich entdeckte. Sie selbst hatte sich nicht verraten, war bemerkenswert kaltblütig gewesen. Nachdem er sie aufgespürt hatte, schaute er sich noch einmal ihr Verhalten während der gesamten Durchsuchung an – wie sie sich ganz an den Anfang der Schlange für die Leibesvisitation gestellt hatte, wie sie direkten Blickkontakt mit Daniel vermieden hatte, als sie zusammen in der Küche standen. Eine Klassefrau, keine Frage. Er hatte sie vom ersten Augenblick an gemocht, als er sie auf dem Band gesehen hatte. Derjenige, der sie, wenn auch unbeabsichtigt, preisgegeben hatte, war Daniel – der vielsagende Blick, den er nach rechts und nach links geworfen hatte, um sicherzustellen, dass ihn niemand sah, als er ihr Zimmer verließ, kurz vor Beginn der Durchsuchung. Alles, was noch zu tun blieb, war, die Aufnahme vorzuspulen, um zu sehen, wer noch aus diesem Schneideraum gekommen war. Wie dämlich dieser Pfau war.

»Man sieht dich, Daniel. Man sieht dich, Süßer«, meinte er zu der Gestalt, die auf seinem Bildschirm vor- und zurücklief, die Tür öffnete und schloss, herausspähte und erst nach rechts, dann nach links schaute. Immer wieder ließ er den Film in Zeitlupe laufen und dann im Schnelldurchlauf, wie eine schlechte Slapstickkomödie. Vergnügt grinste er bei sich. Und sie? Wo hatte sie das Ding versteckt? Sie musste es irgendwo am Körper gehabt haben. Im BH hätte die Beamtin ihn gefunden. Hatte sie sich den USB-Stick etwa in ihre Scheide geschoben? Schade, dass er ihn jetzt nicht zur Hand hatte. Er würde das Speichermedium gleich zur DNA-Untersuchung schicken. Ihn ausgiebig beschnüffeln. Vielleicht könnte er sogar noch etwas von ihrem Geruch erhaschen …

Der USB-Stick würde bis zum nächsten Tag bei ihm sein, das war fix. So war ihm bei besagtem Amtshilfegespräch mit dem Verteidigungsministerium versichert worden. Daniel Ben-Dor würde keine Probleme machen. Bedauerlicherweise aber musste er dann die Finger von ihm lassen. So waren die Weisungen. Und sie, als sie sich das Ding zwischen den Schenkeln hervorgezogen hatte, wo hatte sie es deponiert? Wo hatte sie es versteckt, nachdem sie den Stick in ihr drin aus der Redaktion geschmuggelt hatte? Vielleicht hatte ihr das Teil kleine Schnittwunden innen zugefügt? Ließ sich so etwas nach drei Monaten noch feststellen? In seinem schwarzen Heftchen notierte er sich, mit einem Gynäkologen zu reden, um zu klären, ob sich auch nach einer solchen Zeitspanne noch forensische, gynäkologische Beweise für einen Speicherstick finden ließen, den sie in sich versteckt hatte. Was aber deutlich weniger amüsant wäre. Nochmals dieses inspirationslose Geschäft forensischer Beweise. Er wollte es aus ihrem Mund hören. Wollte es nur für ihn geflüstert hören, wenn sie beide allein in der Dunkelheit waren. In seinem Königreich.

Er machte sich los von den angenehmen Fantasien. Ja doch, sie gefiel ihm, aber das war unprofessionell, sich in dieser Phase schon in Fantasien zu ergehen. Dafür würde hinterher noch Zeit genug sein. Sie würde nirgendwohin gehen. Bis dahin erschuf er ihr ein Nirgendwo. Das war seine Aufgabe – sie jegliches Gefühl für Zeit und Raum verlieren zu lassen. Es war die erste Gelegenheit, die sich ihm bot, in dem von ihm geplanten und geschaffenen Labor das Instrumentarium unter Echtbedingungen zu erproben, was ihn mit Freude erfüllte. Jetzt würde er erfahren, ob es tatsächlich so arbeitete, wie er es sich erträumt hatte, ob es ihm gelingen würde, ihr eine Zeit zu erzeugen, die sich nicht bewegte. Eine Wüstenzeit, die plötzlich an eine hohe Stromschnelle gelangte und mit gewaltiger Geschwindigkeit in einem Wasserfall aus Licht und Bewegung hinabstürzte, um dann abermals angehalten zu werden und in der Dunkelheit zu Bewegungslosigkeit zu gerinnen.

Drei Tage war sie jetzt bei ihm, und jede Minute davon war akribisch gestaltet. Am ersten Tag hatte sie sich, einmal abgesehen von kurzen Befragungen und den Mahlzeiten, die meiste Zeit in absoluter Dunkelheit befunden. Aber längere Phasen zu schlafen hatte er ihr so gut wie nicht ermöglicht. Er hatte sie mithilfe eines Nachtsichtgeräts durch die Glasscheibe beobachtet und, kurz nachdem sie eingeschlafen war, wieder wach gerüttelt, hatte für eine Weile den Raum mit gleißendem Licht geflutet. Dann wieder hatte er sie bei gedimmter Beleuchtung kurz einschlummern lassen, vor allem, um ihr Zeitgefühl noch stärker ins Wanken geraten zu lassen. Am zweiten Tag, nach dreißig Stunden ohne richtigen Schlaf, hatte er ihr mittags ein Abendessen gebracht, hatte ihr gestattet, für eine halbe Stunde einzuschlafen und sie dann zum Frühstück geweckt. Er hatte die Lampen mit maximaler Helligkeit eingeschaltet und ihr sogar ein Glas frisch gepressten Orangensaft vom nahen Boulevard gebracht. Das Licht hatte er acht Stunden lang eingeschaltet gelassen, um es dann für eine Stunde, in der sie sogleich eingeschlafen war, herunterzudimmen und danach wieder einzuschalten und ihr ein Frühstück zu servieren. Nach acht Stunden bei gleißender Beleuchtung hatte er das Manöver wiederholt. So hatte er drei Tage in einen einzigen gepackt.

Sorge, zu weit zu gehen, hatte er keine. In dem Gespräch mit einem hochrangigen Vertreter des Verteidigungsministeriums, in dem er angehalten worden war, Ben-Dor von jetzt an in Ruhe zu lassen, war ihm zugleich klargemacht worden, dass er mit anderen in dem Fall Verhafteten verfahren könne, wie er es für nötig befand, unter der Bedingung allein, dass er das erforderliche Resultat lieferte. Oberste Priorität sei, sicherzustellen, dass von dem Material nichts nach außen gesickert war, wozu alle Mittel recht seien. Diese Direktive sei, so wurde ihm in dem Telefonat versichert, auch mit allen relevanten Vertretern der Polizeispitze abgestimmt.

Sicherheitshalber hatte er bei einem Gespräch mit dem Abteilungsdirektor der Ermittlungsdezernate geklärt, dass die ihm gegenüber gemachten Aussagen auch korrekt waren. Da Vizekommandant Levi nicht verfügbar war, hatte er gewagt, selbst das Büro des Leiters anzurufen. Das Telefonat mit dem Kommandanten war durchaus ermutigend gewesen. Man sei über das Geschehen auf dem Laufenden, sei sehr zufrieden mit seiner Leistung, insbesondere vor dem Hintergrund der Unpässlichkeit von Vizekommandant Levi. Ergebnisse. Liefern Sie Ergebnisse, und alles ist in Ordnung. Hier geht es nicht um die Aufklärung eines Verbrechens sondern um die Sicherheit des Staates.

Noch hatte er so gut wie gar nicht mit ihr gesprochen. Er wollte nichts überstürzen. Wollte, dass sie sich langsam kennenlernten. Eine kurze Vernehmung, als er sie hergebracht hatte, um sicherzustellen, dass sie jede Beteiligung an der Tat abstritt, und dann hatte er sie sich selbst überlassen, hatte sie ihre Reise antreten lassen. Um die neue, entstellte Zeit zu erfahren. Am Ende des zweiten Tages hatte er sich höflich erkundigt, ob sie gedenke, ihre Version zu ändern. Nein, das habe sie nicht vor. Sie verstehe nicht, was man von ihr wolle. Sie sei sicher, es handle sich alles um einen Irrtum. Kein Problem. Wir sehen uns später.

Am Morgen des dritten Tages vernahm er sie bereits richtig. Nach einer Stunde Schlaf weckte er sie wie üblich mit greller Beleuchtung und trat zu ihr in den Raum. Bevor er sprach, schwenkte er etwas in der Hand. Sie kniff ihre schmerzenden Augen zusammen, die sich mit dem plötzlichen Licht nicht abfinden wollten. Die jähe Veränderung tat ihr weh. Von Mal zu Mal brauchte sie länger, um etwas zu sehen. Ihre Wahrnehmung war verschwommen und ihre Kopfschmerzen wurden immer schlimmer. Schließlich erkannte sie einen kleinen, grauen Gegenstand in seinen Fingern. Ein USB-Stick.

Daniel Ben-Dor hatte ihm den Speicherstick eine Stunde zuvor übergeben. Er wollte Chagit sehen, aber Inspektor Wilner lehnte ab. Das war nicht Teil der Abmachung. Daniel war außer sich über Wilner, noch wütender jedoch auf seinen Vater. Er war sicher, der Senior hatte sie denunziert, hatte sie ans Messer geliefert, um sicherzustellen, dass seinem Sohn nichts passierte. Er würde noch bezahlen für diesen Verrat. Er hatte sein Vertrauen missbraucht und sich in seine Angelegenheit eingemischt, als sei sein Sohn noch immer ein kleiner Junge und könne nicht für sich selbst sorgen. Ein noch dunklerer Gedanke kam ihm – konnte es sein, dass sein Vater bereits zu einem früheren Zeitpunkt in die Vertuschung der Affäre verwickelt gewesen war? Dass er mit ihm gespielt hatte? Diesen Gedanken verwarf er schnell wieder. Jetzt war nicht der passende Augenblick, sich in etwas hineinzusteigern. Er musste jetzt kühlen Kopf bewahren. Musste versuchen, den Schaden möglichst gering zu halten. Und vor allem Chagit helfen. Er brauchte einige Zeit, Wilner dazu zu bringen, einzuräumen, dass sie sich in seinem Gewahrsam befand. Immerhin wusste Wilner jetzt, dass er es wusste. Vielleicht würde ihn das ein wenig zügeln.

Inspektor Wilner war erfreut, sich Daniel so vor ihm winden zu sehen. Das war gut für die Ermittlung.

»Sie weiß gar nichts, das schwöre ich Ihnen, sie hat das Material nicht gesehen.«

»Wissen Sie das mit Bestimmtheit?«

»Ja. Ich kenne sie lange genug. Sie ist viel zu klug, sie wusste, dass es besser für sie ist, die Finger davon zu lassen.«

»Also wissen Sie es nicht. Sie vermuten es nur. Wie lange hatte sie den Stick bei sich?«

»Ungefähr drei Wochen«, gestand Daniel. Er sah keinen Sinn mehr darin, Dinge zu verschweigen. Es war inzwischen ratsamer, in vollem Umfang zu kooperieren.

»Und Sie meinen, der Stick hat drei Wochen bei ihr herumgelegen und sie nicht neugierig gemacht? Sie hat ihn nicht irgendwann mal in ihren Computer geschoben?«

»Haben Sie etwas darauf gefunden?«, fragte Daniel zurück. »Sie haben gar nichts gefunden, stimmt's?«

»Ich stelle hier die Fragen«, bemerkte Wilner genüsslich. »Wie hat sie das Ding aus der Redaktion geschmuggelt, wissen Sie das?«

»Ich habe keine Ahnung. Darüber haben wir nicht gesprochen.«

»Und wo hat sie es versteckt in der ganzen Zeit, als sie es bei sich hatte?«

Daniel zuckte mit den Schultern. Er wusste es wirklich nicht.

»Verstehen Sie jetzt, warum sie in Haft ist? Es gibt noch ein paar wichtige Dinge, die zu klären sind. Vielleicht ist sie ja eine radikale Aktivistin? Hat vielleicht das Material feindlichen Elementen zugespielt? Haben Sie an so etwas gedacht, als Sie ihr das Material anvertraut haben?«

»Chagit?« Daniel grinste verkniffen. »Im Leben nicht. Sie ist ein gutes Mädchen aus einem Moschaw. Das Salz des Landes.«

»Ah, okay, dann lasse ich sie jetzt frei. Haben Sie noch Platz im Wagen?«

»Ersparen Sie mir Ihren Zynismus. Lassen Sie mich mit ihr sprechen. Ein Wort von mir und sie versteht, es ist in Ordnung zu reden. Sie schützt mich! Verstehen Sie das nicht?«

»Nein. Das ist keine gute Idee. Sie haben schon genug mit ihr geredet. Man könnte den Eindruck gewinnen, jedes Mal wenn Sie mit ihr reden, bringt sie das nur in noch größere Schwierigkeiten. Wir werden der Sache langsam und sorgfältig auf den Grund gehen. Werden jeden Winkel ausleuchten, bis wir sicher sind, dass kein Fleckchen mehr im Dunkeln liegt.«

»Ich warne Sie, behandeln Sie sie ordentlich.«

Wilner vermochte nicht, das Lächeln zu unterdrücken, das um seine Lippen spielte. Das war die Drohung eines ohnmächtigen Mannes, der nur dank seiner familiären Herkunft vor einem ähnlichen Schicksal bewahrt geblieben war. Und sie beide wussten das.

»Was halte ich hier in der Hand?«

Sie beschattete die Augen, um sicher zu sein.

»Einen USB-Stick«, flüsterte sie mit brüchiger Stimme.

»Weißt du, wer mir den mitgebracht hat?«

Sie antwortete nicht.

»Dein Freund. Daniel Ben-Dor.«

Sie reagierte nicht.

»Erkennst du ihn?« Er hielt ihr den Speicherstick vors Gesicht.

Sie schüttelte den Kopf. Er grinste.

»Deine Lügen sind pathetisch, aber das stört mich nicht. Ich weiß sicher, dass sich dieser Stick längere Zeit bei dir befunden hat. Drei Wochen, genauer gesagt. Ein Geständnis brauche ich überhaupt nicht von dir. Daniel Ben-Dor hat dich bereits verpfiffen, um seine Haut zu retten. Du hast den Stick an dem Tag bekommen, an dem eure Redaktion durchsucht wurde. Was sogar durch eine Überwachungskamera dokumentiert ist, hättest du das geglaubt? Die Dinger hängen ja heutzutage überall herum. Ironie des Schicksals, was? Eine Videocutterin wird durch eine Überwachungskamera überführt. Aber mich interessiert, wo und wann du das Material gesehen hast. Wie oft hast du dir das angeschaut? Wie viele Kopien hast du davon gemacht? Wie hast du es rausgeschmuggelt? Wo hast du es versteckt? Wer hat dir geholfen, es zu verstecken? Was hattest du vor, damit zu machen?? Welcher Organisation gehörst du an??? Was ist euer Ziel???!« Mit jeder Frage war er ihr ein bisschen näher gekommen und hatte die Stimme gehoben, und bei der letzten Frage berührte er sie schon fast und brüllte in ihr verschlossenes Gesicht.

Als er den Verhörraum verließ, nahm er sich Zeit für eine Sache, die ihm Verdruss zu bereiten begann. Chagits Ehemann, der Pianist Joav Kirsch, galt noch immer als vermisst. In den letzten beiden Nächten war er nicht in ihre Wohnung zurückgekehrt. Die Beamten, die die Wohnung observierten, hatten berichtet, dort rühre sich nichts. Er beschloss, zu dem Ort zu fahren, an dem Kirsch verschwunden war, dem Konservatorium, und dort ein wenig herumzuschnüffeln.

Unglücklicherweise fand er, als er die Sekretariatsräume des Konservatoriums betrat, nur eine junge, relativ neue Sekretärin vor, die Joav Kirsch nicht kannte und nichts von seinen wöchentlichen Besuchen bei Dov wusste. Er vertat geraume Zeit mit Warten, während die Sekretärin Listen von Lehrern und Schülern bei der ergebnislosen Suche nach Kirschs Namen durchforstete.

»Ich weiß mit Bestimmtheit, dass er vor drei Tagen hier war, am Montagnachmittag«, beharrte Wilner.

»Viele Leute gehen bei uns ein und aus, Herr Inspektor, Eltern von Schülern, Freunde.«

»Ich zeige Ihnen ein Foto …«

»Es tut mir leid. Ich bin montags nie hier. Das ist mein freier Tag. Versuchen Sie es bei Zafira, die ist montags immer hier. Aber erst nächste Woche wieder, nach dem Wochenende.«

Wilner trat aus dem Konservatorium und fuhr zu seiner nächsten Adresse. Er hatte beschlossen, dem Mann einen Besuch abzustatten, nach dem Joav gesucht hatte, ehe er zum Konservatorium gekommen und dort verschwunden war. Nach kurzer Recherche betrat er am frühen Mittag ein hohes, nah zum Meer gelegenes Bürogebäude am Rand von Newe Tzedek. Er fuhr mit dem Fahrstuhl in den 23. Stock, der zur Hälfte einem weitläufigen Büro gehörte, in dessen Empfangsbereich in großen, goldenen Lettern »Segal Shipping« an der Wand prangte. Die frustrierende Zeitverschwendung im Konservatorium hatte ihn gereizt gemacht. Er wollte endlich zu dem Vögelchen in seinem Käfig zurückkehren, wollte sehen, wie es ihr ging. Ein reumütiger Gedanke kam ihm – er hätte jemanden losschicken können, diese Tour hier zu übernehmen. Es wurde Zeit, dass er sich an seine neue Stellung gewöhnte. Er war schon nicht mehr ein Ermittler unter vielen, sondern stellvertretender Befehlshaber einer Einheit. Und wer weiß, vielleicht wartete nach diesem Fall die nächste Beförderung. Er musste sich angewöhnen, Zuständigkeiten abzugeben, zu delegieren. Das war zweifelsohne sein Schwachpunkt, er halste sich zu viel selbst auf, anstatt die neuen Mittel zu nutzen, die ihm zur Verfügung standen.

Die Sekretärin am Empfang ärgerte ihn vom ersten Augenblick an. Sie war eine ältere, hagere Frau mit vom jahrelangen Rauchen gelblicher, von Falten zerfurchter Haut, die ihn spüren ließ, dass er sie nicht beeindruckte. Usi Segal befinde sich im Augenblick in einem wichtigen Meeting, sagte sie, und es sei vollkommen unmöglich, mit ihm zu sprechen. Wenn er wolle, könne er gern warten, aber sie wisse nicht, wie lange genau es dauern werde.

Noch eine aus der Welt von gestern. Bekamen sie gar nichts mit, diese Leute? Hielt niemand es für nötig, es ihnen zu erzählen? Hatte sie keinen Sohn oder Enkel, der sich beim Familienessen am Freitagabend darüber beklagte, dass die Zeiten sich geändert hatten? Der über die ständige Angst und die Notwendigkeit lamentierte, gegenüber Gesetzesvertretern ergeben den Mund zu halten? Offenbar nein. Ihrer Verbitterung nach zu urteilen, war sie bestimmt kinderlos. Ihrem Mann war es schon gelungen, sich mithilfe eines letalen Herzinfarkts an einen besseren Ort zu flüchten, um sie mit ihrer Schachtel affiger Damenzigaretten allein auf dem Balkon zurückzulassen. Und falls sie doch einen Sohn oder eine Tochter hatte – bei ihrem Temperament hatte sie definitiv nicht mehr als ein Kind gemacht –, dann hatten diese sich mit Sicherheit längst nach Montreal oder Los Angeles abgesetzt.

Wilner sah sich um. Das protzige Büro reizte ihn nur noch mehr. Er hatte nicht vor, sich dieses Vergnügen zu versagen. Er beugte sich über den Empfangstresen und flüsterte ihr ins Ohr: »Verehrteste. Entweder Sie schaffen in der nächsten halben Minute Ihren Boss her, oder Sie finden sich neben ihm in einem Streifenwagen sitzend wieder, auf dem Weg in meinen Keller, wo Rauchen verboten ist und es auch niemals eine Zigarettenpause gibt. Und noch etwas rate ich Ihnen, verlangen Sie bloß nicht, einen Haftbefehl oder Ähnliches zu sehen zu bekommen, denn dann laufe ich wirklich Gefahr, meine Geduld und mein angenehmes Wesen zu verlieren.«

Er registrierte, wie im Verlauf seines kurzen Monologs ihre nikotingelbe Haut eine noch abstoßendere, gräuliche Blässe annahm, und hörte ihr Seufzen, von dem er nicht sagen konnte, ob es Angst oder Indigniertheit ausdrückte. Was ihm aber einerlei war. Sie erhob sich von ihrem Stuhl und glitt in Segals Büro.

Der Mann, der kurz darauf aus dem Konferenzraum trat, wirkte nicht verängstigt, war aber zu klug, um Ärger über die ungebetene Störung zu zeigen. »Wie kann ich Ihnen helfen?«

Der sachlich unaufgeregte Ton gefiel Wilner, und er antwortete entsprechend.

»Ich muss Ihnen ein paar Fragen zu Joav Kirsch stellen.«

Er sah für einen Sekundenbruchteil die Überraschtheit in den Augen des Mannes aufblitzen, ehe diese wieder den sachlichen Ausdruck annahmen, mit dem er aus seinen Büroräumen gekommen war.

»Okay. Besteht die Möglichkeit, dass wir uns in, sagen wir, einer Stunde unterhalten? Ich bin mitten in einem sehr wichtigen Meeting.«

»Bedauerlicherweise, nein«, meinte Wilner lapidar. »Die Zeit spielt hier eine Rolle und ich darf auf keinen Fall aufgehalten werden.«

Segal stieß kurz und scharf Luft durch die Nase aus. Ober- und Unterkiefer waren fest aufeinandergepresst. Es kostete ihn gewisse Anstrengung, ruhig zu bleiben. »Dann erlauben Sie mir bitte, das Meeting zu beenden. Ich habe dort wichtige ausländische Investoren sitzen, gestatten Sie mir nur, mich bei ihnen zu entschuldigen.«

Wilner tat so, als sei er unschlüssig, warf einen Blick auf die Uhr und zögerte seine Antwort noch einen Moment heraus. Es war ein legitimes Ersuchen, aber die Situation verschaffte ihm einfach zu großes Behagen. Schließlich machte er eine gönnerhafte Geste mit der Hand.

»Bitte. Aber nur zwei Minuten, meine Zeit ist knapp.«

Segal kehrte in seine Büroräume zurück. Nach zwei, drei Minuten kam er heraus, begleitet von drei Japanern in Businessanzügen, die Wilner mit neugierigem Blick bedachten. Er deutete ihnen mit einem Kopfnicken eine kleine, amüsierte Verbeugung an, die sie mit einer formvollendeten Verbeugung ihrerseits erwiderten. Segal geleitete sie zur Tür und entschuldigte sich noch, als sie bereits auf dem Flur waren. Wilner machte zwei Schritte in die Mitte des Empfangsbereichs und spähte ihnen nach, um sicherzugehen, dass der Mann nicht auf eine kindische und läppische Idee käme, wie zum Beispiel mit seinen japanischen Gästen in den Aufzug zu springen und zu türmen. Usi Segal schickte den sich schließenden Aufzugtüren ein letztes, entschuldigendes Winken hinterher und wandte sich dann zu Wilner.

»Folgen Sie mir bitte«, meinte er zu dem Inspektor, der durchaus von der Kaltschnäuzigkeit des Mannes beeindruckt war. Segal zeigte ihm gegenüber nicht einmal einen Anflug von Furchtsamkeit oder Nervosität.

»Also, wie kann ich Ihnen helfen?«, fragte er, als er sich in seinem ledernen Bürosessel hinter dem mächtigen Schreibtisch niedergelassen hatte.

»Ich möchte, dass Sie mir ganz genau erzählen, wie Ihre Verbindung zu Joav Kirsch ist. Ich benötige ihn dringend in einer wichtigen Ermittlung, nur scheint er, seit er vorgestern das Konservatorium in der Strickerstraße betreten hat, aus irgendeinem Grund wie vom Erdboden verschluckt.«

Usi Segal fingerte eine Zigarre aus seiner Zigarrenkiste. Er bot auch Wilner eine an, aber der lehnte ab. Segal entzündete die Zigarre und stieß einige Rauchkringel aus.

»Sind Sie ein Liebhaber klassischer Musik?«, fragte er Wilner schließlich.

»Nein.«

»Ich schon. Sogar ein bisschen mehr als nur ein Liebhaber.«

Und dann erzählte er Wilner detailliert und genüsslich die Geschichte seiner Bekanntschaft mit dem Pianisten, wobei er Kirschs berufliche Situation und dessen Charakter mit einer Prägnanz und Schärfe analysierte, die Wilner beeindruckten. Das einzige Detail, das er in seiner Geschichte ausließ, war der Sachverhalt, dessentwegen, wie er fürchtete, Wilner bei ihm aufgekreuzt war – die Idee, die er Kirsch unterbreitet hatte, diesen außer Landes zu schmuggeln. Dafür registrierte er, dass, sobald seine Schilderung auf Chagit, Kirschs Frau, zu sprechen kam, sich etwas im Blick des jungen Inspektors regte. Daher kam ihm die Eingebung, das Interesse des Polizeioffiziers an Kirsch könnte auch etwas mit ihr zu tun haben, aber selbstverständlich versagte er sich, danach zu fragen.

»Also, im Grunde genommen sollte Kirsch heute Abend bei Ihnen erscheinen, wie jeden Donnerstag?«, fragte Wilner, nachdem er Segals Geschichte geduldig gelauscht hatte.

»Absolut. Obwohl, wenn ihm bewusst ist, dass Sie nach ihm suchen, wird er am Ende vielleicht beschließen, ausnahmsweise nicht zu erscheinen.«

»Sagen wir, er beschließt doch zu kommen. Ich nehme an, Sie verstehen, was in einem solchen Fall zu tun ist. Ich weiß, Sie mögen ihn, aber ich bin sicher, ich muss Ihnen keinen Nachhilfeunterricht in Kosten-Nutzen-Rechnung erteilen.« Ein zynisches Lächeln breitete sich auf Wilners Gesicht aus. Er zog seine Visitenkarte aus der Tasche und reichte sie dem anderen.

»Nein, das müssen Sie nicht«, bestätigte Segal. Er nahm die Visitenkarte entgegen und drückte seine Zigarre im Aschenbecher aus.

Nachdem Wilner das Büro verlassen hatte, wartete Usi einige Augenblicke, zog dann sein Smartphone aus der Tasche und wählte die Nummer von Joav. Doch er landete nur bei der Mailbox und beeilte sich wieder aufzulegen. Er blieb in seinem Sessel sitzen, in Gedanken versunken, und drückte dann den Knopf der Gegensprechanlage.

»Bracha, besorg mir doch bitte die Nummer von Dov Katzir, Klavierlehrer. Wenn du sie nicht findest – versuch es über das Israelische Konservatorium für Musik, Tel Aviv.«

Zwei Minuten später meldete sich die Sekretärin wieder mit der gewünschten Nummer. Er notierte sie auf einem Blatt und tippte erneut eine Nummer auf seinem Smartphone. Eine Frauenstimme antwortete am anderen Ende der Leitung.

»Anna, hier ist Usi. Hör gut zu, ich möchte, dass du jetzt etwas für mich tust. Etwas sehr Wichtiges. Als Erstes notierst du dir folgende Nummer.«

Als er die Malerin instruiert hatte, legte er das Smartphone beiseite, nahm den Zettel, auf dem er die Nummer des Lehrers notiert hatte, knüllte ihn zu einer kleinen Papierkugel zusammen, zündete diese mit seinem Feuerzeug an und sah zu, wie sie in dem schweren gläsernen Aschenbecher zu Asche wurde.

27

IN DER NACHT LITT ER UNTER HOHEM FIEBER. Und den größten Teil des nächsten Tages verbrachte er schlafend, von Angstträumen verfolgt. Als er in der Abenddämmerung die Augen aufschlug, fand er sich in einem fremden Zimmer wieder. Ein Geruch hing in der Luft, der ihn beruhigte und zugleich abstieß, ein Geruch, den sein umnebeltes Bewusstsein nach einem kurzen Moment mit dem Wort »Greisenalter« definierte.

Er schlug das weiße Laken und die gelbe Wolldecke beiseite, unter denen er lag, und mühte sich aus dem Bett. Stehend entdeckte er, dass er eine Pyjamahose trug, die ihm nicht gehörte. Er hörte Wasserrauschen und das Klappern von Küchengerätschaften, durchquerte den kurzen Flur und lehnte sich an den Türrahmen. Dov wusch in der Küche Geschirr ab. Er räusperte sich verlegen und sein alter Lehrer schaute zu ihm.

»Oh, du bist aufgewacht. Komm, setz dich, iss etwas.«

Details der nächtlichen Verhaftung brandeten in ungeordnetem Schwall in seinem Kopf hoch.

»Chagit«, sagte er. »Ich muss Chagit finden.«

»Komm, Joavi, setz dich einen Moment und erzähl mir, was genau passiert ist. Gestern bin ich nicht schlau aus dir geworden.«

»Wie lange bin ich schon hier?«

»Du bist seit gestern Nachmittag hier. Ins Konservatorium bist du gekommen, erinnerst du dich? Bist fast ohnmächtig geworden. Ich glaube, du warst dehydriert. Hattest Fieber und hast wirres Zeug erzählt, hast gesagt, die Polizei sei hinter dir und deiner Frau her. Ich habe die Unterrichtsstunde abgebrochen, habe dich durch den Hinterausgang des Konservatoriums gebracht und dich mit hergenommen. Du bist wie ein Sack ins Bett gefallen.«

»Ich muss Chagit finden. Und ich muss mit einem Rechtsanwalt reden, muss irgendetwas unternehmen.«

»Moment, setz dich einen Augenblick. Komm, erzähl mir, was genau ist dir passiert?«

Joav setzte sich an den Küchentisch.

»Sie sind gestern Nacht gekommen. Oder genauer gesagt, vorgestern Nacht, nach dem was du sagst. Sie haben die ganze Wohnung auseinandergenommen, haben irgendetwas gesucht, und dann haben sie Chagit mitgenommen.«

»Wer *sie*? Die Polizei?«

»Ja, die Polizei. Die waren in Uniform, zum Teil. Einer von ihnen war auch in Zivil.«

»Hast du dir ihre Namen und Dienstnummern geben lassen? Sie haben dir doch bestimmt alles gegeben.«

»Er hat mir überhaupt nichts gegeben. ›Die Rechtslage hat sich geändert‹, das hat er gesagt. Hat sich nicht ausgewiesen und nichts. Und er hat Chagit auch geschlagen. Hat ihr eine Ohrfeige gegeben.«

»Was??«

Mit einem Mal fiel Joav noch etwas ein. Er schloss fest die Augen und riss sie dann wieder auf. »Sie haben auch meinen Flügel zerstört.«

»Den Flügel??«

»Bei ihrer Durchsuchung. Sie haben ihn auseinandergenommen. Haben ihn Taste um Taste zerlegt.«

»Das sind doch Tiere, keine Menschen«, sagte der alte Mann.

»Ich muss telefonieren. Muss mit meinem Freund Alon sprechen, er ist Journalist. Er hat gute Kontakte zur Polizei, vielleicht kann er etwas für mich herausfinden. Wo ist mein Telefon?«

Joav tastete mit der flachen Hand an seiner Hüfte, aber dann fiel ihm ein, dass er ja die Pyjamahose seines Lehrers anhatte. Mit einem Satz war er aus der Küche im Nebenzimmer und wühlte in den Taschen seiner Jeans. Das Telefon war nicht da. Er richtete sich auf und versuchte sich zu konzentrieren. Das Bild eines der Polizisten, der sein Telefon nahm und es in einen Sack zu den anderen beschlagnahmten Gegenständen steckte, trat ihm vor Augen.

»Sie haben mir das Telefon abgenommen«, meinte er zu Dov, als er in die Küche zurückkam. »Ich muss zu Fuß los. Ich werde zu Alon und Michal gehen. Ich komme später wieder.«

Er nahm die Ibn Gvirol in Richtung Süden. Bilder aus jener Nacht tauchten in seinem Kopf auf, und immer wieder wurde er von Hitzewellen überspült. Er ging, ohne seine Schritte zu spüren. Auf sonderbare Art fühlte er sich leicht, als sei sein Bauch mit glühend heißer Luft gefüllt. Das Gefühl glich Scham, brannte aber viel stärker. Der schicksalhafte Augenblick war an ihm vorübergezogen, und er würde ihn nie mehr ungeschehen machen können. Auf immer würde er das Bild des Polizisten vor Augen haben, der Chagit ohrfeigte, während er selbst an die Wand gedrängt stand, zu Tode geängstigt, und eine hohe Frauenstimme aus seinem Mund schrie. Das alles hatte nur eine Sekunde gedauert. Der bedeutsamste Augenblick seines Lebens war unvorbereitet auf ihn eingestürzt, und er hatte versagt.

Würde er sie noch einmal wiedersehen? Er hatte ein Unheil verheißendes Gefühl. Das Versagen hatte ihn auf einen neuen Pfad gedrängt, einen Pfad, den er alleine würde gehen müssen, wer weiß, wohin. Und dennoch, er musste es versuchen. Musste versuchen, ihr zu helfen, auch wenn er spürte, dass seine Bemühungen von vorneherein zum Scheitern verurteilt waren.

Wenigstens hatten sie ihm den Flügel zerstört. Bei allem Grauen und aller Trauer ließ ihn das eine gewisse Erleichterung empfinden. Immerhin war er bestraft worden, hatte ein Opfer gebracht. Würde er überhaupt noch einmal spielen? In jenem Moment gab es nichts, was ihm ferner war. Der Gedanke an das Klavierspielen erfüllte ihn mit Abscheu. Er hatte schon Augenblicke der Krise mit dem Instrument durchlebt, hatte vereinzelt sogar mit dem Gedanken gespielt, das Klavierspielen dranzugeben und etwas anderes zu machen, was aber stets nur eine flüchtige und romantische Eingebung gewesen war, die ihn über einen kurzfristigen Misserfolg oder ein Zuviel an Arbeitsbelastung hinwegtrösten sollte, wie das Sinnieren eines Städters, der für einen Moment daran denkt, aufs Land zu ziehen, da er in einem Verkehrsstau feststeckt. Diesmal war es anders. Der Gedanke, die Finger noch einmal auf die Tasten eines Instruments zu legen, rief bei ihm regelrechten Ekel hervor. Scham überkam ihn. Was für ein Mensch war er bloß? Chagit war irgendwo in einer Zelle eingesperrt, und er marschierte hier durch die Gegend und malte sich aus, wie es wäre, Klavier zu spielen, haderte mit sich, ob dies überhaupt möglich war. Ekelhaft. Er beschleunigte seine Schritte und verfluchte sich selbst.

Schließlich hatte er das Haus von Alon und Michal erreicht und klingelte an der Gegensprechanlage. Drückte zu lang und aufgebracht auf den Knopf.

»Ja bitte?«, bellte ihn eine Stimme an.

»Alon, hier ist Joav. Joav Kirsch. Ich muss mit dir reden.«

»Joav?« Die Stimme zögerte einen Moment. »Was machst du hier? Das ist kein guter Zeitpunkt. Wir bringen gerade die Kleine ins Bett.«

»Das ist ein Notfall, Alon. Ich muss mit dir reden.«

»Warte unten, ich komme runter.«

Sie saßen auf einer Bank an der Straßenecke. Alons kluger Blick ließ ihn ein wenig zur Ruhe kommen. Endlich hatte er das Gefühl, mit jemandem zu reden, der ihm helfen könnte. Er erzählte und Alon hörte zu.

»Sieh mal«, meinte Alon schließlich, »mit Bestimmtheit lässt sich das schwer sagen, aber so wie ich Chagit kenne, dürfte es nichts Kriminelles sein. Ich vermute, es hat mit ihrer Arbeit zu tun, irgendetwas Berufliches oder vielleicht auch Politisches.«

»Was bin ich für ein Idiot«, stieß Joav hervor. »Guck dir das an. Daran habe ich überhaupt nicht gedacht.«

»Leider ist so was im Moment gar nicht mal selten. Du weißt, die Polizei hat zurzeit Sonderbefugnisse. Und die haben besonders was gegen Indiskretionen. Da sind sie besonders hinterher. Jede Woche höre ich von noch so einer Geschichte. Vielleicht hat sie irgendetwas Politisches nach außen gegeben?«

»Du kennst sie doch. Sie hat sich noch nie für Politik interessiert.«

»Die ganze Geschichte ist sonderbar. War in letzter Zeit irgendetwas Außergewöhnliches bei ihr in der Redaktion? Hat sie was erzählt?«

Es kostete Joav erhebliche Anstrengung, seine Erinnerung zu durchforsten. Das war die Strafe dafür, dass er immer so sehr auf sich konzentriert war. Plötzlich fiel es ihm ein. »Vor ein paar Wochen hat sie mir mal was von einer Durchsuchung der Redaktionsräume erzählt. Die Polizei ist gekommen und hat Computer beschlagnahmt. Sie haben sogar Leibesvisitationen durchgeführt. Eine Polizeibeamtin hat sie am ganzen Körper abgetastet …«

»… und?«

»Nichts und. Sie hat gesagt, sie habe keine Ahnung, wonach die gesucht hätten. Und mehr habe ich darüber nicht gehört.«

»Gib mir bis morgen«, sagte Alon. »Ich möchte das nicht am Telefon erledigen. Lass mich ein bisschen rumschnüffeln. Ich werde versuchen zu klären, was da los war. Vielleicht hängt das mit euch zusammen. Hey«, er legte Joav die Hand auf die Schulter. »Mach dir keine Sorgen. Ich glaube, die Chancen stehen gut, dass wir morgen wissen, wo man sie festhält. Ich habe da so eine Vermutung. Aber gib mir bis morgen Mittag, und ich werde versuchen, da Klarheit reinzubringen.«

Sie standen auf und umarmten sich, klopften einander auf die Schulter. Zum ersten Mal, seit das alles angefangen hatte, fasste er ein wenig Mut.

»Nebenbei gesagt«, meinte Alon im Flüsterton. »Es würde mich nicht wundern, wenn du observiert wirst. Und ich würde auch nicht übermäßig staunen, wenn ich morgen deinetwegen einen Anruf bekomme.«

Joavs Augen weiteten sich vor Schreck. »Ich hoffe, ich bringe dich nicht in Schwierigkeiten.«

»Nicht weiter tragisch.« Alon lächelte schmal. »Berufsrisiko. Sag mal, wie sieht's mit Geld aus. Hast du überhaupt welches?«

»Ehrlich gesagt, nein. Mein Portemonnaie ist irgendwo zu Hause, vermutlich. Hoffe ich. Oder es ist weg. Vielleicht haben sie es auch mitgenommen. Ich habe keine Ahnung. Ich bin tatsächlich ohne einen Schekel.«

»Nimm, sicherheitshalber.« Alon zog sein Portemonnaie aus der Tasche und fischte zwei Hundertschekelscheine heraus.

»Danke. Ich geb's dir zurück.«

»Keine Sorge. Am Ende wird alles gut. Ach ja, fürs Erste ist es vielleicht wirklich besser, wenn du nicht nach Hause zurückkehrst. Geh zu Freunden oder so was in der Art. Ich würde dich sonst zu uns einladen«, sagte Alon zögernd, »aber du weißt ja, mit der Kleinen haben wir nicht mal ein Klappbett übrig … Also, möglich wäre es schon, aber …«

»Schon in Ordnung. Ich habe eine Bleibe. Ich bin bei meinem alten Klavierlehrer untergekommen. Notier dir seine Nummer.«

»Klasse. Geh zu ihm und beweg dich nicht weg von dort. Ich rufe dich morgen an.«

28

DIE NACHT KROCH NUR SO DAHIN. Je klarer sein Verstand wurde, desto größer wurden Angst und Wut, die er angesichts seiner Ohnmacht empfand. Seine Frau war ihm genommen worden, und er wusste nicht einmal, von wem und wo sie sich jetzt befand. Ganze Drehbücher und Drohszenarien wurden in seinem Kopf verfasst, wurden gelesen und wieder verworfen – und jedes Mal, wenn er dann auf die Uhr schaute, stellte er fest, dass wieder nur drei, vier Minuten verronnen waren.

Am Abend, als er in Dovs Wohnung zurückgekehrt war, hatten sie beide am Esstisch gesessen und versucht, über mögliche Strategien nachzudenken. Doch der alte Lehrer tat sich schwer, ihm einen Rat zu geben. Das war keine Sonate von Mozart, die sich in ihre Bestandteile zerlegen und nach bekannten Regeln analysieren ließ. Alles war viel zu verworren, hatte weder Sinn noch Richtung. Das Einzige, was er tun konnte, war, Joav vorzuschlagen, mit einem entfernten Verwandten von ihm zu reden, einem alten Rechtsanwalt, von dem er aber nicht einmal mehr wusste, was sein Spezialgebiet war. Joav lehnte das Angebot ab. So unerträglich das nächtliche Warten auch sein mochte, er hatte beschlossen, auf Alon zu setzen. Alon war der Einzige, der ihm ein wenig Sicherheit einflößte. Er hatte eine sehr viel klarere Vorstellung von dieser finsteren Welt, durch die sich die beiden Musiker wie zwei verlorene Kinder tasteten. Alon hatte versprochen, er würde am nächsten Tag gegen Mittag anrufen, hatte ausdrücklich gesagt, Joav solle in der Wohnung hier auf seinen Anruf warten. Wäre noch etwas anderes zu tun gewesen, hätte er es Joav gesagt.

Jetzt blieb nur noch, von Ängsten und Albträumen gefesselt dazuliegen und darauf zu warten, dass sich die Minuten zu Stunden fügten und es im Fenster endlich graute.

Er hatte entschieden abgelehnt, noch einmal im Bett des alten Lehrers zu schlafen. Auch so fiel er ihm schon mehr als genug zur Last, ja brachte ihn vielleicht sogar in Gefahr.

Der alte Mann hatte eine wegwerfende Handbewegung gemacht.

»Du musst dich richtig ausruhen. Du bist noch geschwächt und wirst viel Kraft brauchen.«

Nein. Heute Nacht würde er mit dem Sofa vorliebnehmen. Er würde ohnehin keinen Schlaf finden. Am Ende hatte sein alter Lehrer nachgegeben und ihm ein Laken und einen Kopfkissenbezug gebracht, um eines der Sofakissen damit zu beziehen.

»Versuch zu schlafen. Morgen wird sich alles zeigen. Vielleicht war alles nur ein Fehler, der sich schnell aufgeklärt hat.«

Er lag da und starrte an die Decke. Die Schatten der großen Birkenfeige draußen vor dem Fenster wanderten mit jedem Fahrzeug, das auf der Straße vorüberrollte und den Baum anstrahlte, auf einer festen, peinigenden Bahn durch den Raum. Unter all den Schreckensbildern, die ihn bestürmten, rief er sich immer wieder ein Wort in Erinnerung, das sich in seinem Kopf festgesetzt hatte: Methodik. Er musste methodisch vorgehen, musste einen Schritt nach dem nächsten machen. Wenn nicht – würde er vollkommen kopflos werden. Jetzt gab es nur noch eines, das Telefonat mit Alon. Und das Warten bis zum Morgen. Das war die Aufgabe, schwerer als alles, was er bis zu diesem Tag bewältigt hatte, schwerer als jedes virtuose Werk, das er jemals gespielt hatte. Das war das Einzige, was er im Augenblick für sie tun konnte – hier liegen und die sich auflösende Reise des Schattenspiels der Ficusblätter verfolgen, die immer wieder aufs Neue am Fenster begann und über dem Esstisch endete, unzählige Male, bis endlich das fahle Licht aufzöge, dieses Perpetuum schluckte und die Zimmerdecke weiß färbte.

Ein schrecklicher Gedanke kam ihm. Was, wenn Alon nicht anrief? Was, wenn das Telefon stumm blieb?

Daran durfte er nicht einmal denken. Klar würde er anrufen. Er hatte es ihm versprochen. Aber der neue Gedanke ließ nicht locker. Am Ende nahm er sich vor, bis um vier Uhr nachmittags auf den Anruf zu warten. Sollte Alon bis dahin nicht angerufen haben – würde er erneut zu Usi gehen. Morgen war Donnerstag, der Tag des wöchentlichen Jour fixe. Am Abend musste Usi einfach zu Hause sein. Dieser Gedanke beruhigte ihn eine Zeit lang, bis sich eine neue Stimme in seinem Kopf meldete: Und wenn Usi nicht da ist? Wenn er sich aus irgendeinem Grund abermals vor dem verschlossenen Tor wiederfände, wie am gestrigen Tag? Gut. Dann würde er nach Hause gehen und dort warten. Würde abwarten, was auch immer passieren mochte, würde warten auf was auch immer. Oder aber er ging zu Chagits Redaktion. Aber auch dort würde man ihn nicht so ohne Weiteres reinlassen. Er hatte ja nicht einmal einen Ausweis bei sich. Gegen Morgen hatte die Schattenreise an der Decke seine brennenden Augen endlich besiegt und ließ sie zuklappen.

Als er die Augen aufschlug, war es draußen bereits taghell. Bruchstücke eines Albtraums blitzten auf. Er hatte etwas über seine Mutter geträumt, erinnerte sich aber nicht mehr, was. Der alte Mann saß bereits am Esstisch, auf dem Eier, Brot, geschnittene Gurke und eine Kanne Kaffee standen.

»Guten Morgen.«

»Danke.«

»Geh dir das Gesicht waschen und komm frühstücken.«

»Wie spät ist es?«

»Halb elf.«

Er dachte nicht, dass er auch nur einen Bissen herunterbringen würde, aber nachdem er einen ersten Kaffee getrunken hatte, erwachte sein Appetit, und er frühstückte ausgiebig.

»Ich bleibe heute hier bei dir«, eröffnete ihm Dov. »Ich habe angerufen und gesagt, ich sei krank und dass sie meine Unterrichtsstunden für heute absagen sollen.«

Für einen Moment wollte Joav protestieren, war aber zu müde für Höflichkeitsgesten und seinem alten Lehrer zutiefst dankbar.

Nach dem Frühstück ließ er sich vor Dovs altem Computer nieder. Er hatte beschlossen, den Versuch zu unternehmen herauszufinden, wer der gesichtslose Feind war, der in sein Leben eingedrungen war. Um zu verstehen, welchen Vergehens sich Chagit schuldig gemacht hatte, musste man als Erstes klären, was jetzt als Verbrechen galt. Wie Alon gesagt hatte, es musste irgendetwas Politisches sein. Eine von jenen neuen Gesetzesübertretungen, die bis vor Kurzem noch gar nicht als solche gegolten hatten. Was Chagit anging, so konnte er sich eine andere Möglichkeit beim besten Willen nicht vorstellen. Er gab den Suchbegriff »Notstandsverordnungen« ein und war nach kurzer Suche auf irgendeiner juristischen Seite bei der gewünschten Datei angelangt. Es war ein langes Dokument, das einige Zeit brauchte, um sich öffnen zu lassen. In den darauffolgenden Stunden saß er vor dem Computer und las darin, verstand aber nicht viel. Das Dokument war mit komplizierten juristischen Formulierungen gespickt, die an Bedingungen und Unterbedingungen geknüpft waren, und das alles in einem gewundenen Fachchinesisch voller ihm unbekannter Ausdrücke. Er war ohnehin einigermaßen zerstreut und lauschte auf das kleinste Geräusch – immer wieder meinte er, das Telefon klingeln zu hören –, aber dennoch half ihm das Dokument irgendwie, die Zeit herumzubringen. Einige kleine Passagen schaffte er sogar zu dechiffrieren: Versammlungsverbote in sich mehrfach verändernder

Größenordnung, den wechselnden Auflagen entsprechend, Einschränkung von Veröffentlichungen zu verschiedenen Themen, ja sogar einen Abschnitt, der ihn persönlich betraf und sich mit den neuen Ausreisebeschränkungen befasste und den Bedingungen einer Ausreiseerlaubnis. Haufenweise Wörter flimmerten über den Bildschirm.

Um ein Uhr mittags ließ ihn das Schellen des Telefons von seinem Stuhl aufspringen. Dov, der unmittelbar neben dem Apparat saß, nahm den Hörer ab und machte ihm mit der Hand ein Zeichen, noch einen Moment zu warten. Er hatte recht, das war eine angebrachte Vorsichtsmaßnahme.

»Schalom, wer ist denn da?«

Dovs Gesicht drückte Verwirrung aus, als er die Antwort vernahm.

»Ist das Alon?«, rief Joav. »Gib ihn mir.«

Dov bedeckte die Sprechmuschel mit der Hand und flüsterte: »Es ist eine Frau. Sie will ihren Namen nicht nennen. Sie sagt, sie müsse mit dir reden.«

Joav riss ihm den Hörer aus der Hand. »Hallo, Chagit?« Seine Stimme überschlug sich vor Hoffnung.

»Nein, Joav. Hier ist Anna.«

»Anna?« Er erstarrte, vollkommen durcheinander. »Wie hast du mich gefunden?«

»Unwichtig. Unser guter Freund, du weißt schon. Ich möchte am Telefon nicht darüber reden. Triff dich mit mir in einer halben Stunde an der Ben Jehuda, Ecke Arlosoroff, in Ordnung?«

Schnell ging er im Kopf alle Möglichkeiten durch. »Anna, ich kann hier jetzt nicht weg, ich warte auf einen wichtigen Anruf.«

»Ich weiß alles, Joav. Du musst jetzt los und dich mit mir treffen. Ben Jehuda, Ecke Arlosoroff, in einer halben Stunde. Und mach dir keine Sorgen, es wird alles in Ordnung kommen, komm einfach dorthin.« Sie legte auf.

»Wer war das?«, fragte Dov. »Eine Bekannte von Alon?«

»Nein.« Joav dachte einen Moment lang nach und hatte sich dann entschieden. »Das war eine gute Freundin. Ich muss los, sie treffen. Wenn Alon anruft, sag ihm, er soll versuchen, mich in zwei Stunden noch mal anzurufen.«

Der alte Mann wirkte besorgt. »Joav …«

Aber Joav war bereits aufgestanden und auf dem Weg zur Tür.

Sie wartete in dem Café an der Straßenecke auf ihn. Als sie ihn kommen sah, legte sie ein paar Münzen auf den Zettel mit der Rechnung und stand auf. Sie gab ihm einen flüchtigen Kuss auf die Wange, hakte sich bei ihm unter und dirigierte ihn zum Fußgängerüberweg. Um sie herum warteten etliche Leute darauf, dass die Ampel grün wurde, weshalb er sich versagte, sie zu fragen, wohin sie denn gingen. Sie überquerten die Straße und begannen, die Arlosoroff in Richtung Westen hinaufzugehen, in Richtung der Ha-Yarkon. Erst als sie relativ allein auf der Straße waren, stellte er seine Frage.

»Wir gehen zu Usis Jacht«, sagte sie.

Er blieb stehen und machte sich von ihrem Arm los. »Wieso das denn? Was habe ich dort verloren?«

»Joav«, flüsterte sie. »Das ist nicht besonders klug, hier mitten auf der Straße mit mir zu streiten. Das sorgt für Aufsehen. Wenn wir bei der Jacht sind, können wir reden. Wenn du willst, verschwindest du wieder und gehst wohin auch immer.«

Er zögerte einen Moment und gab dann nach. Sie hakte sich wieder bei ihm unter und gemeinsam überquerten sie die Ha-Yarkon, nahmen die Promenade hinunter in Richtung Strand und betraten schließlich die Marina. Sie gingen bis zum südlichen Ende der Anlegeplätze – und dort lag sie, atemberaubend in ihrer Größe. Steuerbord stand in lateinischen Buchstaben, die einer verschnörkelten Frauenhandschrift nachempfunden waren: »Apassionata«.

Sie gingen an Bord und betraten eine überraschend große Kajüte. Ein Ledersofa stand dort und zwei graue, englische Sessel, eine Bar und – was Joav am meisten überraschte – ein Klavier. Ein Bechstein.

Für einen Moment betrachtete er zerstreut das Instrument und besann sich dann. Wandte sich an Anna. »Jetzt erklär mir, was genau läuft hier?«

»Wenn ich wüsste, was Usi plant, glaub mir, ich würde es dir erklären.«

»Was soll das heißen? Was hat er dir gesagt?«

»Er hat mir gesagt, ich soll dich herbringen. Dir sagen, du sollst hier auf ihn warten, und dann wieder gehen, ohne mich noch allzu lange hier aufzuhalten.«

»Er will mich außer Landes schmuggeln, aber ich gehe nicht ohne Chagit.«

Anna lächelte.

»Warum lächelst du?«

»Wie immer. Er hat alles vorausgesehen. Hat mir prophezeit, genau das würdest du sagen. Aber er hat auch gemeint, ich soll dir sagen, dass er einen Plan hat, wie man Chagit rausbekommt, er weiß bereits, wo sie sich befindet. Auf jeden Fall aber sollst du hier auf ihn warten und dir seinen Plan anhören. Wenn er dir nicht gefällt, kannst du zur Hölle gehen. Ich meine, das ist nicht von mir«, sie wurde ein bisschen rot. »Das ist ein Zitat von Usi.«

»Gut, das klingt auch nach Usi. Hat er gesagt, wie lange ich auf ihn warten muss?«

»Er hat gesagt, er braucht noch ein, zwei Stunden.«

Jetzt, da sie ihren Auftrag erfüllt hatte, wagte sie endlich zu fragen, was Chagit und ihm passiert war, aber er erwiderte, es sei wohl besser, wenn sie nichts erführe, jedes Fitzelchen Information könnte sie in Schwierigkeiten bringen. Sie trat zu ihm und nahm ihn lange und fest in den Arm.

Als sie von Bord gegangen war, blieb er dort stehen, in der Mitte der riesigen Kajüte. Dann bemerkte er einen Stoß Notenhefte, der auf dem Klavier stand, trat heran und nahm das oberste Heft in die Hand. Es war Rachmaninows Klaviersonate No. 2 in b-Moll, ein Werk, das er schon lange vorgehabt hatte zu spielen, bisher aber noch nicht die passende Gelegenheit gefunden hatte, sich ernsthaft damit auseinanderzusetzen. Er schlug das Heft auf, und die stürmischen, ineinanderwirbelnden Töne stoben heraus und begannen, in seinem Kopf zu klingen. Er setzte sich, klappte den Deckel des Klaviers auf, stellte das geöffnete Notenheft auf den Notenhalter und fuhr fort, ohne die Finger auf die Tasten zu legen, das Stück im Kopf zu spielen. Die stürmische Melodie ebbte allmählich ab. Es war lange her, dass er die Partitur dieser Sonate zuletzt gelesen hatte, und die unverhoffte Begegnung mit dieser Schönheit, an einem vollkommen unerwarteten Ort und zu einem denkbar unpassenden Zeitpunkt, erschütterte und bewegte ihn. In der sacht auf dem Wasser schaukelnden Kabine fühlte er sich geschützt genug, um sich ganz in die Lektüre zu versenken. Ja, er begann sogar, sich das Werk vorzusummen.

»Das ist mal eine Disziplin, die ich zu schätzen weiß.«

Jäh drehte er sich nach der Stimme um. Der Mann, der in seinem Rücken stand, war nicht Usi Segal.

»Sie werden sich sicher noch aus jener Nacht in Ihrer Wohnung an mich erinnern«, sagte der Mann mit fröhlichem Lächeln. »Aber wir haben uns noch nicht in aller Form miteinander bekannt gemacht. Sehr angenehm.«

Als er schon in Handschellen auf der Rückbank von Inspektor Wilners Wagen saß, überkam ihn plötzlich eine große innere Ruhe. Er spürte die Last, die mit einem Mal von seinen Schultern genommen war. Jetzt gab es nichts mehr zu tun. Der Kampf war zu Ende. Er war auf dem Weg zu Chagit. Der Mann, in dessen Gewalt er sich befand, war auch der Mann, der sie mitgenommen hatte, und mit jeder Umdrehung, die die Räder des Wagens beschrieben, kam er ihr näher. Allein der Gedanke an Usi, der jetzt sicher seinetwegen in Schwierigkeiten geraten würde, betrübte ihn. Sie würden bestimmt überprüfen, wem die Jacht gehörte, und dann wäre auch er, trotz all seines Reichtums und seiner Macht, ihnen ausgeliefert.

»Ich möchte nur, dass Sie eines wissen: Ich habe mich dort versteckt, ohne dass jemand davon wusste. Die Jacht gehört einem Freund von mir, aber er hat keine Ahnung, dass ich dort war.«

Inspektor Wilner grinste.

»Du bist wirklich ein komischer Vogel«, sagte er. »Wie hochanständig. Aber ich kann dich beruhigen, mach dir mal keine Sorgen um Usi Segal. Der versteht etwas von Kosten-Nutzen-Rechnung.«

Nachdem er Joav in einer kleinen Zelle unweit von Chagits Verhörraum eingeschlossen hatte, kam er endlich dazu, sie durch die getönte Glasscheibe zu betrachten. Chagit saß allein dort, mit Handschellen an einen Stuhl in der Mitte des Raumes gefesselt, der jetzt nur schwach beleuchtet war. Er hatte sie ein bisschen einschlummern lassen. Ihre Augen waren geschlossen. Ihre Lippen bewegten sich nicht, aber ihr Gesichtsausdruck wechselte ständig, als sei sie in eine angeregte innere Unterhaltung versunken oder in irgendeine Halluzination. Er schlug das Heft mit dem steifen, schwarzen Einband auf, das auf dem Tisch unter der getönten Glasscheibe lag, und notierte: »Dritter Tag, Mienenspiel, das vom Eintritt in die halluzinatorische Phase kündet?«

29

IN IHREM TRAUM SPRACH SIE zu dem Säugling. Wiegte ihn auf ihrem Schoß, hier im Verhörraum, sie beide waren schon einige Monate hier, sie und das Baby … Goldblondes Haar, tiefblaue Augen, seinem Vater so ähnlich … Sie erzählte ihm von seinem Vater, versprach ihm, wenn sie hier herauskämen … er musste nur noch ein bisschen größer werden und sie kämen hier heraus. Papa würde ihm Musik vorspielen, Papa würde ihm das Klavierspielen beibringen, würde ihn aber niemals zwingen zu üben, niemals, nicht ein einziges Mal, er musste keine Angst haben, sein Papa würde nicht so ein Vater sein … Leise, flüsternd sprach sie zu dem Säugling, fürchtete selbst in ihrem Traum, *er* könnte sie hören, denn *er* durfte sie nicht hören …

In der Nacht der Wohnungsdurchsuchung, kurz bevor man in ihr Leben eingedrungen war und sie aus ihm herausgerissen hatte, hatte sie den Kopf aufs Kissen gebettet und beschlossen: Am Morgen würde sie einen Schwangerschaftstest kaufen. Der vage Verdacht, der schon seit einigen Tagen in ihr keimte, hatte sich zu einem sicheren Gefühl verfestigt. Und obgleich sie Joav noch nichts davon gesagt hatte, glaubte sie, ein Kind in sich zu tragen. Außerdem war da ihre Periode, die auf sich warten ließ, ein paar Tage schon, und ihre Brüste, die ein bisschen größer geworden waren … Doch eigentlich brauchte sie weder äußere Anzeichen noch statistische Fakten. Sie wusste es einfach, und am Morgen würde sie sich Gewissheit verschaffen …

Aber am nächsten Morgen fand sie sich mit Handschellen an einen Stuhl gefesselt in einem abgedunkelten Raum wieder. In den ersten Stunden hatte sie, unter Schock stehend, das Ganze vollkommen vergessen, aber von dem Augenblick an, da es ihr wieder eingefallen war, konnte sie nicht aufhören, daran zu denken, an dieses Kind, ihr Kind, und auf sonderbare Weise half ihr das … Sie sorgte sich weniger um sich selbst als um ihn – insgeheim war sie überzeugt, es würde ein Sohn werden … Ihr Handeln wurde durch den Gedanken an ihn gelenkt. Es durfte niemand etwas von seiner Existenz ahnen, beschloss sie, insbesondere *er* nicht, sie würde nichts preisgeben … Möglich, dass … möglich, dass, wenn sie Daniel ans Messer lieferte, man sie freiließ. Aber … vielleicht … vielleicht auch nicht. Das war zu gefährlich … Vielleicht würde in dem Augenblick, in dem sie ihre Beteiligung gestand, dieser kalte, unberechenbare Mann einfach beschließen, sie loszuwerden. Sie spürte, dass er dazu absolut fähig war.

Die Hand, die sich auf ihre Schulter legte und sie schüttelte, ließ sie verstört aus ihrem Traum hochschrecken. Ihre Hose war nass und unter dem Stuhl, an den sie gefesselt war, hatte sich eine Pfütze gesammelt.

Morgen? Nacht? Mittag? Sie wusste es nicht. Sie war allein mit ihm im Raum. Die Beleuchtung war angenehm, nur eine gedimmte Lampe in einer Ecke des Raumes. Er befreite sie von den Handschellen und reichte ihr eine blaue Jogginghose.

»Nimm, zieh die an«, sagte er sanft. »Ich werde mich umdrehen.«

Er wandte ihr den Rücken zu und sie zog die trockene Hose an.

»Hast du Hunger?«, fragte er.

Sie nickte.

Aus einer der Taschen seiner Lederjacke zog er eine Papiertüte und reichte ihr ein Thunfischsandwich vom Boulevard. Hastig aß sie es, und er beobachtete sie schweigend. Als sie aufgegessen hatte, reichte er ihr ein Glas Wasser.

»Weißt du«, begann er in nachdenklichem Ton. »Letztlich kann man das alles gar nicht fassen.«

»Was?«

»Diese Veränderung. Die Geschichte schreitet immer in so komischen Zuckungen voran, wie ein Fisch, der auf dem Trockenen verendet. Ich werde dir erklären, woran ich denke. Vor einem halben Jahr wäre alles, was jetzt hier passiert, reinste Science-Fiction gewesen. So etwas hätte nie geschehen können. Mein Verhalten jetzt, die Art und Weise, in der ich dich in den letzten Tagen verhöre – man hätte mich nicht nur aus dem Polizeidienst geworfen, sondern gleich ins Gefängnis. Und jetzt sind ein paar Monate vergangen und wir sitzen hier. Ich kann mit dir machen, was mir gerade in den Sinn kommt, weißt du?«

Sie verkrampfte sich und ihre Hand legte sich in einer ungewollten Bewegung auf ihren Bauch. Abermals hörte sie sein abgehacktes Grienen, das klang, als ließe man einen alten Motorroller an.

»Keine Sorge. Ich werde dir jetzt nicht wehtun. Das ist nicht mein Stil. Aber das ist nicht der Punkt. Der Punkt ist, dass ich kann. Ich kann dich sogar verschwinden lassen, und im Grunde genommen wäre es auch logisch, das zu tun. Komm, ich werde dir etwas erklären, ehrlich. Das eigentliche Ziel bei dieser Ermittlung ist, zu gewährleisten, dass nichts von den Informationen, die du mitgekriegt hast, nach außen dringt. Und welcher Weg wäre besser, das hinzubekommen? Damit du mich nicht falsch verstehst. Ich drohe dir nicht, wirklich nicht. Ich zeige dir nur alle infrage kommenden Möglichkeiten auf. Damit du verstehst: so schlecht und böse ich dir auch erscheine, dem ist gar nicht so. Ich beabsichtige lediglich, meine Aufgabe bestmöglich zu erfüllen. Du musst verstehen: das Ganze wird auch nicht vor Gericht gehen, nichts in der Richtung. Entweder du gehst hier absolut frei raus, und das kann eine Sache von wenigen Minuten sein, wenn du anstandslos mit mir kooperierst, denn dann wird all das hier nur ein böser Traum bleiben, der nach und nach verschwindet. Oder aber wir müssen einen anderen Weg finden, um sicherzustellen, dass von dieser kleinen Geschichte nichts durchsickert. Auch das ist ein mögliches Szenario. Aber die ganze Chose hier hat nichts mit Papierkram, mit Beweisen, einer Akte, Staatsanwalt, Verteidiger und Richter zu tun, das ist nicht unser Film hier, Süße, verstehst du? Das war einmal. Schau dir das an, das ist erst einen Augenblick her und doch schon Lichtjahre von hier entfernt.«

»Ich weiß gar nichts. Wirklich nicht. Auch wenn Sie mich foltern, wird mich das nicht Dinge wissen lassen, die ich nicht weiß. Ich habe keine Ahnung, was auf diesem USB-Stick war.«

»Oh! Endlich kommen wir ein bisschen voran. Du räumst immerhin schon ein, dass du den USB-Stick kennst. Wir sind auf dem richtigen Weg, von jetzt an gibt es keine Abstiege mehr. Ich möchte, dass du mir erzählst, was du weißt. Oder möchtest du noch ein bisschen durchgeschüttelt werden? Glaub mir, auf dem weiteren Weg warten Dinge, die sind schlimmer, als ein bisschen geschüttelt zu werden. Mein Kopf ist, bedauerlicherweise für dich, sehr kreativ in dieser Richtung.«

Er schlug ihr überraschend, aber nicht fest ins Gesicht, so dass es beinahe wie ein liebevoller Klaps wirkte.

30

INSPEKTOR WILNER GING MIT BEHAGEN und gründlich die Aufzeichnungen des nächtlichen Verhörs durch. Der gestrige Tag war ereignisreich und fruchtbar gewesen. Die Welt drehte sich in letzter Zeit zu seinen Gunsten, und die Arbeit, die er investiert hatte, zahlte sich erstaunlich schnell aus. Am Morgen hatte er bereits Gelegenheit gefunden, den Abteilungsdirektor der Ermittlungsdezernate über die neueste Entwicklung in dem Fall in Kenntnis zu setzen, der damit genau genommen abgeschlossen war. Die Informationen, die ihm Daniel Ben-Dor geliefert hatte, waren überprüft und als absolut übereinstimmend befunden worden mit dem Geständnis, welches Chagit Kirsch in der vergangenen Nacht endlich die Güte gehabt hatte abzulegen. Ihre Aussage war zum Teil sogar schon durch externe Zeugen bestätigt worden. Die Treffen in der Redaktion, in dem Humusimbiss, das Herausschmuggeln des USB-Sticks aus dem Schneideraum im abgebrochenen Absatz des Stiefels – all das war überprüft worden und hatte sich als wahrheitsgemäß erwiesen. Der Stiefel selbst, mit den Spuren der Reparatur des Schusters, hatte sich bei erneuter Suche in der Wohnung gefunden und lag auf Wilners Schreibtisch, als er mit dem Leiter der Ermittlungsdezernate telefonierte. Der Ehemann, der für kurze Zeit von der Bildfläche verschwunden war, war ebenfalls am gestrigen Tag aufgefunden worden. Offenbar war der Mann zwar nicht in die Sache verwickelt, aber dennoch würde er ihn gern noch eine Weile in Gewahrsam behalten. Vielleicht konnte er für die Aufklärung des Falles noch von Nutzen sein.

Der Leiter der Ermittlungsdezernate war höchst zufrieden.

Zum ersten Mal legte er im Rahmen ihrer Unterredung Wilner die Pläne dar, die es in Bezug auf seine Person gab, und diese Planungen sagten dem jungen Inspektor zu. Im ÜOK und dem Nationalen Polizeistab habe man sich auf ein Programm verständigt, die mit umstürzlerischen Umtrieben in den verschiedenen Distrikten befassten Einheiten zu einem landesweit operierenden Instrument zu vereinen. Zu einer Art eigenständigem Ressort. Inspektor Wilner sei einer der exzellentesten Mitarbeiter in diesem Bereich und habe ja bereits wichtige Erfahrungen auf diesem Feld sammeln können. Insbesondere habe er sein Talent und seine Innovativität im Bereich der Vernehmungstechnik unter Beweis gestellt. Der Leiter der Ermittlungsdezernate beabsichtige daher, ihn als denjenigen vorzuschlagen, der die Vernehmungsinfrastruktur in dem neuen Dezernat entwickeln solle. Anstatt nur eines einzigen kleinen Kellers würde er einen hochmodernen Trakt von Vernehmungsräumen entwickeln und überwachen können, für dessen Gestaltung am neuen Sitz des Dezernates er verantwortlich wäre.

In Bezug auf den eher unbedeutenden Fall, den er in so effektiver Form untersucht und zu einem Abschluss gebracht habe, seien die Anweisungen ganz klar. Es bestehe nicht die Absicht, irgendjemanden von den Beteiligten vor Gericht zu stellen, um nicht noch weitere Indiskretionen zu riskieren. Daniel Ben-Dor habe zudem ja bereits volle Kooperationswilligkeit unter Beweis gestellt. Was die Frau angehe: da der Inspektor überzeugt sei, dass sie sich dem Inhalt des USB-Sticks, der sich in ihrer Verfügungsgewalt befunden hatte, nicht ausgesetzt habe, könne sie freigelassen werden, müsse allerdings ausreichend eingeschüchtert werden, um sicherzustellen, dass sie über die ganze Affäre kein Wort verlor.

»Ihr muss unsere Bereitschaft verdeutlicht werden, zu drastischeren Mitteln zu greifen, sollten wir künftig weiteres ungesetzliches Verhalten jeglicher Art bei ihr feststellen«, sagte der Kommandant.

Selbstverständlich sei Sorge zu tragen, dass sie nicht weiter in einer Nachrichtenredaktion beschäftigt werde. Das sei ein zu sensibler Ort für eine Frau von ihrem Schlag.

Als deutlichen Verweis auf die Zukunft von Vizekommandant Levi hielt der Kommandant Wilner an, Levi nicht an den letzten Details der Ermittlung und des Falles teilhaben zu lassen. Levi habe besorgniserregende und enttäuschende Schwäche in diesem Fall an den Tag gelegt. Er werde in Bälde auf einen weniger anspruchsvollen Posten in der Personalstelle oder etwas Ähnliches versetzt werden.

Ja, es schien, als kümmerten Vizekommandant Levi Einzelheiten der Ermittlung tatsächlich kaum. Auf jeden Fall war er an jenem Morgen endlich in sein Büro zurückgekehrt und hatte es noch nicht für nötig befunden, Inspektor Wilner zu sich zu bestellen. Seit dem Morgen beschäftigte er sich mit allen möglichen Kleinigkeiten. Man konnte meinen, er sei nicht wirklich erpicht auf einen Bericht des jungen Inspektors. Levis eklatantes Desinteresse betrübte Wilner sogar. In der vergangenen Nacht hatte es durchaus interessante Entwicklungen gegeben, die er trotz allem gerne mit seinem Vorgesetzen geteilt hätte. Chagit Kirsch hatte sich sehr viel empfindsamer gegenüber physischer Gewalt gezeigt, als er angenommen hatte. Er war im Gegenteil überzeugt gewesen, sie gehöre zu der Sorte, die nur mit nachhaltigem psychologischem Druck zu knacken war, und dass in ihrem Fall körperliche Misshandlungen die Muschelschale bloß dicker werden ließen. Er war enttäuscht, herauszufinden, dass er sich geirrt hatte. Alles in allem hatte er sie ein bisschen härter angefasst, um sie für die bevorstehende Nacht müde zu machen. Die Ohrfeigen hatte sie noch überstanden, aber ein Tritt in den Bauch ließ sie zusammenbrechen. Was merkwürdig war. Sie krümmte sich auf dem Boden und flehte im selben Augenblick, alles zu erzählen, er solle nur aufhören, sie zu foltern.

Die Angaben, die sie machte, waren exakt. Sie deckten sich mit der Aussage Daniel Ben-Dors, die ihrerseits auch durch außenstehende Zeugen verifiziert worden war. Die neue Einzelheit, die sie beisteuerte, ein Detail, das selbst Daniel nicht kannte, war der Stiefel. Er schickte einen Beamten in die Wohnung, und der fand den Stiefel nach kurzer, gründlicher Suche. Eigentlich war es damit an der Zeit, den Fall abzuschließen und zum nächsten überzugehen, aber noch gab es etwas, das ihn störte. Er hatte noch immer das Gefühl, etwas werde vor ihm verborgen, etwas, das sie sich weigerte preiszugeben. Selbst dem Dezernatsleiter erzählte er nichts davon. Und dennoch – der Fall war eben noch nicht wasserdicht. Er beschloss, einen letzten vernehmungstechnischen Schritt zu gehen.

Er musste an den Moment denken, in dem er Anstalten gemacht hatte, in der Wohnung Joavs Flügel auseinanderzunehmen. Das war der erste Moment, in dem sie sich selbst belastet hatte, als sie aufsprang, um ihn davon abzuhalten, und schwor, Joav wisse gar nichts. Zwar hatte sie hinterher zurückgerudert und gesagt, sie wisse auch nichts, aber in jenem ersten Moment hatte sie sich nicht mehr im Griff gehabt. Wenn es tatsächlich noch etwas gab, das sie verheimlichte, dann war es vielleicht an der Zeit, diesen Hebel abermals anzusetzen. Joavs Flügel war zwar in seine Einzelteile zerlegt, aber der Pianist selbst war noch ganz und in einem Stück, war noch zu verwenden und wartete, wie der Zufall es wollte, genau im Raum neben seiner Frau.

»Besuch!«, gellte er fröhlich, als er Joav in den Verhörraum schleifte und seiner Frau zu Füßen ablegte. Er schaltete das Licht an, und Chagit, die aus einem weiteren kurzen Schlummer erwachte, starrte ihn mit glasigem Blick an. Im ersten Moment schien es, als wisse sie nicht, ob sie sich in der Realität oder einem Wahnbild befand.

Joav kam auf die Knie und umarmte sie. Da ihre Hände an den

Stuhl gefesselt waren, konnte sie seine Umarmung nicht erwidern, aber sie legte ihren Kopf auf seine Schulter und roch an ihm. Er war wirklich.

Ein kräftiger Tritt in Joavs Rippen trennte sie und warf ihn erneut auf den Boden.

»Hast du gesehen, was ich dir mitgebracht habe?«, fragte Wilner.

»Bitte, lassen Sie ihn, er weiß gar nichts«, wimmerte sie. Tränen liefen über ihre Wangen.

Er hatte wirklich gedacht, sie sei widerstandsfähiger, tougher. Er hatte ihr Achtung bekundet, aber sie hatte ihn enttäuscht. Sie war genauso weich wie ihr Mann. Das war widerwärtig.

Er hatte keinen Grund sich zurückzuhalten. Solche Menschen weckten einfach Abscheu bei ihm. Sie förderten das bei ihm zutage. Er trat nach dem Kopf des Pianisten.

»Sag mir nicht, was ich zu tun habe!«, brüllte er in ihr Gesicht. »Du verheimlichst noch etwas vor mir! Ich weiß, dass du etwas vor mir verschweigst!«

Er schleifte den Pianisten, der kaum noch bei Bewusstsein war, zu einem Tisch in der Ecke des Raumes, hob seinen schlaffen Arm und spreizte die Finger der rechten Hand auf der Tischplatte. Dann zog er aus seinem Gürtel einen kurzen Schlagstock aus massivem Holz. Mit der einen Hand drückte er Joavs Hand auf den Tisch und schwang die andere, die den Schlagstock hielt, hoch über den Kopf.

»Jetzt!«, brüllte er. »Überleg schnell, ob es noch etwas gibt, was du mir sagen willst. Ich zähle bis drei. Eins … zwei …«

»Nein! Nein! Tun Sie das nicht! Ich werde Ihnen alles sagen. Es gibt noch etwas … Ich werde alles erzählen.«

Er ließ die Hand mit dem Schlagstock sinken, hielt die Hand des Pianisten aber weiterhin auf die Tischplatte gepresst.

»Der USB-Stick. Er war doch nicht die ganze Zeit bei uns zu

Hause. Er war bei einer Frau, die ich kenne. Sie wusste nichts davon, aber er war die ganze Zeit dort. Eine alte Frau. Raja Melnik. Sie wohnt in der Matalonstraße Nummer 5. Das ist alles. Jetzt habe ich alles erzählt. Mehr gibt es nicht. Ich schwöre. Mehr nicht.«

»Das ist alles?«, staunte Inspektor Wilner. »Das ist es, was du mir verheimlicht hast? Deswegen die ganze Aufregung?«

Sie nickte und schaute ihm unter Tränen in die Augen. Er sah in ihrem Blick, dass sie nicht log.

»Ach, du bist enttäuschend.«

Jäh wurde der Schlagstock wieder in die Höhe geschwungen und ging mit einer schnellen, kurzen, geübten und kräftigen Bewegung auf die an die Tischplatte gepresste Hand nieder, wie das Beil eines Schlachters, der Hühnerbeine zerkleinert. Da er bei seinem stürmischen Eintritt versäumt hatte, die Tür des Verhörraums zu schließen, hallte der schreckliche Schrei durch das ganze Gebäude. Er gellte allen Polizisten und Inhaftierten in den Ohren und sogar Vizekommandant Levi, der gerade damit beschäftigt war, Ordnung in die Papiere zu bringen, die sich auf dem Schreibtisch seines Büros im obersten Stock getürmt hatten. Für einen Moment unterbrach er die Durchsicht der Schriftstücke, schaute auf, lauschte und wandte dann den Blick wieder dem Berg von Papieren zu.

31

NACHDEM SIE DAS GESTÄNDNIS unterschrieben hatte, ließ man sie frei. Sie hatten seine Hand verbunden und ihm ein Schmerzmittel gegeben, was aber nicht wirklich half. Das reichte nicht, er brauchte ernsthafte ärztliche Versorgung.

Als sie aus dem Gebäude traten, fasste sie ihn am Arm und zog ihn sanft hinter sich her. »Komm, Jojo, komm, wir fahren, dich untersuchen lassen. Keine Sorge, das wird wieder.« Sie wandten sich zur Allenby, wo sie einem Taxi zuwinkte, das abbremste und neben ihnen hielt. Der Fahrer erschrak, als er das lädierte Paar sah, aber sie ließ ihm keine Zeit, es sich anders zu überlegen. Sie öffnete die Tür, schob Joav auf die Rückbank und ließ sich neben ihn sinken.

»Zum Ichilow-Krankenhaus. Notaufnahme. Schnell.«

Joav lehnte seinen Kopf gegen ihre Schulter. Er stöhnte schwach und in regelmäßigen Abständen, wie ein Greis auf der Pflegestation. Sie streichelte seinen Kopf. An der Stelle, an der Wilner ihn getreten hatte, klebte geronnenes Blut, aber das machte ihr weniger Sorgen. Die verbundene Hand, die umgedreht auf seinem Oberschenkel lag, aufgedunsen und steif wie ein toter Vogel – sie war die größte Sorge. Immer wieder flüsterte sie ihm beruhigende Worte ins Ohr. Gleich würden sie in der Notaufnahme sein, gleich würde man sich um ihn kümmern.

»Was ist ihm denn passiert?«, fragte der sichtlich erschrockene Fahrer.

Sie antwortete nicht, dachte aber bei sich, dass sie schon bald gezwungen sein würde, in der Notaufnahme irgendetwas zu erzählen. Die Wahrheit durfte sie auf keinen Fall preisgeben. Nicht jetzt. Vielleicht niemals. Mit einem Mal fiel ihr ein, dass sie kein Geld hatte, um das Taxi zu bezahlen. Behutsam schob sie Joavs Hand beiseite, der vor Schmerz wimmerte, und zwängte ihre Hand in seine Hosentasche. Frustriert stellte sie fest, dass sich dort kein Portemonnaie fand, ertastete dann aber mit den Fingerspitzen etwas, das sich wie Geldscheine anfühlte. Sie zog zwei zerknitterte Scheine aus der Tasche, schloss die Faust darum und ließ sich zurück in den Sitz sinken.

Sie schaute aus dem Fenster auf die belebte Straße. Viele Menschen waren unterwegs und besorgten ihre Einkäufe für das Pessachfest. Ihr schien, als sei viel Zeit vergangen, als kehrte sie zurück von einer Reise durch ein fernes Land, als sei es Monate her, dass sie draußen gewesen war. Sie wusste, es konnten nur Tage sein, aber wie viele wusste sie nicht. Drei? Fünf? Ein Woche? Vielleicht mehr. Trog ihr Zeitgefühl tatsächlich so sehr?

Sie wollte Joav fragen, aber als sie ihn ansah, überlegte sie es sich anders. Er war nicht in der Verfassung, auf Fragen zu antworten. Im Grund genommen, was änderte das? War es wichtig, wie viel Zeit vergangen war? Es gab eine alte Zeit, die Zeit vor der Verhaftung, und es gab eine neue Zeit, die jetzt hier im Taxi begann. Eine Zeit, deren Fluss und Untiefen erst noch erfahren werden wollten. Und zwischen diesen beiden Zeiten klaffte ein schwarzes Loch. In das man besser nicht schaute.

In der Notaufnahme hatte sie bereits eine Geschichte parat für die Krankenschwester, die für eine erste Begutachtung und Einweisung erschien. Sie zögen gerade um und Joav sei mit einer schweren Kiste im Arm auf der Treppe ausgerutscht. Die Kiste sei ihm auf die Hand gestürzt und habe diese zertrümmert, und beim Sturz die Treppe hinunter habe er sich am Kopf und an den Rippen verletzt. Seitdem sei er sehr benommen, weshalb sie alle Fragen beantworten werde. Die Schwester trug alle Angaben in ein Aufnahmeformular ein, maß Joavs Blutdruck und sagte, es käme gleich ein Arzt, um mit der Untersuchung und den Röntgenaufnahmen zu beginnen.

»Seine Hand ist am allerwichtigsten«, rief sie der sich entfernenden Schwester noch nach. »Er ist Pianist.«

Drei Stunden später, als er betäubt von den starken Schmerzmitteln, die man ihm verabreicht hatte, in einem Krankenbett lag, gestattete sie sich endlich, in das nahe Einkaufszentrum zu gehen, um sich etwas zu essen zu kaufen. Die Gedanken in ihrem Kopf überschlugen sich. Die Röntgenaufnahmen hatten gezeigt, dass die Knochen der Hand an etlichen Stellen regelrecht zermalmt waren. Eine komplizierte Operation würde erforderlich sein. Fürs Erste hatten sie nur die Schmerzen abgestellt. So würde er wenigstens etwas ausruhen, bis man ihn in den Operationssaal brachte. Sie musste an das Achselzucken des Arztes denken, als sie ihn gefragt hatte, ob Joav jemals wieder Klavier würde spielen können. Wie sollte er das wissen?

Als sie auf dem Weg zurück zur Notaufnahme einen Drogeriemarkt passierte, kam ihr eine Idee. Es war lächerlich, sich damit jetzt zu beschäftigen, ja sogar beschämend, und dennoch, von dem Augenblick an, da ihr der Gedanke gekommen war, ließ er sich nicht mehr vertreiben. Sie musste jetzt Gewissheit haben. Sie betrat den großen Laden, der so gut wie leer war, und ging zu dem Regal mit den Schwangerschaftstests.

Sie stand schon an der Kasse, um zu bezahlen, da sah sie die vertraute Salbe gegen Venenschmerzen in den Beinen und musste an Raja denken. An ihren Verrat. Was stand ihr jetzt bevor? Würden sie auch zu ihr kommen? Oder ließ man sie vielleicht trotz allem in Frieden? Sie verbannte den Gedanken aus ihrem Kopf. Genug. Es gab eine Grenze für das, was sie schultern konnte. Jetzt musste sie nur noch für sich selbst und für Joav sorgen. Und vielleicht gab es ja noch jemanden, für den sie sorgen musste, nur einen Einzigen noch.

Morgen früh, mit dem ersten Gang zur Toilette, würde sie es wissen.

Die alte Frau starb drei oder vier Minuten, nachdem sie die Wohnung betreten hatten. Die Aufregung war zu viel für ihr Herz. Was etwas Komisches hatte. Verstört hatte sie protestiert, hatte die Polizisten immer wieder gefragt, die sie höflich, aber nachdrücklich baten, zur Seite zu treten. Was machen Sie denn hier? Was suchen Sie hier? Und dann, mitten in ihrem Gekeife, während sie noch fassungslos zusah, wie sie die Sofakissen umdrehten, war sie im Wohnzimmer einfach auf den Teppich gesunken.

»Ruf einen Krankenwagen«, wies Wilner einen der Polizisten trocken an, obwohl er wusste, dass Wiederbelebungsversuche sinnlos sein würden. Der greise Körper hatte eindeutig und unbestreitbar den Dienst quittiert.

Er trat zum Bücherschrank und inspizierte ihn. Der Band mit Brenners gesammelten Schriften stand genau an dem Platz, den Chagit ihm vor wenigen Stunden beschrieben hatte, auf dem obersten Bord, ganz rechts außen. Er zog den Schemel heran, der neben dem Bücherschrank stand, und stieg hinauf. Er zog das Buch heraus, holte eine kleine Stablampe aus der Tasche, beleuchtete das Bord und nahm es gründlich in Augenschein. Dort war es, nicht wahrzunehmen für ein normales Auge, aber klar und offensichtlich für ein geübtes wie von Wilner. Der Staubabdruck des USB-Sticks. Oder genauer gesagt, der Abdruck des fehlenden Staubs. Chagits Aussage zufolge hatte der Stick dort drei Wochen gelegen. Ihr Geständnis passte zu dem, was er sah. Eine unmerkliche Nuance in Form eines kleinen Rechtecks in der weißen Staubschicht, die das Bord bedeckte.

Da hatte dieses winzige Ding nur ein paar Wochen in seinem

Versteck gelegen und schon einen kleinen Abdruck hinterlassen. Hatte etwas Fehlendes erzeugt. Ich war hier. Hier habe ich mich eine Zeit lang aufgehalten. Ohne mich zu rühren, leblos, ohne einen Gedanken, aber einen Abdruck habe ich hinterlassen. Der Staub wird es euch erzählen. Alle wollen ihre Geschichte erzählen, selbst die kleinsten Gegenstände. Man muss nur verstehen, richtig hinzuhören.

Er rief den Polizisten zu sich, der eine hochauflösende Kamera bei sich trug, nahm ihm den Fotoapparat ab und machte eigenhändig mehrere Bilder vom Abdruck des USB-Sticks in der Staubschicht. Das würde fantastisch in der Akte aussehen. Der letzte, abschließende Beweis, die Quintessenz. Ein kleines, exaktes Rechteck aus fehlendem Staub, so endete die Geschichte.

Nachdem er die Aufnahmen gemacht hatte, stieg er von dem Schemel herunter und streifte durch den übrigen Teil der Wohnung. Die typische Wohnung einer alten, alleinstehenden Frau. Seine Männer fanden, wie von ihm nicht anders erwartet, bei der weiteren Durchsuchung nichts Interessantes mehr. Außer eben den erbärmlichen Habseligkeiten einer Greisin. Wilner dagegen stieß in einem kleinen Zimmerchen auf einen Gegenstand, der ihm einen angenehmen Schauder verursachte. Es war ein altes Mikroskop, genau so eins, wie er es als Kind gehabt hatte. Es war sehr gut erhalten. Er drückte auf den Schalter für die Lampe. Sie funktionierte noch! Schnell machte er sie wieder aus. Eine halbe Stunde später entließ er seine Männer. Er bleibe noch, sagte er, wolle noch ein paar Dinge durchsehen. Sie würden sich später auf dem Revier treffen.

Er schloss die Tür hinter ihnen und eilte zurück in das kleine Zimmer, ließ sich am Tisch vor dem Mikroskop nieder und schaltete erneut die Beleuchtung an. Er zögerte einen Augenblick, fischte dann eine Sicherheitsnadel aus seiner Hemdtasche und stach sich damit in den Finger. Ein roter Bluttropfen quoll hervor.

Behutsam verstrich er ihn auf dem gläsernen Objektträger, der erstaunlich sauber war, als wäre er erst gestern gewienert worden, kniff ein Auge zu und näherte sich mit dem anderen dem Okular.

Er starrte wie gebannt auf den roten Vorhang. Seine Frau legte ihre Hand auf die seine, er schenkte ihr ein rasches, aufgeregtes Lächeln und wandte den Blick wieder dem Vorhang zu. Das Hochziehen des Vorhangs war noch ein alter Brauch, den Elam Wachsmann, der junge Intendant, im Rahmen der von ihm so geschätzten »Rückkehr zur Klassik« seinem Theater verordnet hatte. Und selbstverständlich hatte er auch bei der Premiere von »Er ging durch die Felder« darauf bestanden.

Vizekommandant Levi war von sich selbst überrascht, von der Macht der Gefühle, die in ihm tobten. Er erinnerte sich an ein ähnliches Gefühl aus seinen Tagen als junger Schauspielschüler, an die Augenblicke vor dem Auftritt, aber jetzt war es noch stärker, noch überwältigender als alles, woran er sich erinnerte. In wenigen Augenblicken würde seine Tochter die Bühne des großen Theatersaals betreten, und sein Innerstes bebte vor Aufregung.

Die Ereignisse des zurückliegenden Tages, die Schmerzensschreie, die aus Wilners Keller bis in sein Büro gegellt waren, ja sogar das Gespräch mit dem Leiter der Ermittlungsdezernate, der ihm mitgeteilt hatte, man werde ihn abermals herabstufen und diesmal in die Personalabteilung strafversetzen – all das war vergessen. Im Grunde genommen war er diesmal gar nicht traurig über seine Degradierung. Die Tage, die er zu Hause verbracht hatte, hatten seinen beruflichen Ambitionen nicht gutgetan. Er hatte sich selbst gegenüber nicht unbedingt Rechenschaft abgelegt, zumindest nicht bewusst, aber seine innere Buchhaltung hatte, ganz im Stillen, für sich eine Rechnung aufgemacht, und als er die Worte seines Vorgesetzten hörte, war er überrascht festzustellen, dass er nicht im Geringsten enttäuscht war. Er würde sich nicht mehr mit ihnen gemein machen. Würde ihnen nicht in die Quere kommen. Er würde sich in irgendeinem stillen Büro zur Ruhe setzen und geduldig auf seine Pensionierung warten. Wer weiß, vielleicht schaffte er es sogar, in Vorruhestand zu gehen.

Das hier war etwas viel Aufregenderes. Gleich fing es an. Der vergessene Traum, den er einst gehabt hatte. Gleich würde sie auf der Bühne stehen. Sie, die Schönste, die Klügste, die Aufregendste aus seiner Familie. Sein kleiner Liebling würde dort stehen, trotz aller Zweifel und obwohl seine Frau und er nicht daran geglaubt hatten. Sie hatte es geschafft. Sie würde Mika sein. Gleich würde sie sich am Wasserhahn neben dem Zelt waschen, in kurzen Kakishorts. Und dann würde sie sich zu Uri umdrehen und ihm die berühmte Zeile an den Kopf werfen, die er noch aus seiner Studienzeit auswendig wusste, jene Zeile, um die er an den vergangenen Freitagabenden vergeblich gebettelt hatte.

»Ich bin kein Shimmy, ich bin ein Foxtrott … mein Name ist Miriam und man ruft mich Mika.«

Der Vorhang begann sich zu heben und die Lichter gingen aus. Erst als sie vollkommen erloschen waren und er sich sicher und geschützt im Dunkel des Zuschauerraums fühlte, gab er den Versuch auf, noch weiter seine Gefühle zu kontrollieren, und ließ endlich einer Träne der Rührung ihren Lauf.

Mit schweren, langsamen Schritten mühte sich der alte Lehrer bis in den dritten Stock. Das Treppensteigen fiel ihm schwer, doch es war die Angst, die am schwersten auf ihm lastete. Er war erbost über sich selbst. Ein Mann in seinem Alter musste keine solche Angst mehr haben. Und dennoch atmete er immer kürzer, je höher er stieg. Auf dem letzten Treppenabsatz konnte er sich nicht weiter anspornen. Er blieb stehen und lauschte. Stille. Am Ende nahm er all seinen Mut zusammen, stieg die verbleibenden zehn Stufen hoch und stand schließlich vor der Tür zur Wohnung von

Joav und Chagit. Er zögerte kurz, ehe er verhalten klopfte, zweimal. Das Klopfgeräusch ließ abermals eine Welle der Angst durch ihn hindurchrollen, und insgeheim verfluchte er sich erneut für seine Hasenfüßigkeit. Er wartete einen Augenblick länger als nötig, um sich selbst zu beweisen, dass er keine Angst mehr hatte, und legte dann die Hand auf die Klinke. Die Tür öffnete sich wie von selbst. Das Licht im Treppenhaus erlosch, und der Schein einer einsamen Lampe, die in der Wohnung noch brannte, warf seine Schatten. Er machte einen Schritt in die Wohnung. Sein Fuß trat auf ein Blatt, das auf dem Boden lag. Er bückte sich und hob es auf – die ersten Töne von Beethovens »Sturmsonate« klangen aus den Noten auf dem Blatt zu ihm. Plötzlich spürte er, dass jemand in seinem Rücken ihn beobachtete. Jäh fuhr er auf der Türschwelle herum und richtete den Blick in das Dunkel des Treppenhauses. Es war niemand da.

Titel der Originalausgabe: אצבעות של פסנתרן
Umschlaggestaltung: Marion Blomeyer, München
Typografie und Satz: frese-werkstatt.de
Druck und Bindung: Pustet, Regensburg
ISBN 978-3-88897-926-2